ERSTE SAISON

Harrisburg Railers #2

RJ SCOTT

V.L. LOCEY

Übersetzung
XENIA MELZER

Love Lane Books

Erste Saison (Harrisburg Railers #2)

Harrisburg Railers #2

Copyright 2017 RJ Scott, Copyright 2017 V. L. Locey

Cover Design: Meredith Russell

Lektorat: Rebecca Hill

Veröffentlicht von Love Lane Books Limited

ISBN 9781785646324

Alle Rechte vorbehalten

Widmung

Für RJ – auch bekannt als die zweite Hälfte der Wonder Twins – dafür, dass sie meine Tage mit Lachen, Freundschaft und einer neugefunden Liebe für das Handwerk füllt, die ich dachte verloren zu haben. Für Jean, Ellie, Cathy und Kathleen, die mich beruhigen und aufmuntern. Und natürlich für meinen Mann und meine Tochter, die während des Jahres, das nicht genannt werden soll, an meiner Seite standen. Ich danke euch allen dafür, dass ihr mich zurück zum Spaß an Wörtern geführt habt. ~ V.L. Locey

Für Vicki, für weitere drei Wochen Spaß und dafür, dass sie mich dazu gebracht hat, heftig über die *zwillingshaftesten* Dinge zu lachen. Für all die anderen Hockey-Fans da draußen, die genauso am Boden zerstört sind wie ich, dass wir bis Oktober warten müssen, bis die Saison wieder anfängt! Und immer für meine Familie. ~ RJ Scott

Glossar

Da viele LeserInnen wohl keine eingefleischten Hockey-Fans sind,
habe ich hier eine kleine Sammlung der Hockey-Begriffe, die in
diesem Buch vorkommen. Eventuelle Fehler oder Ungenauigkeiten
bitte ich zu entschuldigen.

Original Six: Bezieht sich auf die ersten sechs Teams, die in der
NHL gespielt haben.

Expansions-Team: Teams, die während mehrerer *Expansions*
(Erweiterungen) der NHL beigetreten sind.

Junior-Liga/Minor: So viel wie die 2. Und 3. Liga im Fußball.

Five-Hole: Bereich zwischen den Beinen des Goalies.

Goalie: Torhüter

Saucer: Spezieller Schuss, bei dem sich der Puck wie eine fliegende
Untertasse (flying saucer) bewegt.

Toe-drag: Trick, bei dem der Puck mit dem offenen Ende des
Schlägers verdeckt und so vom Gegner ferngehalten wird.

Deke: Täuschungsmanöver

Neutrale Zone: Bereich zwischen den beiden Linien, die die Mitte
des Eises markieren.

Penalty-Schießen: Vergleichbar dem Elfmeterschießen im Fußball.
Findet statt, wenn es nach einer Verlängerung immer noch
unentschieden zwischen zwei Mannschaften steht.

Face-off: Eine Art Einwurf des Pucks nach einem Foul oder einer
Spielunterbrechung. Findet zwischen zwei Spielern statt. Ist auch der
Anstoß zu Beginn des Spiels in der Mitte der Eisfläche.

Lines/Block: Angriffsteams, zu denen ein *Center* und zwei
Flügelspieler/Stürmer gehören. Sie bilden eine Einheit, die während eines

Spiels untereinander ausgetauscht werden, da das Spiel sehr anstrengend ist. In der Regel ist ein Block eine Minute auf dem Eis.

Expansion Draft: Wird von der Liga durchgeführt, wenn ein neues Team im Zuge einer *Expansion* Mitglied wird. Spieler aus anderen Teams werden dafür rekrutiert.

Forecheck: Defensivspiel in der Offensivzone (also vor dem gegnerischen Tor), mit dem Ziel, Druck auf die gegnerische Mannschaft auszuüben.

Roughing: Zu hartes Vorgehen während des Spiels. Führt zu Penaltys (Strafen).

Tape-to-Tape: Pass von Schläger zu Schläger.

Shutout: Spiel, bei dem ein Goalie ohne Gegentor bleibt. Sehr wichtig, weil dies auch in den Statistiken auftaucht.

ERSTE Saison

— HARRISBURG RAILERS 2 —

RJ SCOTT &
V.L. LOCEY

Love Lane Books

Kapitel Eins

LAYTON

DAS HIER ENTWICKELTE sich zum schrecklichsten Tag meines Lebens. Sogar noch schlimmer als das eine Mal, als das Football-Team entschieden hatte, mich in einen Spind zu schubsen und dann die Tür zu schließen.

Alles fing ganz normal an. Der Railers-Termin war mein dritter Job, seit ich das College verlassen und mich entschieden hatte, mich auf Krisenmanagement zu spezialisieren. Nennt mich einen Spin Doctor oder einen Marketing-Typen, es spielt keine Rolle. Ich war hier mit meinem nigelnagelneuen Abschluss in BWL in meiner Gesäßtasche, um ein Problem zu lösen, indem ich die Sozialen Medien, mein Training und sorgfältige Planung nutzte.

„Wir wollen Sie einstellen, aber sind Sie schwul?", fragte der Anrufer, als er mich kontaktierte.

Das konnte er mich nicht wirklich fragen, aber zu diesem Zeitpunkt, mit Rechnungen, die ich zu bezahlen hatte, formulierte ich das um einiges eleganter, als einfach nur ein *„Was zur Hölle?"* zu bellen.

„Ich bin mir nicht sicher, warum das relevant ist", sagte ich.

Der Mann am anderen Ende der Leitung, der sich noch nicht einmal vorgestellt hatte, nur, dass er für ein Hockey-Team arbeitete, seufzte lautstark. „Ich habe keinen Schimmer", sagte er. „Ich brauche nur jemanden, der uns durch diese Sache hilft."

Darum fragte ich ihn, was er damit meinte und als wir an den Punkt kamen, wo er vollkommen durchdrehte bei der Frage, ob er das Wort homosexuell in einer Pressemitteilung verwenden durfte, entschied ich mich, im Zweifel für den Angeklagten zu sein.

„Ich kann mich darum kümmern", versicherte ich ihm. „Sie brauchen mich."

Es war mir egal, wie ich ihn bekam, ich wusste nur einfach, dass ich die beste Person für den Job war.

Er erklärte mir, dass er der GM für das Railers Hockey-Team war und auch wenn mein Herz schwer wurde und mein Brustkorb sich verengte, musste ich das tun. Ein Hockey-Team, ein Spieler, der sich outete – das war ein äußerst wertvoller Kunde.

Nach dem Anruf machte ich meine Hausaufgaben. Ich schaute kein Hockey, aber ich hatte davon gehört und es handelte sich im Grunde um eine Gruppe Jocks auf Kufen. Richtig? Man musste ihnen sagen, wann sie reden sollten und wann nicht und was angemessen war und zu welchem Zeitpunkt. Das konnte ich machen. Wenn man dann noch die Tatsache dazu nahm, dass ich das erste offizielle Coming-out in der Welt des Hockeys managen würde, könnte das meine Karriere entweder beflügeln oder ruinieren. Ich könnte zum Krisen-Management Experten im Sport werden.

Die Ironie des Ganzen entging mir nicht, wenn man meine Vergangenheit bedachte.

Ich frühstückte, zog meinen neuesten Anzug an, ein strahlend weißes Hemd und eine brandneue blaue Krawatte, die zu den Teamfarben passte. Ich hatte meinen nicht-ironischen Holzfällerbart abrasiert und mein Manbun war weg. Ich fühlte mich ein wenig nackt, aber ich wollte ernst genommen werden und was beim Styling einmal heiß gewesen war, schien jetzt ein Witz zu sein. Ich wollte für niemanden ein Witz sein.

Ehrlich, ich hatte an alles gedacht.

Außer.

Die East River Arena, das Heim des Harrisburg Railers Hockey-Teams, machte mir Angst. Es war der Geruch, glaube ich und die endlosen Reihen an Sitzen. Ich konnte mir das Gebrüll, das Anfeuern, die Erregung vorstellen und all das wurde zu einem Ball aus Furcht in mir.

Jocks. Ich kann mit ihnen umgehen. Sie sind jetzt erwachsen und ich bin nicht mehr dasselbe nerdige Kind von früher.

Dennoch hielt mich das nicht davon ab, mein Frühstück auf der ersten Toilette zu verlieren, die ich hinter dem Tunnel, der vom Parkplatz wegführte, finden konnte. Das war es dann mit etwas zu essen, um mir Energie zu verleihen. Ich war ein ausgewrungenes Desaster, klammerte mich an das Porzellan und wünschte mir, ich könnte meine Nerven in den Griff bekommen. Vor dem hier hatte ich zwei Kunden gehabt, große Firmen mit interessanten Problemen, bei denen meine Vorträge über Sensibilität gut angekommen waren. Ich kam mit harschem Feedback, beschissenen Tweets und Facebook-Diskussionen über unangemessenen Scheiß klar, aber das waren Firmenkunden, keine Hockeyspieler.

Es waren ich und sie.

Allein.

Ich würde von Angesicht zu Angesicht mit Hockeyspielern und dem Netzwerk an Helfern um sie herum darüber reden, warum es in Ordnung war, dass einer ihrer Spieler mit dem Coach schlief. Auch darüber, dass schwul gut und Liebe Liebe war und, ach ja, könnten sie bitte damit aufhören, Scheiße über alles zu tweeten, was mit Geschlecht, Politik und sexueller Orientierung zu tun hatte, um drei Dinge auf meiner Liste zu nennen.

Diese Jungs waren Jocks. Sehr gut bezahlte Jocks mit einer ganzen Armee an Fans, die an ihren Lippen hingen. Der Kapitän hatte über achtzigtausend Follower auf Twitter, vor allem, weil er das Aushängeschild für Sex auf Kufen zu sein schien. Es gab viele Tweets mit ihm halb nackt. Nicht zu vergessen Tens Instagram, das neu war, aber bereits eine Explosion an Followern hatte, wahrscheinlich aus demselben Grund – er war heiß und ein Hockeyspieler. Ich bemerkte Links zu einer Menge Webseiten, bei denen es um die schärfsten Typen im Hockey ging. Ohne es zu wissen, waren Ten und der Kapitän des Teams wahrscheinlich Schwulen-Ikonen. Da konnte man mal sehen.

Und wegen Ten und seinem festen Freund war ich hier. Ten war das Ass im Railers Team, einer jener

Spieler, die einen Eindruck in der NHL hinterließen. Das behaupteten zumindest die Pressemitteilungen. Alles, was ich sah, war ein schwuler Mann, der sich in einer feindseligen Sportumgebung outete und darum musste ich mich kümmern.

Ten, der Hockeyspieler und sein Partner, Jared, ein Coach, befanden sich in einer festen Beziehung und ich musste dafür sorgen, dass die Leute begriffen, dass dies normal war. In Ordnung. Eine gute Sache.

Ich kann das. Ich bin stark. Mir wird nicht wieder schlecht werden.

Ich entspannte jeden harten Muskel und schluckte um die Trockenheit in meiner Kehle herum. Der heutige Tag würde gut werden. Warum sollte irgendetwas schiefgehen? Ich hatte vorbereitet, was ich brauchte, das Team ausreichend recherchiert, um das Personal zu kennen, wenn auch nicht das Spiel Hockey selbst. Es gab Grenzen für das, was ich in der Woche, seit ich für diesen Job angeheuert worden war, erledigen konnte. Ich hatte anscheinend sogar ein Büro.

Mir war also schlecht geworden. Einer Menge Leute wurde vor bedeutenden Ereignissen schlecht. Ich konnte damit umgehen, dass mir übel geworden war.

Was genau der Zeitpunkt war, als die Dinge noch mehr schiefgingen. Ich drehte den Hahn auf, um mir die Hände zu waschen, und das verdammte Ding hatte zu viel Druck und bespritzte meine Hose. Ich sprang vor Schock und Entsetzen nach hinten und prallte gegen die Tür zu einer Toilette, der Großteil meines Gewichts wurde von meiner linken Hüfte abgefangen.

„Verdammt", fluchte ich und drehte das Wasser ab.

Es gab keinen Trockner, nur Papiertücher und ich betupfte meine Hose, war mir schmerzhaft bewusst, dass mein erstes Treffen mit dem Management des Teams in zehn Minuten war.

Ich rieb über die Feuchtigkeit, dann bemerkte ich, dass etwas von dem Wasser auch auf meine Tasche gespritzt war. Das war der Moment, in dem ich mich fragte, ob der Morgen noch schlimmer werden konnte.

In diesem Moment öffnete sich die Tür und ich wirbelte herum, erschrocken, um mich dem Neuankömmling zu stellen, meine Tasche wirbelte ebenfalls und erwischte den Mann am Oberschenkel.

„Jesus", schnappte ich, wütend über mich selbst, dann ließ ich ein leises: „Es tut mir leid", hören.

Groß und Knurrig starrte mich schockiert an, seine Muskeln angespannt und rieb sich über den Oberschenkel. „Was zur Hölle?", war alles, was er sagte.

Er trug ein Railers T-Shirt, aber ich konnte mich von meinen Nachforschungen nicht an ihn erinnern, wenn er also ein Spieler war, konnte er keiner der großen Namen sein, die ich kennen musste, um anfangen zu können. Vielleicht war er ein Trainer?

„Tut mir leid", wiederholte ich.

Er starrte mich an, musterte mich dann von oben bis unten mit einem sehr sorgsamen, abschätzigen Blick. Für einem Moment wirkte es so, als würde er mich abchecken, aber das war nicht möglich, weil wir uns in einem Hockey-Stadium befanden. Er war wunderschön – blaue Augen, seine roten Haare gestylt, aber weich, seine Kieferlinie war kantig und sein Körper breit.

Dann verwandelte sich seine Abschätzigkeit oder

was immer es war, in ein anzügliches Zwinkern und er deutete auf mein Gemächt.

„Hey, Kumpel, du solltest dir vielleicht früher Zeit für einen Moment auf dem Töpfchen nehmen, wenn du so eine winzige Blase hast. Ich meine nur."

Ich blinzelte ihn an, wusste nicht, was ich sagen sollte. Ich meine, sollte ich dastehen und die Sache mit dem Hahn erklären oder dem Wasser oder dass ich gegen die Tür gefallen war oder sogar, dass ich mich gerade übergeben hatte?

Ich konnte nichts davon sagen. Ich nahm mein Jackett von dem kleinen Tisch neben der Tür und zwängte mich an ihm vorbei und hinaus in den Flur. Ein paar Sekunden später stand ich vor der Tür, auf der ‚Angestellte' stand und drückte auf den Knopf, um eingelassen zu werden.

„Railers Hockey", erklang eine Stimme aus dem Lautsprecher neben der Tür.

„Layton Foxx", sagte ich und erhaschte einen Blick auf den Typen aus der Toilette, wie er in meine Richtung kam. Die Tür summte, ich schob sie auf, schloss sie schnell wieder hinter mir und hoffte inständig, das würde mir etwas Raum zum Atmen geben.

Eine kleine Frau wartete mit einem einladenden Lächeln auf ihrem Gesicht und ausgestreckter Hand auf mich. Ich schüttelte sie, wurde mir im letzten Moment bewusst, dass meine feucht war.

„Jane Monroe, PA von Felix Cote, dem Besitzer des Teams."

Sie reagierte nicht auf die Feuchtigkeit an meiner Hand, aber als ich sie wegzog, war ich nervös.

„Entschuldigung, ich hatte ein Problem", fing ich an, räusperte mich dann, meine Kehle rau vom Kotzen. „Mit dem Wasserhahn auf der Toilette." Dann gestikulierte ich in Richtung meines Gemächts.

Ihre Lippen zuckten zu einem Lächeln. „Hier entlang, Mr. Foxx, das Management erwartet sie."

Zur Hölle mit meinem Leben.

Der Tag wurde nicht viel besser. Das Management-Team war eine nervöse, zur Flucht bereite Gruppe gewesen, die sich Sorgen um das Gesamtbild machte. Ich hatte nicht ganz den Eindruck gewonnen, dass sie ein Problem mit der ganzen schwuler Hockeyspieler Sache hatten, aber ihr Hauptaugenmerk lag auf dem Gewinn.

Das Treffen hatte sich von der Unterstützung für Ten und Jared darauf ausgeweitet, dass der Gewinn nicht in Gefahr war.

Großartig, nichts war so toll, wie das Tor an meinem ersten Tag zu verrücken und unrealistische Erwartungen zu setzen.

Zumindest hatte Felix Cote seine Unterstützung gezeigt. Ich hatte schon oft festgestellt, dass Veränderungen in einer Gruppe von der Person an der Spitze unterstützt werden mussten. Er hatte ein paar verschleierte Kommentare darüber gemacht, wie die Dinge „zu seiner Zeit gewesen waren", aber damit konnte ich arbeiten.

Tennant Rowe und Jared Madsen würden meine Karriere entweder auf einen Schlag anschieben oder zerstören, so viel war offensichtlich. Als ich sie jetzt ansah, wie sie mir gegenübersaßen, die Art, wie sie sich unbewusst in die Richtung des anderen lehnten, machte ich mir Sorgen. Als schwuler Mann, der seit seinem sechzehnten Geburtstag bei seiner Familie und seinen Freunden geoutet war, konnte ich mir nicht vorstellen, wie es war, verstecken zu müssen, was man war, aber so war das Feld im professionellen Sport nun einmal, ganz ohne Witz.

Diese beiden – einer Coach für das Team, der andere ein professioneller Hockeyspieler in seinen besten Jahren – hatten sich ineinander verliebt. Nicht nur das, aber sie hatten entschieden, dass es Zeit war, sich zu outen und die Railers hatten mich angeheuert, um die damit einhergehenden Probleme in den Griff zu bekommen.

Denn es würde Probleme geben, so viel war sicher.

„Ihr werdet von allen Seiten angegriffen werden", sagte ich.

Tennant runzelte die Stirn. Seine Gefühle waren ihm klar ins Gesicht geschrieben. Er war wütend, defensiv, hatte Angst, war glücklich, positiv und negativ, alles in einem furchtbaren Durcheinander. Das Einzige, was ich sicher ausmachen konnte, war, dass er absolut in Jared verliebt und voll und ganz von dem überzeugt war, was er tun wollte.

„Mach weiter", sagte Jared und verflocht seine Finger mit denen von Ten. Das konnten sie hier drin tun – wir waren allein, zu dritt, die Tür war geschlossen und es gab keine Kameras. Aber das war das Erste, was sie in den Griff bekommen mussten.

„Ihr müsst mit öffentlicher Zurschaustellung von Zuneigung aufpassen."

Ich sah zwei sehr unterschiedliche Reaktionen. Jared sah resigniert aus und nickte, aber Ten stellte seine Stacheln mit dem Aufkeimen echter Indignation auf. Ich wusste, was er sagen würde und kam ihm zuvor.

„Es sollte keine Rolle spielen", fing ich an, wählte meine Worte sorgfältig. „Aber das hier wird nicht einfach werden. Es wird religiöse Fans geben, die entscheiden, dass ihr euch gegen Gott versündigt, bis hin zu den Eltern, die nicht wollen, dass ihre Kinder nicht-heteronormativem Verhalten ausgesetzt werden. Das Spektrum der Reaktionen wird unterschiedlich sein. Ihr werdet einige Leute haben, die für euch sprechen, das Team, das Management und die Fans, denen es vollkommen egal ist, was ihr in eurer Freizeit macht, solange Ten seine Tore schießt."

„Das wissen wir", sagte Jared.

„Es muss uns nicht gefallen", meinte Ten und sein Tonfall war besorgniserregend. Er klang unglücklich und lehnte sich voll an Jared.

Ich schob die Dokumente auf dem Schreibtisch herum, richtete sie aus, um mir selbst Zeit zum Nachdenken zu geben. Ich hatte mich schon zuvor um persönliche Kunden gekümmert, hatte sie als Produkt aufpoliert, jeden ihrer Momente überwacht, bis sie gelernt hatten, wie sie sich in der Öffentlichkeit benehmen sollten und wie sie das Beste aus dem machten, was sie waren. Nur, dass dies Leute gewesen waren, die ihr Image hatten aufbessern müssen. Ich hatte einer Telekommunikationsfirma bei ihrer schmerzhaften Verkleinerung geholfen und einem College, das Probleme mit Gleichstellung hatte. Ich war der Beste in meinem Feld und ich arbeitete hart daran, die Dinge für die Menschen in Ordnung zu bringen. Aber das hier? Die beiden mussten sich nicht öffentlich outen. Sie konnten weiter ein Geheimnis bleiben, das kein Geheimnis war, bis Tens Tage als Spieler vorüber waren. Er mochte erst zweiundzwanzig sein, aber eine professionelle Karriere das zu tun, was diese Spieler machten, war oft schon in ihren frühen Dreißigern vorüber. Manchmal früher, dachte ich, als ich mich an das Herzproblem erinnerte, das Jareds professionelle Karriere beendet hatte. Ten würde nur noch ungefähr eine Dekade oder so warten müssen, bis er sich zur Ruhe setzen konnte. War das etwas, das er in Erwägung ziehen würde? Ich musste die Frage stellen und hoffte, dass ich nicht das Vertrauen der beiden Männer verlor.

„Ihr könntet das jetzt beenden", sagte ich offen.

Jared sprach als Erster. „Ich weiß, aber wir werden es nicht tun."

Ten biss sich auf die Lippe. „Ich will das."

Ich nickte und schaute auf meine Notizen, aber ich brauchte sie nicht. Ich hatte in meinem Leben meinen eigenen Anteil an Vorurteilen erlebt, ein Born an Lebenserfahrung, aus dem ich schöpfen konnte.

„Die Presse wird euch zu gleichen Teilen lieben und hassen. Wenn die Railers verlieren, wird das weitläufig und unterschiedlich berichtet werden. Die seriöse Presse könnte durchaus andeuten, dass Ten abgelenkt war, mit der Implikation, dass Jared hier die Ablenkung ist. Die Klatschseiten könnten behaupten, dass du vielleicht zu viel schwulen Sex mit deinem schwulen Coach hast. Andererseits wenn ihr gewinnt, könnte angedeutet werden, dass ihr dem anderen Team Angst gemacht habt, dass sie vielleicht nicht in deine Nähe kommen wollten. Dann gibt es noch die wirklich beschissenen Dinge, die sie sagen können. Sie könnten Unfälle beim Schlittschuhlaufen ins Gespräch bringen, Blut, HIV – es könnte nicht mit der Kritik an deiner sexuellen Orientierung enden, sondern zu etwas Größerem werden."

„Und das Positive wäre?", fragte Jared trocken.

„Tut mir leid." Ich lehnte mich in meinem Stuhl zurück. „Ich musste euch das zu Beginn erklären.

„Das wissen wir schon alles", bemerkte Ten müde.

„Und ich bin hier als eure Unterstützung bei all dem. Wir befinden uns im offenen Dialog mit verschiedenen Gruppen, die Gleichheit im Sport fordern -"

„Umkleideräume sollten sicher sein und Sportveranstaltungen sollten frei von Homophobie sein. Athleten sollten aufgrund ihres Talents, Herzens und ihrer Arbeitsethik beurteilt werden, nicht für ihre sexuelle Orientierung und/oder Geschlechtsidentität." Ten murmelte das ganze Leitbild einer der größten Gruppen, die für Gleichheit eintraten.

„Das wollen wir erreichen."

„In Ordnung, wo fangen wir an?", fragte Ten und packte fest Jareds Hand.

„Ich stehe nicht sonderlich auf Hockey", fing ich an.

Jared sah schockiert aus, Tens Mund klappte auf.

„Aber das hält mich nicht davon ab, die sozialen und ökonomischen Probleme zu verstehen, denen wir uns gegenübersehen."

„Du magst kein Hockey?", sagte Ten ungläubig, als ob das in seiner Welt keine Möglichkeit wäre.

„Es ist nicht wichtig, das Spiel zu kennen, um sich der Kultur bewusst zu sein."

„Das ist Blödsinn." Das kam von Jared, der seinen Kopf schüttelte. „Ich werde mich mit dir hinsetzen und dir ein paar Dinge erklären und du musst dir die Spiele anschauen. Wenn du Hockey nicht verstehst, dann…" Er hielt inne und suchte nach den richtigen Worten. „Dann *verstehst* du Hockey nicht."

„Es steht auf meiner Liste", versicherte ich ihm.

„Wirklich? Gar kein Hockey?", fragte Ten nach.

Ich entschied mich, das Thema zu wechseln. „Zunächst einmal muss ich ein wenig mehr über euch beide herausfinden. Ten, du hast noch zwei Brüder, die auch Hockey spielen?"

Das Treffen war lang und als wir uns dem Ende näherten, hatte ich ein Bild davon, womit ich fertig werden musste. Wir hatten eine Menge positiver Punkte, die uns helfen würden. Das Management wollte die ganze Coming-out Geschichte zum Vorteil des Teams nutzen. Das erste NHL Team mit einem geouteten Spieler zu sein würde entweder eine großartige Marketing-Chance sein oder den Ticket-Umsatz verringern. Sie verlangten Ersteres und ignorierten die Möglichkeit des Zweiten. Das Team stand als Nächstes auf meiner Liste. Ich würde sie einzeln kurz hinter verschlossenen Türen interviewen, um jegliche Probleme, um die ich mich vielleicht kümmern musste, absehen zu können. Die würden bald anfangen und der Erste war der Kapitän, Connor Hurley.

„Connor", sagte ich, als er hereinkam. Ich schüttelte seine Hand. „Ich bin Layton Foxx."

„Schön dich kennenzulernen, Layton."

Connor war ein ruhiger Typ, ganz ernster Blick und Konzentration und er hörte sich alles an, was ich zu sagen hatte und stellte vernünftige, gut durchdachte Fragen. Er stand zu einhundert Prozent hinter Ten und Jared und er war ein guter Kerl, den ich mit Freuden auf unserer Seite hatte.

„Es hilft, dass Tens Brüder eine signifikante Präsenz in anderen Teams haben", sagte er und ich machte mir eine entsprechende Notiz. Ich hatte mir dasselbe gedacht. Ten stand seinen Brüdern nahe und sie unterstützten ihn.

„Gibt es irgendwelche Probleme mit dem Team?"

Er und ich hatten zu Beginn des Treffens einen Vertraulichkeitsvertrag unterschrieben, genau wie ich es mit dem ganzen Team machen würde, wenn ich sie nacheinander sah. Er wusste, dass er frei sprechen konnte, aber er war auf jeden Fall intensiv, wenn es um das Team ging und zögerte nicht, mir ein größeres Bild davon zu zeichnen, wer jeder Spieler war und worauf ich achten musste, gut und schlecht. Von dem Verteidiger, Arvy, der eine homosexuelle Cousine hatte, bis zu einem neuen Typen im Team, Adler, der der ganzen Situation ambivalent gegenüberzustehen schien. Ich machte mir so viele Notizen, dass ich wusste, ich würde sie mir durchsehen und an einigen Stellen zusammenfassen müssen.

Ich mochte den Kapitän der Railers und als wir uns die Hände schüttelten, dankte ich ihm für seine Zeit. Er nahm seine Rolle so ernst wie ich die meine und zwischen uns herrschte gegenseitiger Respekt.

Nachdem ich mich mit ein paar der anderen Spieler getroffen hatte, war ich für den ersten Tag fertig. Ich schob meine Notizen wieder herum, stapelte sie und steckte sie zusammen mit dem iPad, das meine Verbindung zur Welt da draußen darstellte, in meine Tasche. Dann meldete ich mich bei Emma, der Marketing-Managerin für das Team und der Person, mit der ich zusammenarbeiten würde.

Sie war demonstrativ dankbar dafür, dass dieses Chaos nicht ihr überlassen worden war, was bedeutete, dass ich eine Menge Pluspunkte bei ihr hatte.

Auf dem Parkplatz stand eine kleine Gruppe der Jungs. Einen erkannte ich – Stan, der Russe, wie Kapitän Hurley ihn genannt hatte – war ein riesiger Bär von einem Mann und er starrte, als ich auf sie zuging. Die Richtung war keine Absicht, sie standen vor meinem Auto.

„Jungs", sagte ich ruhig, auch wenn der Anblick dieser riesigen Männer, die bei meinem Auto warteten, ausreichte, um mich nervös zu machen, als Erinnerungen an vergangene Zeiten mich heimsuchten. Ganz zu schweigen davon, dass Stan seine dicken Arme vor seinem Brustkorb verschränkt hatte und aussah, als wollte er gegen mich in den Krieg ziehen. Ich erkannte zwei der anderen, die bei ihm waren – Coach Benning sah grimmig aus, Arvy grinste mich an – und der andere Mann war der Typ von der Toilette.

Das war Adler, der, den der Kapitän in meinem Gespräch mit ihm an diesem Morgen als „nicht ausgesprochen kritisch, aber auch nicht wirklich unterstützend" bezeichnet hatte.

Ich war rot und wusste es und Adler grinste mich von oben herab an. Arschloch.

Er war nicht die erste Person, die mich von oben herab angrinste und würde auch nicht die letzte sein. Adler Lockhart war ein gut aussehender Mann, aber andererseits waren eine Menge der Spieler in diesem verdammten Team heiß und auf bestem Weg zum Brennen. Man nehme nur Arvy mit seinem freundlichen Lächeln und seinen langen, welligen Haaren oder Coach Madsen mit seinem intensiven blauen Blick und seiner Autorität.

„Kleines Gespräch", sagte Stan, seine Stimme laut und hallend in dem riesigen unterirdischen Parkplatz.

Ich schaute von Stan zu den anderen. Ich war mir nicht sicher, ob Adler reden wollte. Er grinste noch immer, sah aber gleichzeitig so aus, als wollte er sich verdrücken. Das Einzige, was ihn hinderte, war, dass er zwischen Stan, Arvy und meinem Auto eingeklemmt war.

Ich warf einen Blick auf meine Uhr, als ob ich sehen musste, ob ich die Zeit hatte, um zu bleiben und zu reden. Natürlich hatte ich Zeit. Jede Menge Zeit. Alles, was bei mir Zuhause auf mich wartete, waren ein Essen zum Mitnehmen und meine Notizen zu lesen. Oh, und ungefähr einhundert oder mehr Facebook Nachrichten von meiner Familie zu beantworten.

„Ich kann euch fünf Minuten geben", sagte ich, um die Wichtigkeit meiner Zeit zu betonen, und meinen Status zu bestärken. Es war sehr wichtig, dass ich mich aus Diskussionen außerhalb der offiziellen Treffen heraushielt. Ich musste mich vom Inneren des Hockey-Kreises fernhalten, damit ich das große Bild, wie die Dinge sich entwickelten, im Auge behalten konnte. Nicht offizielle Treffen sorgten nicht dafür, dass Dinge erledigt wurden.

Stan zog sein Oberteil zur Seite und zeigte mir ein Tattoo. Ich musste genau hinsehen, weil ich mir nicht sicher war, was ich mir da anschaute oder warum es mir überhaupt gezeigt wurde. Es sah wie eine Cartoon-Figur aus, ein Pokémon oder so etwas.

„Hulk", sagte Stan und sah mich erwartungsvoll an, als ob ich ein Wort verstehen sollte. Ich konnte aber kein Russisch, darum schaute ich hilfesuchend zu Coach.

„Was er sagen möchte ist", erklärte Coach Benning, „dass er Ten mag, sehr sogar, und dass Ten und er sich am selben Tag Tattoos haben stechen lassen und dass, wenn du Ten hängen lässt, er etwas dazu zu sagen haben und dir gegenüber zum Hulk werden wird." Der Tonfall des Coaches war freundlich, aber darunter befand sich ein Hauch von Stahl.

„Das hast du alles aus einem Wort entnommen?", fragte ich und sah zu Stan auf, der mich immer noch finster anstarrte.

Coach lächelte nur. „Er ist ein Mann weniger Worte. Zumindest der englischen."

Stan schlug mir mit einer Hand auf die Schulter und Mann, er war verdammt stark. Für einen Sekundenbruchteil durchraste mich Furcht, aber ich schob sie von mir, nach unten, wo sie hingehörte. Niemand hier würde mir wehtun.

Ich schlich aus Stans Reichweite und bot ihm mein zuversichtlichstes Lächeln. Stan sah mich an und lächelte dann ebenfalls.

Wie es schien, hatten wir eine Abmachung.

„Sind wir jetzt damit fertig, über Schwänze zu reden?", fragte Adler laut, brach die akzeptierende Stimmung in der kleinen Gruppe. Er betonte die Worte, indem er sich bedeutungsvoll an sein Gemächt fasste. „Es sei denn, wir holen sie raus."

„Jesus Christus, Ads", schnappte Arvy und stieß ihn mit dem Ellbogen an.

Adler grinste. „Ich sage nur, dass ein paar von uns Zuhause echter Sex erwartet und wir nicht den ganzen Tag damit zubringen, darüber zu plappern."

Dann schubste er Arvy zur Seite, der ihn zurückschubste, ehe er ihn gehen ließ.

„Arschloch", murmelte Arvy, aber ohne echten Nachdruck. Ich tauschte einen Blick mit ihm und er zuckte mit einer Schulter, als wollte er sagen „Was kann man schon machen?"

Ich fügte Adler im Geiste meiner Liste an Sorgen hinzu.

DIE FAHRT nach Hause war eine meiner besseren, der Verkehr nicht zu dicht und ein Audiobuch als ruhiger Hintergrund für meine Gedanken. Ich mochte Musik, aber manchmal reichte schon das Summen von Wörtern aus, um es mir zu gestatten, meine Mitte zu finden und alles in Einklang zu bringen.

Ich war an diesem Tag in falscher Sicherheit

gewogen worden, zumindest entschied ich das. Alle waren so zuvorkommend gewesen, aufmerksam und von meinen Worten ermutigt… und dann war da Adler. Ich wusste, dass dem Team ein paar schwierige Monate bevorstanden, vielleicht sogar länger, aber Bemerkungen über Schwänze aus heiterem Himmel war nicht, wonach ich suchte.

Ich sah mir seine Biografie an, sobald ich durch die Tür trat. Er war derjenige, den ich im Auge behalten musste. Abgesehen von seinem Namen gab es alle möglichen komplizierten Statistiken, über die ich gute Vermutungen anstellte und den Rest suchte ich mir online heraus.

ADLER KINCAID LOCKHART

Geboren 4. Nov. 1993, Brampton, Maine

1,95 m, 108 Kilo

Linker Flügel – schießt mit links

Letzte Saison – GP 57 – G 31- A 23 – P 54 – Plus/Minus 5 – PIM 51 – PPG 19 – GWG 4 – OTG 3- S% 18.2

DAS ERSCHIEN MIR ZIEMLICH DEUTLICH.

Ich hatte Typen wie ihn schon getroffen. Entweder hatte er mich an diesem Morgen abgecheckt und war nicht geoutet oder er war ein homophobes Arschloch und es war ihm vollkommen egal, wer es wusste. Er hatte heute das Wort Schwanz benutzt und war ziemlich anzüglich gewesen, darum machte ich mir ein paar

Notizen über angemessene Sprache, in Bezug auf seinen Namen im Besonderen und für den Rest des Teams im Allgemeinen.

NACHDEM DAS CHINESISCHE Essen bestellt war, saß ich am Tisch und entschied, dass ich das Durchlesen der Nachrichten von meiner Familie lange genug hinausgeschoben hatte. Zweifellos würde es die typische, irre Flut an Neuigkeiten über Zack und Adam und ihr Sanitärgeschäft oder David, der sich darüber beschwerte, wie die wirtschaftliche Lage sich auf das Baugeschäft und seine Elektrikerfirma auswirkte sein oder vielleicht wäre es Louise, die über die Tagesbetreuung redete und wie sehr sie sich manchmal wünschte, dass in der Tagesbetreuung zu arbeiten nichts mit Kindern zu tun hätte.

Andererseits konnte es auch meine Mom sein, die sich darüber Sorgen machte, weil ich der Einzige war, der nicht in der alten Heimatstadt wohnte. Als ich aus Alton Heights, Michigan weggezogen war und die NYU besucht hatte, war das etwas gewesen, auf das sie sowohl stolz war, über das sie sich aber auch Sorgen machte. Wenn man dann noch bedachte, dass ich nach dem College nicht nach Hause gekommen war, sondern mir eine Wohnung in Harrisburg gekauft hatte, war ich anscheinend der Grund, warum sie graue Haare hatte.

In Wirklichkeit war ich nicht das einzige ihrer fünf Kinder, das wusste, dass sie ihre Haare alle vier Wochen färbte, so pünktlich wie die Uhr, um es makellos blond zu halten. Sie war ein Hausmütterchen – egal was, sie machte es für das Wohl der Familie. Kuchenverkäufe, Gemeindeveranstaltungen, jeden Abend um sechs Uhr stand das Abendessen auf dem Tisch, sie machte das alles.

Ich beantwortete Zachs Nachricht über die Feier zu Moms siebzigstem Geburtstag. „Ja, ich werde da sein, sag mir wann." Ich antwortete David und Louise auf ähnliche Weise, weil anscheinend drei meiner vier Geschwister überzeugt waren, dass ich nicht zu Janet Foxx' Party kommen würde.

Ich liebte meine Mom. Nachdem mein Dad vor ungefähr zehn Jahren gestorben war, war sie für mich da gewesen, so gut sie konnte und auf gar keinen Fall würde ich die Feier verpassen.

Adams Nachricht war nur ein langer Witz über einen Rabbi in einer Bar und ergab nicht wirklich Sinn. Ich tippte dennoch LOL und hoffte, dass es lustig war und keine ernsthafte Geschichte über einen echten Rabbi, den er in einer Bar getroffen hatte.

Nachdem das Essen geliefert worden war und ich es auf einen Teller gekippt hatte, musste ich noch mit einer Person sprechen und ich suchte in meinen Kontakten nach Mom, stählte mich innerlich, die üblichen Fragen zu beantworten.

„Endlich ruft mein Baby an", sagte sie anstelle einer Begrüßung. „Ich hätte beinahe Zach losgeschickt, um herauszufinden, ob du noch am Leben bist. Du rufst nie an, du kommst nie zu Besuch…"

Wow, sie hatte nicht lange gewartet, um mir ein schlechtes Gewissen zu machen. „Mom, du weißt, ich würde zurückkommen, wenn ich könnte."

„Arbeitest du immer noch mit diesem Schauspieler?"

„Nein, ich arbeite jetzt mit einem Hockey-Team, als Unterstützung für den Auftritt in den Sozialen Medien und als Krisenmanager."

„Als was?"

„Eine Unterstützung -"

„Oh", unterbrach sie. „Du solltest mit David über Hockey reden. Du erinnerst dich an Calvin, seinen Freund aus der Junior High? Nun, der Bruder des Freundes seines Cousins... oder war es der Cousin seines Bruders? Moment, das würde keinen Sinn ergeben, oder? Jedenfalls ist dieser Junge so mir nichts dir nichts nach Norden gezogen und spielt dort für irgendein Team."

Für meine Mom bedeutete Norden Kanada und nein, ich erinnerte mich nicht an Calvin und wusste auch nicht, worüber zur Hölle sie sprach. Ich bin das jüngste von fünf Kindern, mit einer großen Lücke zwischen mir und dem nächsten Geschwister, Louise, meiner einzigen Schwester. Mom und Dad hatten mich spät bekommen – sie war vierundvierzig und schwanger mit dem fünften Kind und jetzt, als ich auf die sechsundzwanzig zuging, steuerte meine Mom, die stark wie ein Ochse war, auf ihren siebzigsten Geburtstag zu. All die Jahre, die sie mir und meinen Geschwistern gegeben hatte, bedeuteten, dass ich mir ihre Ausführungen über ein Kind, das ich nicht kannte, anhören konnte.

„Hast du schon einen festen Freund?"

Das erwischte mich kalt, die Frage kam aus dem

Nichts und hatte überhaupt keinen Bezug zu dem Thema von Calvins irgendwie Cousin, der Hockey spielte.

„Nein, Mom", sagte ich.

„Gehst du einfach nur so mit Typen aus?", fragte sie.

Ich unterbrach sie, bevor sie anfing, mir Fragen über mein Sexualleben zu stellen und glaubt mir, danach fragte sie liebend gern. „Ja, mit einem Hockeyspieler", log ich.

„Gut. Ich will sehen, wie du das Leben genießt."

„Das tue ich, Mom."

„Kommst du zu meiner Überraschungsparty nächsten Monat?"

„Mom, verdammt", sprudelte es aus mir heraus. „Davon solltest du nichts wissen."

„Oh, es gibt also eine."

Scheiße. Ich war gerade von meiner Mutter hereingelegt worden.

„Nein", sagte ich, aber es war schlicht zu spät. „Mom, ich muss auflegen. Mein Essen ist gekommen."

„In Ordnung, Layton. Pass auf dich auf und ruf mich öfter an."

„Das werde ich, Mom."

Schuldgefühle, weil ich sie angelogen hatte, nadelten mit Nachdruck auf mich ein, aber ich versuchte, sie zu ignorieren. Ich schaufelte mir eine Gabel voll Nudeln in den Mund und öffnete mein iPad mit der anderen Hand, tippte eine schnelle Nachricht an Louise, die, wie ich wusste, die Hauptorganisatorin für Moms Geburtstag war, und gestand, was passiert war. Es kam keine prompte Antwort; ich hatte auch keine erwartet.

Auf meine vier Geschwister verteilten sich vier Partner und bei der letzten Zählung zehn Kinder, wobei Louise das Rudel mit fünf Kindern anführte, alles im Alter von einunddreißig, das jüngste erst zwei Monate alt.

Ich war in dieser Familie wirklich die Ausnahme.

Der Einzige, der aufs College gegangen und einen Abschluss gemacht hatte, der Einzige mit einer Karriere, die gutes Geld brachte, der Einzige, der weggezogen war.

Ich ging mit einhundert Fragen im Kopf ins Bett, alle drehte sich um die Railers und meine Pläne für das Team. Zuerst musste ich mit jedem Spieler reden und ich schob Adler Lockhart auf dieser Liste nach oben.

Ich hatte das Gefühl, dass dieser wunderschöne Mann mit den Schlafzimmeraugen und dem eindeutig nicht jugendfreien Benehmen derjenige war, den ich im Auge behalten musste.

Kapitel Zwei

ADLER

ICH KROCH HINTER das Steuer meines Autos, der Sitz des BMW 540i schloss sich um meinen dämlichen, traurigen Hintern wie ein fein gearbeiteter italienischer Fahrhandschuh aus Leder, von denen ich irgendwo hier drin ein Paar herumschwirren hatte. Vielleicht im Kofferraum? Wer wusste das schon. Und noch wichtiger, wen kümmerte es? Ich schaute mich im Rückspiegel an.

„Du bist im wahrsten Sinne des Wortes der größte Sack Schwänze, der je Luft angesaugt hat, Adler", erklärte ich meinem Spiegelbild. Der Typ im Spiegel stimmte mir vollkommen zu.

Ich schlug die Fahrertür zu. Meine Stirn traf auf das Lenkrad. Was zur Hölle war mein Problem? Warum machte ich das immer? Ich traf einen heißen Typen, riss einen dämlichen Witz über seine Blasenkontrolle, fühlte mich wie ein Arsch, untermauerte dann meinen Arschlochstatus, indem ich einen *noch* schlechteren Witz machte, als ich den unglaublich scharfen Mann ein zweites Mal sah.

„Riesiger Sack Schwänze", murmelte ich, während ich meine Brauen ein paar Mal am Lenkrad abprallen ließ.

Als der Schmerz einsetzte, hörte ich mit dem Kopfschlagen auf. Es fühlte sich ohne Musik ohnehin nicht richtig an. Ich drehte die Poison CD in dem hochwertigen Stereosystem auf, fuhr dann damit fort, meine Trommelfelle wegzublasen. Nichts half wie Bret Michaels und C.C. Deville, um den Blues loszuwerden. Zu schade, dass nicht einmal C.C. dieses Mal funktionierte. Dann wusste man, dass es schlimm war. 80er Hairbands kurierten jegliche Krankheit, die es gab.

Ich warf den Motor an und legte den Gang des BMWs ein. Zeit nach Hause zu fahren. Essen. Ein Nickerchen halten. Mich in der Dusche ertränken.

„Nachricht an mich selbst. Finde den besten Weg, in der Dusche zu ertrinken, ohne tatsächlich zu sterben, weil Santa bald kommt und, hurra, Weihnachten." Pfft.

Während ich zu meinem Apartment fuhr, ging ich den Tag noch einmal durch und stöhnte erneut. Ich bemühte mich zu sehr. Ich wusste das. Aber so war Adler. *Sing, tanze und wirf mit dämlichen Witzen um dich wie ein Hofnarr, wegen dieses einen Mals, als Dad fand, dein klopf-klopf Witz wäre clever.*

KLOPF, *klopf!*

Adler, bitte, ich versuche zu arbeiten. Such Apollo und geh ihm auf die Nerven.

Klopf, klopf!

Schön, in Ordnung. Wer ist da?

Oswald.

Oswald wer?

Oswald, mein Kaugummi!

Oswald was?

Nicht Oswald. Ich habe geschluckt – das klingt wie Oswald.

Das ist clever, Sohn, jetzt geh zu Apollo.

ICH ZUCKTE ZUSAMMEN, als der Typ hinter mir auf die Hupe drückte. Scheiße, wie konnte ich schon am Capitol-Gebäude vorbei sein? Sich in der Vergangenheit zu verlieren, würde mich in der Gegenwart an einem Telefonmasten enden lassen.

Bret und C.C. redeten jetzt darüber, was die Katze hereingezerrt hatte. Großartiger Song. Zur Hölle mit meinem Leben. Scheiße. Ich würde einen Weg finden müssen, diesen armen, steifen Typen morgen zum Lächeln zu bringen. Vielleicht könnte ich diesen großartigen Oswald-Witz bei ihm probieren, weil der bei meinem Dad solche Wunder bewirkt hatte. Gar nicht.

Mein Zuhause kam in Sicht. Ich fuhr auf den Parkplatz und hielt auf meinem reservierten Platz an, schaltete den Motor aus.

Die Executives. Zwanzig Elite-Wohneinheiten für jene mit teurem Geschmack. Und großen Trusts, von denen ich einen besaß. Geld war kein Thema für die Lockhart-Familie. Dad war eine Legende im Feld der Firmenübernahmen. Mom war eine Legende im Feld des Reisens und Affären zu haben, um etwas gegen die Einsamkeit zu tun, die sie verspürte, weil Dad ständig

Firmen übernahm. Aber hey, ich hatte eine Menge Nullen auf meinem Konto und das war es, was zählte. Geld auszugeben und mehr davon zu verdienen.

Die Fahrt zu meinem Penthouse war reine Agonie. Warum? Warum mussten sie so beschissene Aufzugmusik spielen? Warum nicht etwas von RATT oder vielleicht ein bisschen Winger? Warum hatte der Typ im Stadion so verdammt nervös ausgesehen und nicht die avantgardistische Art von nervös? Warum waren seine Lippen so voll? Warum hatte ich nach seiner Blase gefragt? Verdammter Scheiß. Ich war ein Plug von epischer Größe und Umfang.

Sobald die Türen sich öffneten, stapfte ich durch die kleine Lobby, die Besucher meines prestigeträchtigen Heims zuerst sahen. Es war alles dekoriert und so. Irgendein Typ mit rosa Haaren und einem knackigen Hintern hatte das für mich erledigt, als ich an die Railers verkauft worden war. Er und ich hatten einmal eine Nummer geschoben, nachdem das Apartment und die Lobby nach seinen Vorstellungen neu gestaltet worden waren. Er war wirklich pingelig gewesen und überhaupt nicht mein Typ, aber ich hatte mich allein und verletzlich gefühlt. Außerdem hatte er über meine Witze gelacht, darum hatte er sich einen guten Fick verdient.

Ich warf meine Sporttasche auf den Boden, sobald ich mein Apartment betrat.

„Lucy, ich bin zu Hause!", schrie ich, schnappte mir dann die Rechnungen vom Seitentisch. Vor allem Nebenkosten. Darum würde Apollo sich kümmern. Ich hatte unter Umständen auf eine Postkarte von meinen

Eltern gehofft. Wo waren sie im Moment? Frankreich?
Nein. Griechenland? Nein. Scheiße, ich konnte mir das
nie merken. „Apollo, wo sind Cole und Karrie Anne?"
Ich nannte sie nie Mom und Dad, sie hatten verlangt,
dass ich sie Cole und Karrie Anne nannte und das war
für mich in Ordnung. Nach einer Weile gewöhnte man
sich an alles.

„Sie sind in Florida und spielen bis Freitag Golf mit
dem orangefarbenen Troll, dann fliegen sie über die
Feiertage nach Capri."

„Oh, ja." Großartig. Noch mehr handgemachte
Ledersandalen, die ich nie tragen würde.

Ich tappte durch mein Wohnzimmer. Es bestand
ganz aus Glas und Chrom, weiß und blau. Ich atmete
tief ein und nahm den Geruch von etwas wie Sellerie
wahr und das Kokosnuss-Melonen-Shampoo, das
Apollo benutzte. Drüben in der Ecke standen Kisten, in
denen sich nur Weihnachtsdekorationen befinden
konnten. Warum Apollo darauf bestand, das Zeug
aufzuhängen, wenn außer mir und ihm niemand das
Lametta und die winzigen hölzernen Rentierstatuen
sehen würde, wollte mir nicht in den Kopf. Ich schaute
auf die Stadt hinaus und seufzte über den Schnee, der
sanft fiel. Ich hatte schon seit… Ewigkeiten kein
Familienfest mehr gehabt.

Als ich in die Küche trat, fand ich Apollo am Herd.
Er schaute über seine Schulter und runzelte sofort die
Stirn.

„Du siehst beschissen aus. Was ist passiert?"

„Die Rechnungen sind da." Ich warf sie auf die

Marmorplatte, legte dann ein Bein über einen der drei Barhocker an der Kücheninsel.

„Ja, ich weiß, ich habe sie mit heraufgebracht."

Apollo fügte seiner Kreation mit Flair etwas Petersilie hinzu. Er machte alles mit Flair und ein wenig Extravaganz. Apollo Vasquez war mein ältester und bester Freund. Seine Mutter war die Chefin für häusliche Angelegenheiten im Haus meiner Mutter in Maine, wo ich aufgewachsen war. Mom gehörten die vier Häuser in den Staaten, Dad gehörten die sechs im Ausland.

Apollo war in meinem Alter, vierundzwanzig und war mit mir zusammen aufgewachsen. Wir waren wie Brüder, auch wenn er mit sechs auf die staatliche Schule gegangen war und ich in die Northwood Academy for Boys verfrachtet worden war. Er war der erste Junge gewesen, den ich je geküsst hatte. Er war die einzige Person, die zugehört hatte, als ich weinte, weil meine Eltern nie zu einem meiner Spiele kamen, als ich ein junger Teenager war und so verdammt verwirrt wegen dem Leben, mir selbst und meinem Bedürfnis, gut aussehende Jungen wie Apollo zu küssen, gewesen war. Nach ein paar Küssen und etwas Kuscheln war mir klar geworden, dass Apollo und ich niemals mehr sein würden als beste Freunde. Er hatte schnell zugestimmt und wir waren uns so viel näher gekommen. Er war mein bester Freund, Seelenbruder, Koch, persönlicher Assistent und Tritt in den Arsch Geber, wenn es nötig wurde, was so ziemlich täglich passierte – das in den Arsch treten.

„Also, was ist los?"

Ich schnappte mir ein Karottenstück aus dem Salat, den er gemacht hatte. Der Mann war ein verdammt guter Koch und besaß einen siebten Sinn, wenn es darum ging, mich zu durchschauen. Er wirbelte von seinem Topf herum, verschränkte seine Arme vor seinem schlanken Brustkorb und nagelte mich mit seinen tiefbraunen Augen an der Wand fest.

„Ich habe diesen Typen kennengelernt...“

Das brachte etwas Licht in seine Augen. „Oh? Gut!“ Er ging mir immer damit auf die Nerven, mehr auszugehen und mich zu outen. Meinen inneren schwulen Mann anzunehmen. Aufzuhören, meine Eltern beeindrucken zu wollen. Mich besser anzuziehen und zu lernen, die Klobürste zu benutzen, um Himmels willen.

„Oh, nicht gut.“ Ich schob mir die Karotte in meinen Mund und kaute. Apollo verdrehte die Augen. „Nein, mach das nicht“, sagte ich um die Karotte herum. Er wandte sich wieder seinem Topf zu und rührte wild um. „Weißt du, als wir das erste Mal übereinander gestolpert sind, hatte er gerade irgendein Problem. Ist das Suppe?“

„Ja, es ist Selleriesuppe.“ Er warf mir einen finsteren Blick zu. „Und natürlich, weil du Adler bist, hast du etwas gesagt, von dem du dachtest, es wäre lustig, aber das genaue Gegenteil war der Fall.“

Ich starrte den sehnigen Mann mit dem Undercut und dem Augenbrauenpiercing an. „Vielleicht.“

„Du bist so ein Depp“, sagte er, während er zwei Schüsseln mit Suppe füllte, sie dann zur Kücheninsel trug. „Hier - sei vorsichtig, sie ist heiß.“ Ich hob eine

Augenbraue. „Ich habe das Gefühl, dass ich dir diese Dinge erklären muss, weil du ganz automatisch in den vierjährigen Adler-Modus zurückfällst, obwohl du jetzt einen Meter neunzig groß bist."

„Fünfundneunzig", korrigierte ich sanft.

„Alles über eins neunzig spielt keine Rolle."

„Nicht, wenn du die ein Meter siebzig nicht schaffst", kommentierte ich, nahm dann etwas cremige Suppe mit meinem Löffel auf und blies darauf.

„Ich bin einen Meter vierundsiebzig, herzlichen Dank auch. Also, zurück zu dir, weil du der Bürgermeister des Versau-Mein-Leben-Landes bist."

„Richtig, ja, also ich habe etwas Dummes zu dem Mann gesagt und -"

„Ist er ein Hockeyspieler?" Apollo reichte mir eine Stoffserviette, schüttelte dann seine eigene aus und legte sie über seinen Schoß, um seine enge, schwarze Skinny-Jeans zu schützen.

„Nein, ich glaube, er ist ein Sozialer Medien Typ. Um bei der ganzen ‚Tennant Rowe und Jared Madsen haben Posex miteinander und wollen der Welt davon erzählen' Situation zu helfen."

„Mmm, ich verstehe. Er ist ein Spin Doctor?"

„Ich weiß nicht. ‚Sozialer Medien Typ' funktioniert. Aber ja, er hat diese Augen und einen Mund…"

„Gut zu wissen. Das macht sehen und reden einfacher."

„Hör auf, so Apollo zu sein, in Ordnung? Sag mir, was ich tun soll. Wie bringe ich das mit ihm wieder ins Lot?" Ich schlürfte meine Suppe, machte ein Lecker-

Geräusch, wagte dann einen Blick auf meinen besten und einzigen Freund.

„Nun, was ich vorschlage, ist, kein Witze reißender Vollpfosten zu sein, wenn du ihm das nächste Mal begegnest. Du musst die Leute nicht unterhalten, damit sie dich mögen, Adler."

„Ich weiß." Ich schnappte mir ein paar Austern-Cracker aus einer kleinen Schüssel und verteilte sie auf meiner Suppe. „Habe ich je erwähnt, wie froh ich bin, dass du entscheiden hast, für mich zu arbeiten, als meine Mutter vorgeschlagen hat, ich sollte mir einen PA suchen, der eine Schürze trägt?"

„Es war die Schürze, die den Ausschlag gegeben hat."

Ich stieß seine Schulter mit meiner an und aß meine Suppe auf. Vielleicht würde der Sellerie dafür sorgen, dass ich nicht mehr so sehr dazu neigte, ein Vollpfosten zu sein.

ICH HÄTTE WISSEN MÜSSEN, dass der Sellerie mich nicht weniger dumm machen würde. Ich will damit sagen, wenn er diese Art magischer Fähigkeit hätte, wäre jeder auf der Erde unglaublich klug und grün gefärbt von all dem Sellerie, den wir konsumierten.

Am nächsten Tag dampfte ich durch den Spielereingang wie ein Mann auf einer Mission. Ich hatte zwei Ziele für den Morgenlauf. Dem Coach zu zeigen, dass mein Wechsel hierher eine gute Sache war und den Soziale Medien Typen finden und mich für den

Blasen- und den Schwanzwitz entschuldigen. Witze. Zwei Witze, für dich ich mich entschuldigen musste.

Die Umkleide der Railers summte vor maskulinen Gesprächen. Eine Socke traf mich an der Seite meines Gesichts, in dem Moment, als ich eintrat. Ich warf Stan, dem russischen Goalie, der wenig Englisch redete, aber Hulk und Pokémon Tattoos trug, als wären sie Abzeichen, einen finsteren Blick zu.

„Ha!", brüllte Stan, fing dann wieder an, mit seiner Ausrüstung zu reden, als wäre das vollkommen normal. Goalies waren mehr als seltsam.

Ich stellte Blickkontakt mit Tennant her, der durchaus einer der hübschesten Männer sein könnte, denen ich je begegnet war, gleich nach Medien Mann mit seinem vollen Mund und den gequälten Augen. Er nickte und ich tat dasselbe.

Ich würde ein scharfes Auge auf sein und Madsens Coming-out behalten. Nicht, dass ich in nächster Zeit über diese flammende Brücke schreiten würde. Es meinen Eltern zu sagen war schlimm genug gewesen. Sie waren nicht wütend geworden. Wütend zu werden hätte vorausgesetzt, dass sie genügend für mich empfanden, um so eine starke Emotion zu verspüren. Nein. Sie hatten nur etwas gemurmelt, als sie durch die Tür verschwunden waren, um zu arbeiten oder Cocktails im Country Club zu trinken. Es hätte ein „In Ordnung" oder „Großartig, jetzt ist er auch noch eine Schwuchtel und nicht nur ein Hockeyspieler. Wann wird die Schmach enden?" oder vielleicht „Wann haben die Montclairs gesagt, würden sie sich dieses Jahr zum Skifahren in Vale mit uns treffen?" sein können.

. . .

NACHDEM ICH MEINEN Anzug ausgezogen hatte und in einer kurzen Kompressionshose und einem alten Skid Row T-Shirt von ihrer 89er Tour dastand, holte ich mein Handy aus meiner Tasche, fand die Kopfhörer und machte mich auf die Suche nach einem Laufband. Ich fand eines neben Arvy. Er schenkte mir ein freundliches Lächeln. Ich entschied mich, ihm einen Witz über einen Rabbi und einen Priester zu erzählen, die zusammen ein Auto kauften.

„Sie entscheiden sich, das Auto beim Haus des Priesters abzustellen. Eines Tages kommt der Rabbi zu dem Priester, um nach dem Auto zu sehen und sieht, wie der Priester Wasser auf das Auto spritzt. Der Rabbi fragt ‚Was machst du da?'. Der Priester antwortet ‚Ich segne das Auto.'. Also sagt der Rabbi, ‚In Ordnung, wenn wir das machen…' und holt eine Säge heraus und schneidet fünf Zentimeter vom Auspuff ab."

Arvy lachte so sehr, dass er von seinem Laufband fiel und sich die neue Prellung auf seinem Bein kühlen musste. Seht ihr, Humor funktionierte, um Leute dazu zu bringen, einen zu mögen, ganz egal, was Apollo immer sagte. Ich fühlte mich ziemlich gut, schloss meine Kopfhörer an mein Handy an und schob das Telefon in das Band um meinen rechten Bizeps. Ich fand meine Jogging-Playlist. Jede Menge Cinderella, Guns'n'Roses, ein wenig Lita Ford und eine heftige Dosis Bon Jovi.

Ich erhöhte die Geschwindigkeit und die Steigung und lief. Etwas an dem stetigen Stampfen meiner Füße, die auf das Band trafen, funktionierte wie ein natürliches High. Der Stress des Lebens schmolz dahin und ich konnte für eine Minute vergessen, dass mir ein weiteres Weihnachten mit Apollo bevorstand, während die Familie – und ich benutzte diese Bezeichnung im weitesten Sinne, denn was ich über echte Familien wusste, passte auf einen Stecknadelkopf – irgendwo unterwegs war, alles machte, außer mich zu sehen.

„Ah, zur Hölle mit diesem Scheiß", grummelte ich. Ich drehte die Musik weiter auf und lief, bis jemand mir auf meinen verschwitzten Rücken schlug. Ich warf einen Blick nach links, meine Augen brannten, als Schweiß in sie hineinlief. Coach Madsen stand neben mir. Ich zog meine Kopfhörer heraus.

„Layton Foxx sucht nach dir", sagte er, als ich meine Geschwindigkeit verringerte und die Steigung senkte. Ich nahm das Handtuch, das er mir hinhielt.

„Danke." Ich rieb mir über das Gesicht. „Äh, wer ist Layton Foxx?", fragte ich, zog mir dann das nasse T-Shirt vom Leib, damit ich meinen Brustkorb und meinen Bauch abtrocknen konnte.

„Er ist der Krisenmanagement-Typ und er will vor dem Morgenlauf mit dir reden. Er ist jetzt gerade im Presseraum."

Oh, Scheiße, der Medien-Typ mit dem zum Küssen einladenden Mund? Er wollte mit mir reden? Verdaaammt.

„In Ordnung, danke, Coach." Ich warf mir mein T-Shirt über die Schultern und sprang vom Laufband, riss das Kabel aus meinem Handy, während ich losstürmte, um Layton Foxx zu finden.

Foxx? Ja, das war er ganz sicher. Ich wette, dass er

das oft hörte. Vielleicht konnte ich mir etwas Lustiges einfallen lassen, was ich darüber sagen konnte, dass er ein Fuchs war. Oder vielleicht lieber nicht.

Ich lief beinahe am Presseraum vorbei und kam rutschend vor der offenen Tür zum Stehen, während Bob Seger aus meinem Handy dröhnte. Layton Foxx hob diese wunderschönen dunkelgrauen Augen von dem iPad in seinen Händen und mein Herzschlag verdreifachte sich.

Kapitel Drei

ICH KONNTE SCHON WIEDER NICHT MEHR ATMEN.

Nicht nur, weil Adler schnell und ohne Vorwarnung an meiner Tür erschien, sondern auch, weil der Mann nackt war. Natürlich nicht ganz nackt. Er trug eine eng anliegende kurze Hose, aber sein T-Shirt hing um seine Schultern, seine Haut war feucht vom Schweiß und er sah aus, als ob er von sehr weit weg die ganze Strecke hierher gelaufen wäre.

Atmen war schwer, wegen des Schocks und der Tatsache, dass ich ganz ehrlich noch nie etwas Perfekteres als diese Quadratmeter Haut, harte Muskeln und dieses V mit dem Pfad aus Haaren, der in seiner kurzen Hose verschwand, gesehen hatte. Die ganze einem Porno würdige Szene war mehr, als ich verkraften und dabei zurechnungsfähig bleiben konnte. Darum musste ich mich verdammt anstrengen, was mich aus dem Gleichgewicht brachte. Adler war mein erstes Treffen an diesem Morgen, aber dasjenige, über das ich mir die meisten Sorgen machte, so wie unsere vorangegangenen zwei Begegnungen abgelaufen waren und wegen der Menge an Scheiß, die der Mann von sich gab.

„Hey", sagte er an der Tür und wartete.

„Kommen Sie rein", war alles, was ich zustande brachte. „Setzen Sie sich", fügte ich hinzu.

Er überquerte die Schwelle und machte mit seiner Hand auf der Türklinke eine Geste, von der ich annahm, sie war eine Frage, ob er die Tür schließen sollte.

„Schließen Sie die Tür", bestätigte ich. In Ordnung, das lief ja super. Komm rein, schließ die Tür, setz dich und bis jetzt hatte er alles getan, was ich sagte. Er schlüpfte in sein T-Shirt, wand sich, damit es an die richtige Stelle kam und zog es dann nach unten. Währenddessen konnte ich nur zusehen. Meiner Meinung nach gab es nicht Heißeres als einen Mann, der sich streckte, um sich an- oder auszuziehen, wenn ein Hauch von Haut zu sehen war, neckend und darauf hinweisend, was sonst noch dort sein könnte. Mein letzter Liebhaber war wütend geworden, weil ich so lange brauchte, um ihn auszuziehen, dabei jeden entblößten Zentimeter küsste, aber so war ich nun einmal. Ich fokussiere mich bis zur Obsession auf meine Aufgaben.

Und ich könnte eine Menge Zeit damit verbringen, eine Obsession für den Körper des Spielers, der in dem Stuhl mir gegenübersaß, zu entwickeln. Zu schade, dass Jocks die Körper hatten und sehr oft auch das Aussehen, aber meiner Erfahrung nach hatten viele von ihnen dazu gemeine, selbstsüchtige Seiten.

Mit Ausnahme von Ten und den anderen, mit denen ich tags zuvor gesprochen hatte. Sie schienen cool, intelligent, vernünftig und fokussiert zu sein. Während Adler ein hirnloser Idiot war, der gerne über Genitalien redete. Was für eine Schande, weil er wunderschön und ich von seinem umgekehrten Striptease immer noch hart war.

„Adler Lockhart, 62, linker Flügel, ich will mich entschuldigen", sagte er in einem langen Satz, ehe ich mit meiner Einführung darüber anfangen konnte, wer ich war und was ich vom Team wollte und irgendetwas über Vertraulichkeit erwähnen konnte. „Es war unangemessen, einen Kommentar über deine Blase und Schwänze im Allgemeinen abzugeben."

„In Ordnung." Es wäre in Ordnung gewesen, wenn er es damit hätte gut sein lassen, aber nein, der Mann machte weiter.

„Ich neige dazu, zu viel zu reden und wenn ich nicht genau weiß, was ich sagen soll, dann fällt mir jede Menge Scheiß ein, wie einen Kommentar über deine kleine Blase abzugeben. Die, wie ich mir sicher bin, nicht klein ist. Ich meine, kein Mann mag es, wenn man ihm sagt, dass er ein kleines irgendetwas hat, oder? Ich bin mir sicher, dass deine Blase in sehr guter Proportion zum Rest deines Körpers steht. Und was die Sache mit dem Sex auf dem Parkdeck betrifft, nun, es ist mir unangenehm, über die verschiedenen Orte zu diskutieren, wo meine Teamkollegen ihre Schwänze hinstecken und ich will nicht wirklich auf diese Weise über Ten denken. Ich meine damit, er ist ein netter Kerl, nicht, dass ich ihn sehr gut kenne, weil ich seit dem

Wechsel noch nicht lange beim Team bin, aber er ist ein guter Spieler. Über seinen Schwanz nachzudenken ist nichts, was ich wirklich tun möchte. Oder auch den von Coach Madsen, um ehrlich zu sein. Was sie in ihrer freien Zeit mit ihren Schwänzen machen, ist ihre Sache." Er hörte mit seiner Rede in diesem Moment auf und biss sich auf die Lippe, seine Wangen waren gerötet. „Scheiße", fügte er hinzu.

In diesem Augenblick hätte ich sein übermäßiges Reden und das unangemessene Thema fröhlich abwinken und abhaken können, dass ich mit ihm gesprochen hatte und mich vom Acker machen können. Aber das war nicht mein Job und ich nahm mir einen Moment Zeit, auf die Notizen vor mir zu schauen.

„Ich denke, Ihnen würde etwas Sensibilitätstraining guttun", fing ich an.

„Zur Hölle, nein. Ich bin sensibel. Ich kann sensibel sein."

„Es ist eine Standardprozedur", versicherte ich ihm und log gleichzeitig.

„Oh." Er verlor ein wenig Dampf. „Sie meinen, jeder muss es machen?"

Ich wünschte mir in diesem Moment, dass ich einfach nur Ja gesagt hätte, denn das hätte Adler gestoppt. Aber nein, ich musste ganz geheimnisvoll tun. „Das ist vertraulich."

Er runzelte die Stirn. „Also nicht alle."

„Wie gesagt, es ist vertraulich."

„Was ist mit Arvy?"

Ich konnte mir beim besten Willen nicht vorstellen, warum er Arvy als Beispiel herauspickte, darum verpasste ich eine weitere Gelegenheit, das Ganze zu killen. „Vertraulich", sagte ich.

„Ich verstehe, er hat diese homosexuelle Cousine, was ihn vor einem ganzen Tag rettet, den man damit verschwendet, sich Scheiß darüber anzuhören, was ich sagen darf und was nicht?"

„Mr. Lockhart -"

„Wenn man also jemanden kennt, der jemanden kennt, dann entkommt man. Richtig?"

„So funktioniert das nicht -"

„Ich kenne Arvy", sagte er und lehnte sich in seinem Stuhl zurück. „Ich muss aufpassen, was ich in seiner Gegenwart sage, also bin ich da sensibel."

„Sie verstehen nicht", fing ich geduldig an und dann fuhr ich es so richtig gegen die Wand. „Moment, Arvy war dabei, als Sie sich auf dem Parkplatz ans Gemächt gegriffen haben."

„Oh", sagte Adler und schnaufte laut. Dann rieb er sich mit den Fingern über die Augen. „Ich hasse diesen Political Correctness Scheiß", murmelte er.

Ich nahm an, er meinte das Sensibilitätstraining, aber ich wollte die Sache hinter mir lassen. „Es ist alles gesunder Menschenverstand und wegen der Veränderungen im Team ist es immens wichtig, dass wir gegenüber allen Medienanfragen eine geschlossene Front bilden."

„Zur Hölle, mir ist es egal, was Ten und der Coach machen." Er sah mich an und ich wartete auf mehr, weil es so aussah, als würde er etwas zu diesem Satz hinzufügen. Nur, dass er das nicht tat. Seine Lippen wurden schmal, als würde er sehr angestrengt versuchen, etwas zurückzuhalten.

Ich nahm das als Zeichen, dass er etwas Krasses hatte sagen wollen und fühlte mich beinahe stolz, dass er sich zurückgehalten hatte. Ich schaute auf meine Notizen.

„Das hier ist eine Frage, die Sie nicht beantworten müssen, aber es wäre hilfreich zu wissen, ob Sie irgendwelche religiösen Einwände in Bezug auf die Situation haben, von denen wir wissen sollten."

„Christus, nein", sagte er, schnaubte dann ein Lachen über seinen eigenen Witz. Er hörte schnell wieder auf und sein Gesicht wurde ganz Ernsthaftigkeit. „Tut mir leid, ich konnte mich nicht beherrschen."

Und das ist dein Problem, Mr. Hockey Typ.

Ich strich Religion im Geiste durch, machte aber ein zusätzliches Häkchen in der Sensibilitätstraining-Spalte, weil dieser Mann keinerlei Filter besaß.

„Haben Sie irgendwelche Fragen an mich?", fragte ich, in dem Versuch, das dankenswerterweise kurze Treffen zu Ende zu bringen.

„Das ist alles?", fragte er und sah überrascht aus.

„Das hier war nur ein grundlegendes Treffen, um das Team kennenzulernen."

Adler verschränkte erneut seine Arme vor dem Brustkorb und ich sah, wie die Muskeln sich anspannten. Dieser Mann war stark. „Sie wollen keine Fragen über mich stellen?"

„Wir werden uns später ausführlich unterhalten. Nach dem Sensibilitätstraining."

„Im Ernst, keine weiteren Fragen mehr?"

„Nein. Mein Hauptaugenmerk liegt darauf, eine Präsenz in den Sozialen Medien aufzubauen, die das Team als Ganzes unterstützt und das Gesicht der Gleichstellung hat."

Er nickte langsam. „Sie wollen damit sagen, für Außenstehende sind wir alle Friede, Freude, Eierkuchen das sexuelle Alphabet in all seinen Formen zu repräsentieren?"

Ich wollte sagen, dies war der Grund, warum er lernen musste, was angemessen war. Ich tat es nicht.

„Das hier ist eine explosive Situation, Mr. Lockhart. Die Railers könnten hier ein wirklich positives Zeichen setzen."

„Würdest du bitte aufhören, mich so zu nennen? Mein Name ist Adler, oder Ad oder Adzee, wenn du es wie bei Hockey-Spitznamen üblich machen und ein zee an das Ende jedes Nachnamens hängen möchtest. Was dich zu Foxxzee machen würde, was cool ist."

Ich ignorierte das. „Adler, du magst die Situation ja nicht in ihrer ganzen Tragweite verstehen, aber Ten ist der erste NHL-Spieler, der ein starkes Statement abgibt, wer er ist, damit er offen mit seinem Partner leben kann."

„Das verstehe ich", sagte er abwehrend. „Ich bin nicht dämlich, ich verstehe nur nicht, warum es eine große Sache sein muss."

Er sah ehrlich verwirrt aus, das typische Beispiel von jemandem, der nie um Anerkennung hatte kämpfen müssen. Ich wollte wetten, dass er nie für seine Identität heruntergemacht worden war, wollte wetten, dass er nie einen Tag der Furcht erlebt hatte. Das alles wollte ich so unbedingt sagen, aber das hier war nicht das Forum für diese Art Diskussion. Es war ein vorbereitendes Treffen, das nichts damit zu tun hatte, gegen Ignoranz vorzugehen. Es ging um die Basis, um ein schnelles Treffen mit jedem Spieler, um zu sehen, was ich tun musste, damit sie als Team eine geschlossene Front zeigten. Aufklärung, Bewusstmachung, Sensibilität – darum ging es hier.

„Danke, dass du gekommen bist", fing ich an, aber er winkte die Worte ab.

„Liebe ist Liebe, oder? Ich war noch nie in einen Mann verliebt und du?"

Warte. Woher kam das denn? Widerspricht er sich hier nicht gerade selbst? Im einen Moment sagt er, Liebe ist Liebe und dann spricht er darüber, einen Mann zu lieben.

„Die erste Sitzung ist morgen nach dem Morgenlauf", verkündete ich, ignorierte, was er gesagt hatte.

Er sah frustriert aus. „Ich verstehe das nicht", schnappte er. „Warum es überhaupt eine Sache ist. Zur Hölle, es ist schlimmer, dass ein Spieler einen Coach fickt, als dass es zwei Männer sind."

Schön, nichts von dem, was er sagte, ergab noch einen Sinn und ich musste ihn wirklich aus diesem kleinen Büroraum hinausbekommen, weil, zur Hölle, dieser aufgebrachte, beinahe wütende Mann dafür sorgte, dass ich mich schrecklich unwohl fühlte. Ich stand auf und trat um den Schreibtisch herum, öffnete die Tür.

„Danke", sagte ich, hoffte, dass er den Hinweis verstehen würde.

Er stand auf und schaute mich an, viel zu nahe, als dass es angenehm war und ich konnte sehen, dass sein Gesichtsausdruck sich von verwirrt zu absolut fokussiert gewandelt hatte. Er wandte sich in Richtung der Tür, aber anstatt nach draußen zu gehen, lehnte er sich dagegen, bis sie sich schloss und wir beide drinnen waren.

Mir gefiel das nicht. Ich konnte spüren, wie mein Brustkorb sich zusammenzog. Niemand hatte gesagt, dass Adler Lockhart die Art Mann war, der einschüchterte, aber verdammt, ich fühlte mich, als wäre ich wieder in der Schule.

„Du hast eine wichtige Frage auf deiner Liste vergessen", sagte er, seine Hände auf den Hüften, seine große Gestalt blockierte den einzigen Ausgang aus dem Raum.

Durch den rauschenden Lärm in meinem Kopf kämpfend, trat ich ein wenig zurück, bis mein Hintern gegen den Schreibtisch stieß. Ich legte meine Hände hinter mich, suchte nach dem Tacker. Er war nicht groß, aber er reichte aus, um meine Faust zu einer Waffe zu machen.

„Was wäre das?", fragte ich, wartete auf den Hass und das Aufblitzen von Gewalt.

„Du hast nie gefragt, wie ich mich identifiziere. Das solltest du deiner Liste hinzufügen, bevor du Leute zu einem Training zwingst, wie man in einer Situation, bei der es um die sexuelle Orientierung geht, verdammt noch mal sensibel sein soll. Dann musst du etwas darüber sagen, dass es diesen Raum nicht verlässt."

„Das Training wird -"

„Frag mich jetzt", unterbrach er mich, seine Hände fielen von seinen Hüften und hingen lose an seiner Seite. Es waren keine Fäuste, er war nicht angespannt vor Wut und er verlangte im wahrsten Sinne des Wortes, dass ich ihm die Frage stellte. „Mach schon", fuhr er fort. „Sag ,Adler Lockhart, mit wem schläfst du gerne in deiner freien Zeit?' und finde heraus, was ich sage."

„Das ist lächerlich", schnappte ich. „Du musst jetzt gehen." Seine Körperhaltung schrie entspannt und spöttisch, aber seine Herausforderung machte mir Angst.

„Frag mich."

Ich wollte nur, dass er den Raum verließ. Ich war verwirrt und gestresst und er wollte irgendetwas von mir, Gott weiß was. „Um Himmels willen. Was ist deine sexuelle Orientierung?"

Da nickte er und stieß sich von der Tür ab.

„Ich bin schwul", verkündete er.

Ich glaubte ihm nicht. „Du kannst gehen", sagte ich und spannte mich vor Wut an. Er versuchte hier nicht, seine Autorität zu zeigen oder mich einzuschüchtern. Das hier war eine riesige, verdammte Verarsche.

„Nein, ich meine es ernst. Ich ficke Männer oder sie ficken mich – meistens ficke ich sie. Darum brauche ich das Political Correctness Training nicht. Und du darfst das niemandem erzählen, weil ich nicht einmal gegenüber dem Team geoutet bin."

Ich sah ihn an und erkannte, wie ernst er wirkte. Der Mann war tatsächlich schwul? Zur Hölle, wenn er es sagte, um sich vor dem Training zu drücken, musste er lernen, dass Worte und Lügen wehtaten.

„Stimmts?", fragte er. „Ich kann das Training auslassen."

Glaubte er wirklich, er wäre keine wandelnde Katastrophe mit einem Mund, der ständig Müll verbreitete? Er sagte, er wäre schwul? Das hatte gar nichts zu bedeuten, obwohl, wenn er die Wahrheit sagte, dann musste ich die typischen Fragen, die ich bei der ersten Evaluation stellte, noch einmal überdenken.

„Du kannst gehen", wiederholte ich.

„Aber ich habe gesagt -"

„Wir sehen uns morgen bei der Sitzung. Alle Informationen werden an der Tafel in der Umkleide bekannt gegeben."

Er seufzte lautstark und öffnete die Tür. Aber meine Erleichterung war nur von kurzer Dauer, als er nicht ging, sondern in der offenen Tür verharrte. „Ich finde es cool, ein Paar wie Ten und Coach zu sehen, die sich nicht nach ein paar Monaten selbst zu zerstören scheinen. Ich hoffe, sie sind sehr glücklich und ich werde am Training teilnehmen, damit du deine Häkchen setzen kannst, aber es wird mir nicht gefallen."

Daraufhin ging er, schloss die Tür hinter sich.

Sobald die Tür zuging, konnte ich spüren, wie die Anspannung in meinem Körper langsam nachließ, während ich versuchte, die Gefühle in mir zu verstehen.

War es schlimm, dass, sobald die Furcht nachließ, echte Erregung an ihre Stelle trat? War es falsch, auf einhundert verschiedene Arten verwirrt zu sein wegen des Mannes, der gerade gegangen war?

Zum Glück war als Nächstes dieser große Russe namens Stanislav Lyamin an der Reihe.

„Nenn Stan", sagte er und streckte seine große, fleischige Hand aus. Ich schüttelte sie und er hatte einen eisernen Griff. Er hatte auch ein breites Grinsen, sanfte, freundliche Augen und auf seinem Bizeps das Tattoo einer gelben Figur, von der ich schwören konnte, dass es ein Pokémon war. Interessant.

„Brauchen wir einen Übersetzer?", fragte ich auf Englisch. Nicht, dass ich das auf Russisch hätte fragen können. Er starrte mich mit leerem Blick an und ich suchte auf meinem Handy nach Google Translate. Ich tippte „Brauchst du einen Übersetzer?" ein und zurück kam „Вам нужен переводчик?" Was ich ihm zeigen konnte oder vielleicht konnte ich das phonetische Ding darunter benutzen. „Vam nuzhen perevodchik?", fragte ich.

Er sah mich wieder ohne jedes Verständnis an und dann, gerade als ich darüber nachdachte, das Management anzurufen und um einen Übersetzer zu bitten, schnaubte er lachend.

„Englisch gut", verkündete er, was mich sehr daran zweifeln ließ, wie gut sein Englisch war.

Ich räusperte mich, nahm an, dass er Stan genannt werden wollte, und spielte die Verzögerungstaktik, indem ich einen langen Schluck von meinem kalt werdenden Kaffee nahm.

„Koffein schlecht", sagte Stan, hob dann das Snickers von meinem Schreibtisch in die Höhe. Er zog die Nase kraus, starrte mich an. „Mittagessen?", fragte er und ließ den beanstandeten Schokoriegel wieder auf meine Papiere fallen.

Ja, ein Snickers und Kaffee waren mein Mittagessen,

aber das lag nur daran, weil ich heute keine Zeit gehabt hatte, irgendwo anzuhalten. Schokolade plus Koffein bedeutete Energie, genau das, was ich brauchte.

„Ja."

„Essen ist scheiße, da?", fragte er.

„Da", sagte ich, zuckte dann mit den Schultern, um auszudrücken „Was soll ich machen?"

Er runzelte die Stirn und beugte sich nach vorne und ich machte mich auf einen weiteren russischen Kommentar gefasst. Er sagte nichts.

„In Ordnung", meinte ich, bereitete vor, was ich als Nächstes ansprechen wollte und löschte Worte aus Google Translate.

„In Ordnung", wiederholte Stan fröhlich, stand auf und verließ das Büro, schloss dabei die Tür hinter sich.

Oh. Das ist ja hervorragend gelaufen. Ich nehme an, ich hätte wirklich einen Übersetzer gebraucht.

Jemand klopfte an der Tür.

„Herein", rief ich und die Tür öffnete sich. Ein weiterer großer Hockeyspieler stand da und sah aus, als wäre er gerne überall, nur nicht hier.

Nun ja, mir ging es genauso. Ich war mir nicht sicher, ob ich eine weitere Sitzung in diesem kleinen Raum aushalten konnte, wenn die Tür geschlossen war – nicht, wenn die Überbleibsel einer heftigen Panik sich weigerten, mich zu verlassen.

Ich bin ein Profi. Ich kann das.

„Hi." Ich streckte meine Hand aus.

Der Spieler schüttelte sie, ließ aber schnell los. „Dieter Lehmann", fing er an und wippte auf seinen Füßen, als wäre er nervös. „Meine Nummer ist 56, ich spiele im linken Flügel." Er hielt inne und schien seine Gedanken zu sammeln, weil die Nervosität schwand und er mit einem Mal ganz aus Selbstbewusstsein bestand. „Ich bin irgendwie ein Sex-Gott."

Ich liebte die Art, wie Hockeyspieler sich über Name, Position und Nummer identifizierten. Der Teil mit dem Sex-Gott machte mir jedoch ein wenig Sorgen. Ich sah ihn, ohne mit der Wimper zu zucken, an, aber er nahm die Sache mit dem Sex-Gott nicht zurück. Großartig. Er sah ein wenig blass aus und müde, aber so wie ich Jocks kannte, hatte er wahrscheinlich die ganze Nacht Party gemacht. Ich hatte hier wirklich einiges zu tun.

„Setz dich, Dieter."

Dieter setzte sich und wand sich auf seinem Stuhl, als wäre ihm unwohl. Endlich sah er zu mir auf und ich erkannte, dass das Selbstbewusstsein nicht verschwunden war.

„Ehe wir anfangen", hob er an, „Ich habe jetzt die Nummer 56, aber wenn deine Aufzeichnungen zeigen, dass ich auf dem College 69 auf meinem Jersey hatte, dann weißt du, dass es nur ein Scherz war. Richtig?"

Ich nickte, stöhnte aber innerlich. Das würde ein langer Tag werden.

Kapitel Vier

ADLER

DER ARSCH GLAUBTE MIR NICHT.

Das ging mir während des gesamten Morgenlaufs in meinem Kopf herum. Wie konnte er mir nicht glauben? Ich meine, komm schon, oder? Ich sage dem Typen, dass ich schwul bin und er sieht mich an, als wäre ich der größte Lügner der Welt, wirft mich dann raus wie einen Burger, der voller Botulismus war. Es war nicht so, dass ich den Leuten ständig erzählte, dass ich schwul war. Apollo wusste es, aber er war mein Bruder von einer anderen Mutter… und Vater. Nur Cole und Karrie Anne wussten es und jetzt Layton Foxx. Keiner von ihnen, abgesehen von Apollo, hatte sich im Geringsten dafür interessiert. Wie konnte man sich für so etwas Wichtiges nicht interessieren?

Gibt es einen Grund, warum du da stehst?"

Ich warf Coach Madsen einen verwirrten Blick zu.

„Die Offensiv-Drills sind vorbei. Das hier ist ein Defensive-Treffen."

Ich sah mich um und nur Defensivspieler starrten zurück.

„Oh, genau, ja, das habe ich gewusst. Ich habe mich nur gefragt, ob irgendjemand diesen Film mit diesem Typen und dem Mädchen gesehen hat? Nein? Schade. Er ist wirklich gut. Sachen fliegen in die Luft. Ich gehe jetzt."

Adler, du bist ein Idiot.

Einer der Equipment Manager schob Schoner auf meine Kufen und ich stakste davon, das Gesicht rot, mein Magen vollkommen verknotet, mein Ziel die Umkleide. Ehrlich. Mein Plan war gewesen, mich zu duschen und dann nach Hause zu fahren, um mit Apollo zu reden. Dann würde ich essen, zurück ins Stadion kommen und aufs Eis fahren, um den Vorwitz aus Philadelphia zu prügeln. Aber dann sah ich Layton Foxx in diesem winzigen Raum und all meine Pläne kamen durcheinander. Ich hielt abrupt inne, machte einen Schritt zurück und marschierte in den Presseraum. Sein Kopf hob sich und seine Augen – es waren unglaublich stürmische graue Augen mit dicken, dunklen Wimpern – flackerten, als er mich erblickte. Er packte den Tacker.

„Schön, es ist so…" Ich benutzte meinen Schläger, um die Tür zu schließen. „Ich glaube nicht, dass du verstehst, wie schwer es für mich war, dir zu sagen, dass ich schwul bin."

„Ich hätte wirklich gerne, dass du die Tür öffnest." Er hielt sich an dem Tacker fest, als wäre er eine Ruger oder so etwas. „Wir sind für heute fertig."

„Ja, das dachte ich auch, aber wie du mich

behandelt hast, lässt mir keine Ruhe." Ich schlug mir mit einer behandschuhten Hand auf den Brustkorb.

Layton musterte mich nervös. Er war so verdammt verführerisch auf eine verklemmte, spießige Art. Ich sollte ihn aus diesem schicken Anzug schälen, über diesen hässlichen Schreibtisch legen und ihn lieben, bis er schön locker und entspannt war. Ich wollte wetten, dass er ein Bottom war. Ich hoffte es. Außerdem musste er diesen Tacker loslassen.

„Wirst du mir mit einer Heftklammer ins Auge schießen oder so?"

„Was? Nein." Er legte den Tacker weg, ließ aber eine gut manikürte Hand weiter darauf ruhen. Er hatte schöne Finger. Sie sahen weich aus, als ob er nie schmutzige Arbeit erledigte oder mit Maschinen herumspielte. Nicht, dass ich mit Maschinen herumspielte, aber meine Hände sahen aus wie die eines Hockeyspielers. Voller Narben von Kämpfen und Schnitten, die mir gegnerische Spieler zugefügt hatten. „Du musst jetzt aber gehen."

Nein, was ich tun muss, ist nach unten greifen und meinen Schwanz zurechtrücken, Foxx. Christus, aber dein Name passt wirklich.

„Ich finde, du solltest zumindest anerkennen, wie schwer es für mich war, dir meine sexuelle Orientierung zu sagen."

Er musterte mich für einen Moment, seine Finger glitten von dem Tacker und kamen auf seinen Stapeln aus Papieren und Dokumenten zu ruhen.

„Kannst du dir etwas abringen oder nicht?"

„Ich verstehe, wie schwer das für dich gewesen sein muss."

„Danke."

Ich drehte mich um, öffnete die Tür und ging in die Umkleide, noch verwirrter, als ich es gewesen war, bevor ich Foxx eingeschüchtert hatte zu sagen, was ich hören wollte. Scheiße. Jetzt fühlte ich mich wie ein Schwanz. Ein Schwanz mit einem Steifen. Ein doppelter Schwanz. Ich konnte mich nicht duschen, bis das verdammte Ding nicht weg war. Dieser Morgen war offiziell ein Desaster für den Neuzugang bei den Railers. Ich schnaubte über meinen eigenen Witz, setzte mich dann hin und zwang meine Erektion in die Knie.

„SIEHST DU, das ist der Grund, warum ich dich nicht auf Twitter lasse." Apollo schnaubte, während er einen Teller mit gebratenem Huhn, Spargel und wildem Reis vor mir abstellte. „Du hast keinen Filter. Du fühlst nur und redest. Ich gebe Cole und Karrie Anne die Schuld dafür. Wenn sie tatsächlich etwas Zeit mit dir verbracht hätten, als du ein Kind gewesen bist, dann würdest du jetzt nicht das Bedürfnis haben, unhöflich und laut zu sein, nur um Aufmerksamkeit zu bekommen."

„Ich bin nicht unhöflich", murmelte ich, fing dann an, meine Hühnerbrust in Streifen zu schneiden.

„Oh doch, das bist du. Du machst es nicht absichtlich, aber du bist es. Schneid das in kleinere Stücke. Ich weiß, dass meine Mutter dich besser erzogen hat." Er schniefte, ehe er sich neben mich an die Insel in meiner Küche setzte.

„Ich wollte nur etwas verdammte Anerkennung – ist das so schlimm?"

„Nein, ist es nicht, aber du brauchst das von deinen Eltern, nicht von einem Fremden." Er schenkte mir etwas Wasser ein, stellte das Glas dann sachte neben meinen Teller.

„Ich habe mehr Chancen, sie von einem Fremden zu bekommen."

„Oh, Adler, Scheiße, Mann." Er legte einen Arm über meine Schultern, während ich auf seinem perfekt zubereiteten Hühnchen kaute. Es war weich und köstlich und ich hatte wieder alles versaut. Für einen Moment fiel mir das Schlucken schwer.

„Wie bringe ich das also in Ordnung?", fragte ich, nachdem ich den Ball aus Huhn dazu gebracht hatte, nach unten zu wandern. „Der Mann hat ausgesehen, als hätte er schreckliche Angst vor mir."

„Du *bist* ziemlich einschüchternd, wenn du all deine Pads anhast und mit einem Stock herumwedelst."

„Ich kann mich nicht kleiner machen", murmelte ich und aß schweigend, während Apollo ungefähr vierzig Ideen in den Raum warf, wie ich die Dinge mit Layton Foxx wieder besser machen konnte. Keine davon würde in der Praxis funktionieren. Könnt ihr mich sehen, wie ich dem Mann ein hübsches Stifte-Set als Entschuldigung gab? Wirklich? Würde das funktionieren? Hmm. Vielleicht… Er kam mir wie die Art Mann vor, der sich für Stifte interessieren könnte. Und Tacker. Oh, ja, einen neuen Tacker. Das wäre gut, oder? Sicher wäre es das. Nun, vielleicht nicht. Vielleicht waren Bürogegenstände, die auch als Waffe dienen konnten etwas, das ich ihm nicht geben sollte. Ich würde ihm auf dem Weg ins Stadion einen neuen Stift kaufen und ihm diesen morgen nach dem Lauf geben, wenn ich zu einem politisch korrekteren Hockeyspieler gemacht wurde. Und er dachte, ich könnte nicht sensibel sein. Pfft.

„WUSSTEST DU, dass alle in deinem Team dich hassen?", fragte ich den Philly Flügelspieler, der mich herumschubste. „Im Ernst, das tun sie. Ich habe sie gehört."

„Wie du meinst, Lockhart. Wie läuft es in Hogwarts?"

„Ah, ich verstehe, was du hier gemacht hast. Niemand hat je zuvor einen Kommentar über meinem Nachnamen und Gilderoy Lockhart abgegeben." Ich verdrehte die Augen und lehnte mich in seine Richtung, als die Center sich zum Face-off aufstellten. „Siehst du, das ist der Grund, warum deine Teamkollegen dich hassen. Wegen schlechter Witze wie diesem."

Der Puck traf aufs Eis. Mein Center schubste ihn zu mir und ich schusserte ihn zu einem unserer Verteidiger, der losging wie eine Kanonenkugel, aber dann von einem der aggressiven Philly Flügelspieler von den Kufen gerissen wurde. Das provozierte eine Reaktion von einem der Railers, der ein Penalty für Roughing bekam.

Ich fuhr davon, um zu Atem zu kommen, und darauf zu warten, dass die erste Penalty Kill Unit ihr Ding durchzog. Arvy saß neben mir, plapperte darüber, dass Philly die Bande immer so verdammt gut bearbeitete, ob ich nach dem Spiel irgendetwas geplant hatte und ob ich mit den Einkäufen für Weihnachten angefangen hatte, weil er die Tüte von dem Schreibwarenladen gesehen hatte und sich fragte, ob seiner Mutter etwas Ähnliches gefallen würde.

„Ja, sie sind heftig an der Bande. Nein, es ist kein Weihnachtsgeschenk. Alle mögen Stifte."

Da, das sollte ihm das Maul stopfen.

„Du hast jemandem Stifte gekauft? Einen Schwung Filzstifte?"

Oder auch nicht…

„Nein, Mann, keinen Schwung Filzstifte. Ich habe ihm ein Montblanc-Set gekauft", erklärte ich ihm, während ich versuchte, mich weiter auf das Spiel zu konzentrieren.

„Ihm? Oh, du hast Stifte für deinen Vater gekauft?"

„Ich habe – was?" Das brachte mich zurück zu Arvy. Ich nahm meinen Helm ab und winkte einem Equipment Manager um ein Handtuch. „Sicher, ja, für meinen Vater."

Ich sollte wirklich besser darauf achten, was auf der Bank zu mir gesagt wurde. Ich hatte bereits einen Anschiss vom Coach bekommen, weil ich zu spät gekommen war. Es war nicht meine Schuld, dass der schäbige Schreibwarenladen hier keine Cartier Boutique hatte. Ich hatte warten müssen, während der Typ in dem schäbigen

Laden herumtelefoniert hatte, um die nächstgelegen Cartier Boutique zu finden – die draußen in King of Prussia war – und es von Hand zu dem Laden in Harrisburg liefern zu lassen. Das hatte der Endsumme gut zweihundert weitere Dollar hinzugefügt, aber was sollte es? Wenn man beinahe sechshundert Dollar für einen Stift und eine lederne Visitenkartentasche bezahlte, was waren dann schon zusätzliche zweihundertfünfzig? Das war nur ein Tropfen im Geldeimer für einen Lockhart. Zu warten hatte mich über zwei Stunden zurückgeworfen und ich war gerade noch rechtzeitig zum Spiel erschienen, um mich zu tapen und die Schlittschuhe zu schnüren. Deswegen der Anschiss vom obersten Coach. Foxxy sollte das Geschenk besser zu schätzen wissen.

„Los geht's", bellte der Assistenzcoach über meinen Kopf. Ich rieb mir über das Gesicht, schmiss dann das Handtuch auf die Bank. Mit aufgesetztem Helm warf ich ein Bein über die Bande und wartete darauf, dass die erste Penalty Kill Unit zurückkam. Sobald ein Mann raus war, sprang ich aufs Eis, fuhr zu einem der Philly Flügelspieler und hob seinen Schläger, um ihm den Puck zu stehlen.

Jemand schrie mich an. Ich warf einen Blick über die neutrale Zone und sah Tennant Rowe, der auf die Bank hätte sollen, vollkommen frei dastehen. Ich schoss ihm den Puck zu und wir beeilten uns, an das Philadelphia Ende des Eises zu kommen. Der Goalie ließ sich fallen, seine dunklen Augen huschten hin und her, als Rowe und ich auf ihn zurasten. Die Menge war auf den Beinen. Tennant passte zu mir, ich passte zurück zu Ten und der Goalie von Philadelphia wusste, dass er in Schwierigkeiten war.

Der Pass von Rowe war ein perfektes Tape-to-Tape vor dem Philly Netz. Der Goalie gab sein Bestes. Er streckte sich lang, als der Puck vor ihm flog, versuchte, ihn wegzustochern, aber Rowe war dämonisch gut beim Passen. Der Puck prallte von meinem Schlittschuh ab und direkt auf meinen wartenden Schläger und ich lupfte ihn hoch und über den Goalie, während dieser sich bemühte, wieder in sein Netz zu kommen. Volltreffer. Rotes Licht. Donnernd glückliche Railers-Fans. Das war nett. Ein Tor in Unterzahl als mein erster Punkt als Railer. Ich hoffte, mein altes Team in Columbus sah das in den Sportnachrichten und bekam Zweifel über meinen Verkauf.

Rowe und die anderen beiden Railers auf dem Eis sprangen mich an. Ich fuhr zu meiner Bank und bekam über zwanzig Faust an Faust und den Puck für meine Sammlung. Alles in allem ein verdammt gutes Spiel, das zu einem soliden Ergebnis führte. Philly zu besiegen fühlte sich immer gut an.

Coach Madsen schlug mir auf die Schulter, dann klopfte Arvy mir auf den Helm. Ich suchte in der Menge nach Apollo. Er würde da draußen sein, herumhüpfen und einen meiner Sweater tragen. Wenigstens war irgendjemand da, um mich anzufeuern…

Kapitel Fünf

LAYTON

Ich hatte nie vorgehabt, zu dem Spiel zu gehen, auch wenn der Profi zu sein, der ich war, bedeutete, dass ich wirklich mehr über den Sport lernen sollte. Ich hatte schon früh entschieden, dass ich nach den Höhen und Tiefen der ersten zwei Tage einfach nach Hause gehen und mich entspannen sollte.

Dann bekam ich eine Textnachricht von David. Mein Bruder konnte so unglaublich gut mit Worten umgehen. „Mom hat gesagt, dass sie dich heute Abend anrufen wird."

Großartig. Ein Anruf von meiner Mom würde exakt um acht Uhr erfolgen. Sie war ein Gewohnheitstier. Warum mussten wir so bald schon wieder reden? Wir hatten erst letzte Nacht telefoniert und ich hatte zugehört, wie sie die Neuigkeiten über meine Geschwister, ihre Frauen und die dazugehörigen Enkel vom Stapel ließ. Hatte ich etwas angestellt? Ich konnte mir nicht vorstellen, was es sein könnte. Das letzte Mal, als sie wütend auf mich geworden war, war, als ich verkündet hatte, dass ich nicht nach Hause ziehen würde, davor war es gewesen, weil ich ihr nicht gesagt hatte, dass ich schwul war, sobald ich es wusste.

Als ob *das* ein einfaches Gespräch gewesen wäre. Wenn ich mich recht erinnerte, war das eine Ankündigung, die ich machte, nachdem David uns gesagt hatte, dass seine Frau, Cindy, erneut schwanger war und bevor Louise einen Streit über Kondome vom Zaun brach.

Als ich damit herausgeplatzt war, was ich meiner Familie an dem vernarbten Küchentisch sagen wollte, hatte ich von meiner Mom einen Schlag auf den Hinterkopf bekommen. Sie hatte gesagt, dass sie es gewusst hatte – genau wie alle meine Geschwister, wenn ich so darüber nachdachte – aber dann fuhr sie damit fort mich zu fragen, warum ich es zu so einer großen Sache gemacht hatte.

Nun, verdammt. Zu verkünden, dass ich schwul war, *war* eine große Sache gewesen, wegen der ich monatelang Ängste ausgestanden hatte.

Was mir Adler Lockhart und seine angsteinflößende Gegenwart ins Gedächtnis rief und das war ein weiterer Grund, warum ich dem Spiel fernbleiben wollte. Dieser Mann brachte mich durcheinander und ich meine nicht nur wegen der Tatsache, dass er ein großer Kerl war, ein Jock und mir Angst einjagte. Nein, es war mehr als das.

Er war ein wenig zusammengesunken, als er den Raum betreten hatte – in dem Versuch, kleiner zu wirken, dachte ich.

Und dann hatte er verlangt, dass ich zur Kenntnis nahm, wie schwer es für ihn gewesen war, zuzugeben, dass er schwul war und was konnte ich sagen?

MEINE FAMILIE WAR *alles andere als voreingenommen, wechselte von Schock dazu, mich jedes Mal, wenn wir danach darüber sprachen, mit Mode und Kondomen zu nerven. In meinem Herzen hatte ich gewusst, dass es ihnen egal sein würde, mit wem ich mich entschied zu schlafen oder in wen ich mich verliebte, aber sie würden sich Sorgen machen über die Herausforderungen, denen ich mich gegenübersah. So funktionierte meine Familie einfach.*

Ich versicherte ihnen, dass ich meinen Abschluss machen und auf mich aufpassen konnte. David hatte mich angestarrt, als ob mir ein zweiter Kopf gewachsen wäre und Zach hatte ihn angestupst und ich hatte mich angespannt. Daran erinnerte ich mich.

„Du brauchst keinen Abschluss oder zu gehen. Du weißt, dass du jederzeit bei mir arbeiten kannst", murmelte David. „Elektriker ist ein guter Beruf."

„Oder mit mir – Sanitär, das Familiengeschäft", fügte Zach hinzu.

„Es wird mir gut gehen."

Ich hatte mein gesamtes Leben am College vorgeplant, hatte drei Jobs gehabt, jeden Cent gespart, hatte ein Stipendium für die NYU und ich wusste, was ich machen wollte, wenn ich den Abschluss hatte. Ich wollte eine Karriere, die ich selbst gestalten konnte, ein gutes Apartment, einen festen Freund, ein anderes Leben leben als meine Geschwister, die sich alle in derselben Stadt niedergelassen hatten, in der sie geboren worden waren.

Und ich wollte der Scham entkommen, die ich verspürte, wenn ich meine Geschwister anschaute, in dem Wissen, was sie über mich wussten, was sie gesehen hatten, wie sie geholfen hatten, die Wunden zu versorgen, die in meine Seele geritzt waren.

„Du wirst aber allein sein", sagte Zach, aber er konnte mir nicht voll in die Augen sehen und ich wusste warum. Sie alle dachten, dass ich zu beschädigt war, um über das, was geschehen war, hinwegzukommen. Aber was niemand in meiner Familie begriff war, dass es keine Rolle spielte, ob ich darüber hinwegkam – ich würde mein Leben leben und würde mich nicht von der Furcht aufhalten lassen.

Und ich wollte wirklich aus dieser Stadt weg, mit den Albträumen, die mich an jeder Ecke jagten. Die Leute hier wussten von mir und ich hasste es. Ich sehnte mich nach der Anonymität der Großstadt. Sehnte mich danach, als wäre es Heroin und ich ein Süchtiger.

Mom fasste die Gefühle am Tisch zusammen. „Wir sind immer für dich da", murmelte sie und irgendwie brachte sie mit diesem einfachen Satz alles in der Welt ins Lot. Bis sie anfing, mich wegen der Gefahren zu nerven und weil ich es ihr nicht gesagt hatte und ja, danach wurde es schlimmer, Mom dachte wieder, ich sollte nach dem College zurück nach Hause ziehen und dass die Städte nicht sicher waren.

Ich stritt mich nicht mit ihnen, aber ich widersprach. Die Stadt war offen und sicher und ich konnte ich selbst sein. Ich konnte mir einen festen Freund zulegen und ausgefallenen Kaffee trinken und einen Anzug tragen und die erste Person in meiner Familie sein, die aufs College ging und einen Abschluss machte.

WIEDER WAR Adler in meinen Gedanken.

Er hatte diesen Luxus nicht, Ten auch nicht und ich musste mehr über das toxische Umfeld im Hockey erfahren, das einen Mann potenziell nach der Art der Beziehung beurteilte, die er wollte. Aus einigen der Gespräche, die ich geführt hatte, hatte ich den Eindruck gewonnen, dass das Problem größer war, als „die Schwulen zu hassen", wie Dieter es so farbig ausgedrückt hatte. Das war, nachdem ich angedeutet hatte, dass jegliche sexuelle Anspielung schlecht war. Er hatte so ausgesehen, als ob es ihm wirklich unangenehm war, dann hatte er zu strahlen angefangen, als er sich erneut für die 69 auf seinem Jersey entschuldigt hatte.

Kopf, hier ist der Schreibtisch.

Darum war ich nicht wie geplant nach Hause gefahren und schaute mir das Spiel an, vor allem, um nicht mit meiner Mom reden zu müssen. Ich hatte einen Pass, mit dem ich in der Pressebox sitzen durfte oder zumindest auf dem Rand eines Stuhls in der Ecke hocken und nicht zu viel Platz einnehmen konnte. Das Management hatte Jane damit beauftragt, mir Einblicke in das Spiel zu verschaffen, und ich machte Notizen. Jede Menge Gekrakel, von dem ich hoffte, dass es Sinn ergeben würde, wenn ich es mir später durchlas.

„Jedes Spiel besteht aus drei Dritteln", fing sie an und ich konnte nicht anders, als hier schon Fragen zu stellen. Ein Durcheinander aus Warums und Wenns, das damit endete, dass sie ganz verwirrt war, was sie als erstes erklären sollte.

„Es tut mir leid", entschuldigte ich mich, als sie aufhörte zu reden und die Stirn runzelte.

Ihre Stirn glättete sich. „Nein, kein Problem. Es ist

schwierig, die Dinge zu verstehen, wenn man sich nie zuvor ein Spiel angeschaut hat. Das weiß ich."

„War es bei dir auch so?", fragte ich, in der Hoffnung, eine Freundin in Ignoranz zu haben.

„Bei mir? Nein, mein Dad und mein Großvater waren beide Spieler und mein Dad ist Coach, darum wuchs ich in einer Hockeyfamilie auf."

Ich schaute auf meine Notizen. „Also, PK und PP sind etwas unterschiedliches?"

Sie erklärte etwas, das wie eine mathematische Gleichung klang und ich schrieb pflichtschuldig alles auf.

„Manche Penaltys dauern zwei Minuten", sagte sie. „Manche fünf, bei manchen passiert beides oder mehr, manchmal wird der Spieler…" Sie hielt inne und schüttelte den Kopf. „Weißt du was, lass uns das Spiel ansehen und es einfach in Echt erleben."

Ich nickte, weil sich mir der Kopf drehte und während ich darauf wartete, dass sie uns Getränke holte, bestellte ich auf Amazon *Hockey für Dummys*, bezahlte extra für die Lieferung am nächsten Tag. Vielleicht waren die Regeln, die diesem Spiel zugrunde lagen, der Grund für die Über-Maskulinität die ich bei den kurzen Treffen an diesem Tag gespürt hatte. Ich wusste, dass Hockeyspieler kämpften. Vielleicht war die Ansicht, dass wenn man schwul war, man nicht kämpfen konnte? Sollte ich mit dem Konzept beginnen, dass die Spieler Stereotypen akzeptierten und als normal fortbestehen ließen?

Ich dachte über Adler nach. Der verdammte Mann war wieder in meine Gedanken eingedrungen. Er war der stereotypische Bad Boy oder zumindest so, wie ich einen Bad Boy sah, auch wenn da eine gewisse Sanftheit in seinen Augen lag. Er hatte hart daran gearbeitet zu werden, was er sein musste. Indem er das tat, hatte er sein wahres Selbst verbergen müssen, genau wie Ten. Ich machte mir ein paar zusätzliche Notizen über andere Sportarten, über die ich mich schlaumachen musste. Arvy hatte bei seinem Treffen erwähnt, dass eine der Beleidigungen, die er gehört hatte, war, einen Hockeyspieler als Eiskunstläufer zu bezeichnen. Ich nahm an, dass die Implikation war, dass Eiskunstlauf nicht schwierig war oder etwas in der Art oder vielleicht war es zu extravagant. Ich machte mir eine Notiz, das weiter zu verfolgen. Vielleicht brauchten die Jungs im Team einen Tag mit einem Eiskunstläufer, um zu sehen, dass es harte Arbeit war, wie ich annahm.

Als Jane mit zwei Kaffee und ihrem üblichen Lächeln zurückkehrte, befanden sich Spieler auf dem Eis, aber sie machten nichts Dramatisches. Sie stellten sich in eine Reihe – nun ja, fünf von jedem Team, der Rest der Jungs saß auf getrennten Bänken. Die Railers trugen ein dunkles Blau und das Gast-Team Orange. Die Nationalhymne spielte über das Soundsystem und ich dachte darüber nach, was die Jungs im Team – die Norweger, Deutschen, Russen und mehr als ein paar Kanadier – davon hielten, dass die Nationalhymne die von Amerika war. Verursachte das Spannungen? War das ebenfalls ein Kernproblem?

Mann, mein Verstand raste.

„Die Spieler, die jetzt auf dem Eis sind, bezeichnet

man als den ersten Block", erklärte Jane. „Drei Stürmer, zwei Verteidiger und natürlich der Goalie."

„Stan."

„Ja."

Ich hob im Geiste die Faust, weil ich zumindest einen Namen richtig zugeordnet hatte. „Und ist Ten am Anfang auf dem Eis?"

„Nein, er ist der Center des zweiten Blocks, mit Lockhart und Lehmann als seine Flügelspieler – er kommt dran, wenn sie wechseln."

Etwas in mir verlagerte sich bei der Erwähnung von Adlers Namen. Dämlich.

Die Uhr am Jumbotron zeigte 20:00 Uhr und dann fiel der Puck und ich hatte keine Sekunde mehr, um mir weitere Notizen zu machen. Die Wechsel passierten überall, Männer sprangen in einem Rhythmus über die Bande, der für mich zunächst keinen Sinn ergab, die Nummern auf ihren Jerseys waren verschwommen, während der Puck auf dem Eis vor und zurückwanderte.

Nun, ich sage, dass er sich bewegte. Ich konnte ihn nicht wirklich sehen. Tatsächlich dauerte es ganze zwei Drittel, bis mir klar wurde, dass ich versuchte, der falschen Sache zu folgen und dass ich mir das größere Bild ansehen musste. Die Railers hatten im zweiten Drittel zwei Punkte gemacht, aber die Flyers einen, darum fühlte es sich im letzten Drittel so an, als ob die ganze Menge an Fans in Blau jedes Mal auf den Beinen war, wenn die Railers den Puck hatten.

Ten war schnell. Er hatte kein Tor geschossen, aber er hatte einen Assist, was anscheinend eine gute Sache war. Aber Junge, er spielte das andere Team schwindlig und ich konnte nicht anders, als zu denken, dass die Geschwindigkeit, das Können und das absolute Selbstbewusstsein sexy waren.

Und da war Adler, kam über die Bande und... Moment, es gab Verwirrung. War Ten nicht gerade draußen gewesen und hatte ein Power Play oder so etwas beendet? Ten hatte den Puck, er passte zu Adler, es gab komplizierte Bewegungen und dann explodierte das gesamte Stadion, als Adler den Puck ins Netz schoss.

Die Torhupe erklang, die East River Arena brach in Chaos aus und ich dachte nicht einmal darüber nach – ich war neben Jane auf den Beinen und jubelte für die Railers.

Für Adler.

Verdammter Mann.

Ich sah zu, wie er Ten und die anderen auf dem Eis umarmte, dann mit seinen Teamkollegen die Fäuste aneinanderschlug. Die Stimmung in der Arena änderte sich, die Fans skandierten für Stan, immer und immer wieder, als ob alle einen Sieg spüren konnten.

Die letzten paar Minuten vergingen in einem Durcheinander aus Kämpfen und müden Männern und keinen weiteren Toren.

Wir hatten gewonnen. Die Railers stellten sich in eine Reihe und machte diesen coolen Kopfstüber mit Stan und dann fuhren sie alle vom Eis, die Menge jubelte immer noch.

„Hier entlang", sagte Jane und nahm meinen Ellbogen, um mich aus dem Presseraum zu führen, verschachtelte Flure entlang, bis wir vor der Umkleide standen. „Das ist Medienverfügbarkeit", erklärte sie und schob mich hinein.

Direkt in den Beginn von etwas, das aussah wie ein Porno.

Nun gut, niemand war nackt, tatsächlich trugen viele der Spieler dünne Oberteile und einige waren noch in voller Montur. Aber Adler nicht. Er war oben ohne und trug nur noch diese dünne kurze Hose. Und er wurde interviewt.

Ich wurde vorwärts geschubst, ich nahm an, damit ich das Interview nach dem Spiel mitbekommen konnte, aber das brachte mich viel zu nahe zu Adler, der meinen Blick einfing und hielt, während er eine Frage über ein Tor in Unterzahl beantwortete, was auch immer das war. Etwas ging zwischen uns vor, eine Art Anerkennung und ich sah zu, wie er blinzelte, mein Brustkorb wurde eng. Ich verstand nicht, was gerade geschehen war. Vielleicht war es nur eine Art für mich zu sagen, dass ich glaubte, was er mir erzählt hatte und dass ich sein Geheimnis bewahren würde.

„Reden Sie mit uns über das Tor", bat eine Frau, schob ihm ein Mikrofon hin und wedelte damit unter seiner Nase. Er war eingekreist, zehn Leute standen um ihn herum, alle mit Mikrofonen oder Aufzeichnungsgeräten und ich wusste, dass ich damit nicht zurechtkommen würde. Er fing damit an, über die technische Seite des Tors zu reden und die Leute in der kleinen Gruppe nickten und es gab Glückwünsche. Er hielt einen Puck in die Höhe und ein paar von ihnen machten Fotos. Er war feucht von Schweiß, ein

Handtuch hing um seinen Hals und er sah so entspannt und glücklich aus.

„Wie haben Sie sich bei dem Tor gefühlt?", fragte jemand.

Er sah wieder mich an, während er die letzte Frage beantwortete. „Unglaublich", sagte er.

Ich konnte nicht anders, ich lächelte ihn an, seine Freude und Aufregung waren ansteckend und er erwiderte das Grinsen. Jemand schubste mich von hinten, nicht mit Absicht, aber ich spannte mich an und das Lächeln verschwand aus meinem Gesicht.

Ich drehte mich um und ging.

Aber nicht, bevor ich das Aufblitzen eines seltsamen Ausdrucks auf Adlers Gesicht gesehen hatte. Sorge, vielleicht?

Das Letzte, was ich brauchte, war jemand, der sich Sorgen um meine Probleme machte und als ich mit meinem Notizbuch wieder in meinem kleinen Büroraum war, ging es mir ohnehin schon wieder gut. Ich holte mir ein neues Notizbuch und fing an, die gekritzelten Aufzeichnungen in eine ordentliche Reihenfolge zu bringen. Ich schrieb überall die entsprechenden Überschriften dazu – Beobachtungen, Ergebnisse, Schlussfolgerungen, und ein Feld für mögliche Nachforschungen. Eiskunstläufer. Endemische Geschlechter-Vorurteile. Und noch etwas musste ich hinzufügen, aber ich konnte es in meinen Notizen nicht entziffern.

Als mir klar wurde, was ich geschrieben hatte, schloss ich die Rohnotizen mit Nachdruck und schob das Buch in meine Schublade.

Adler Lockhart, 62, zweiter Block, Sommerhimmelaugen.

ALS ICH DAS BÜRO VERLIESS, hatte es den Anschein, als ob East River nur noch die Angestellten und ein paar Spieler beherbergte. Der Parkplatz für die Angestellten war halb voll und ich wollte wirklich nur in mein Auto und nach Hause. Ich entdeckte Adler, bevor er mich sah. Er stand neben einem wunderschönen silbernen Sportauto, eines von vielen hier unten. Tatsächlich konnte man erkennen, welche Autos den Spielern gehörten. Sie glänzten und waren lang und hatten Logos wie Porsche oder Ferrari, entweder das oder es waren riesige SUV-Monstrositäten.

Ich wappnete mich dafür, mit Adler zu reden, doch als ich näherkam, sah ich, dass er mit jemandem sprach und ich machte einen Umweg, um zu meinem Auto zu kommen. Das Gespräch, das sie führten, schien intensiv zu sein und die andere Person, ein dunkelhäutiger Mann in einem Railers-Jersey, hatte seine Hände vor seinem Brustkorb verschränkt und schien Adler aufmerksam zuzuhören.

War er Adlers fester Freund? Sie standen sehr nahe beieinander und als Adler den Typen in eine Umarmung zog, nahm ich an, dass ich recht hatte. Dann schaute ich mich auf dem Parkplatz um. Was, wenn jemand herauskam und sie sah? Ich dachte, Adler wollte sein Geheimnis bewahren?

Sie stiegen in das Auto und ich stand in den Schatten in der Nähe meines eigenen Autos, bis sie weg waren. Dann sprang ich in mein Auto, fuhr nach Hause und entschied mich, Adler gegenüber zu erwähnen, dass Geheimnisse nicht geheim blieben, wenn man herging und seinen festen Freund gut sichtbar umarmte.

Ich dachte ganz gewiss nicht an den Blick, den wir geteilt hatten oder die nicht identifizierbare Sache, die sich in meinem Brustkorb gelöst hatte.

Überhaupt nicht.

Kapitel Sechs

ADLER

Iᴄʜ ᴡᴀᴄʜᴛᴇ auf und fühlte mich großartig. Ich hatte das spielgewinnende Tor letzte Nacht erzielt. Apollo und ich hatten vor dem zu Bett gehen eine wirklich heftige Runde eines Zombie Ego-Shooter Spiels auf der Xbox gespielt und ich hatte ihn wie ein Soufflé aufgeschlagen. Schlug man Soufflés auf? Wie auch immer. Er war zu einem willenlosen Zombie geworden und ich nicht, also, weiter so, Adler.

Layton und ich hatten Blickkontakt gehabt und da war etwas… Zärtliches oder Fürsorgliches in seinem Blick gewesen. Ich hatte davon geträumt, sein Gesicht zu berühren und sein Rückgrat bis hinunter zu seinem knackigen Hintern zu küssen.

In der Hoffnung, die guten Schwingungen an diesem Tag fortzusetzen, sprang ich aus dem Bett, holte mir unter der Dusche einen runter, weil, das Rückgrat küssende Fantasie, aß den Teller Eier mit Speck, den Apollo vor mir abstellte, ehe ich dazu gezwungen wurde, einen Kommentar darüber abzugeben, welche Art

Weihnachtsfensterbilder er an die gläsernen Schiebetüren kleben sollte. Es war mir egal, weil niemand sie sehen und ich sie ignorieren würde. Er könnte Fensterbilder eines nackten Layton Foxx kleben und…

Ich hielt inne und warf einen Blick auf die eisigen Schiebetüren. Wenn der nackte Layton Foxx ein Fensterbild wäre, würde mir das auffallen. Zur Hölle, ich wäre dann da drüben und würde mit der Zunge über das frostige Glas fahren. Scheiße, meinem Schwanz fiel es bereits auf. Dieser Mann verwandelte mich in eine ein Meter fünfundneunzig große Erektion. Ich sah nach dem schön eingepackten Stifte-Set in meiner Sporttasche, zog einen Mantel über meine Anzugjacke und machte mich auf den Weg zum Stadion.

Während ich zu Cinderella durch den frühen Morgenverkehr in Harrisburg steuerte, ging ich ein paar Szenarien für die Geschenkübergabe während unseres angesetzten Sensibilitätstrainings nach dem Morgenlauf durch. Ich übte mehrere Sätze, aber keiner davon klang überzeugend, darum entschied ich mich, es einfach auf mich zukommen zu lassen. Was konnte schon schiefgehen? Ich meine, komm schon. Ich schenkte dem Mann ein Montblanc-Stifte Set. Vielleicht würde er so dankbar und begeistert von meinem Geschenk sein, dass er mir gestatten würde, ihm diesen Blowjob zu geben, über den ich insgeheim letzte Nacht fantasiert hatte, als ich versucht hatte, einzuschlafen. Ich wollte wetten, diese grauen Augen verdunkelten sich wie eine Gewitterwolke, wenn er gut geliebt wurde.

„Ah, Mann, komm schon", knurrte ich meinen

Schwanz an, als er erneut steif wurde. Großartig. Verdammte Schwänze. Ich fuhr um den Parkplatz des Stadions, bis mein Steifer sich legte.

Der Morgenlauf dauerte ewig. Rowe heftete sich an mich, sobald ich nach dem Lauf in die Umkleide zurückkehrte, plapperte darüber, dass er das Gefühl hatte, mein Eintritt ins Team wäre eine gute Sache, wie gut er und ich zusammen fuhren und wie er und Coach Madsen letzten Abend ihren Weihnachtsbaum aufgestellt hatten.

„Das erste Weihnachten zusammen", sagte Ten, während eine sanfte Röte sein Gesicht färbte. Meine Farbe wechselte von hat-die-letzte-Bräune-verloren Weiß zu einem eifersüchtigen Kleeblattgrün. Ich entschuldigte mich, behauptete, dass ich aufs Klo musste wegen eines schlechten Frühstücksburritos, den ich auf dem Weg zum Stadion an einer Tankstelle gekauft hatte. Neid war eine hässliche Emotion. Ich mochte es nicht, eifersüchtig zu sein, aber es war ein vertrautes Gefühl. Ich hatte meine Kindheit damit verbracht, auf die Zeit eifersüchtig zu sein, die meine Eltern in der Arbeit verbrachten, sowie mit ihren Hobbys, ihren Reisen und Freunden. Auf Apollos Beziehung zu seiner Mutter und seinem Vater. Sogar auf die Wright Brüder, weil sie diejenigen gewesen waren, die herausgefunden hatten, wie man Leute vom Boden wegbekam. Also ja, ich war damit aufgewachsen, eifersüchtig auf Flugzeuge zu sein, weil meine Eltern, Cole und Karrie Anne, mehr Zeit mit ihrem Jet und ihrem persönlichen Piloten verbrachten als mit mir.

Ugh. Ich musste aufhören. „Denke fröhliche

Gedanken", wies ich mich selbst an, als ich zurück in den Umkleidebereich schlich.

Ein schnelles Ausziehen und Duschen, Finger durch die Haare und eine kurze Überprüfung der Krawatte. Das Päckchen, das in silberne Folie gewickelt war und eine blaue Schleife hatte, in der Hand, joggte ich am Fitnessraum vorbei. Ich stopfte das Geschenk in meine Anzugjacke. Die Tür zu dem kleinen Büro, das Foxx bekommen hatte, stand offen, darum beeilte ich mich, hineinzukommen, ehe jemand mich sehen konnte, und schlug die Tür zu. Layton sah dieses Mal weniger entsetzt darüber aus, zu sehen, wie ich in seinen Raum polterte. Ich arbeitete daran, meine Schultern einzurollen, damit ich in diesen beengten Verhältnissen nicht so viel Platz einnahm.

„Du bist früh dran", sagte Layton. Er sah an diesem Tag außergewöhnlich gut aus. Der dunkelgraue Nadelstreifenanzug stand ihm hervorragend, zeigte seine breiten Schultern. An seinem Aufschlag befand sich eine Regenbogenflaggennadel. „Ich bin froh zu sehen, dass du so enthusiastisch bist, deine Fähigkeiten zur sozialen Interaktion zu verbessern."

„Genau, ja, total. Also, da." Ich zog das Päckchen aus meinem Jackett. Laytons schieferfarbene Augen wurden groß. Ich schüttelte das Geschenk vor ihm. „Das ist für dich."

„Weihnachten ist erst in drei Wochen", murmelte er, während er das Geschenk musterte, als würde es im gleich ins Gesicht explodieren oder so etwas in der Art. „Und ich bin mir nicht sicher, ob du und ich Geschenke –"

„Es ist kein Weihnachtsgeschenk. Es ist ein Entschuldigungsgeschenk." Ich schob ihm das Set hin. Er wich zurück. In Ordnung, er dachte ernsthaft, dass es sich um eine explodierende Vorrichtung handelte. Warum sonst sollte er es nicht annehmen?

„Das war nicht nötig."

„Das war es." Ich legte das Päckchen auf seinen Schreibtisch, direkt neben den Tacker, den er immer in Griffweite zu haben schien. Er schaute zu mir auf. Ich starrte ihn an.... in seine Augen... verlor mich selbst und meinen Gedankengang, als ich sah, wie Unsicherheit und Begehren in diesen Zinntiefen wirbelten. Ich setzte mich, um mich weniger einschüchternd zu machen.

„Mr. Lockhart…"

„Adler. Mr. Lockhart ist mein Vater. Na ja", ich ließ zu, dass mein Blick seinen festen Kiefer berührte. „so nenne ich meinen Vater nicht. Für mich ist er Cole. So wie meine Mom Karrie Anne ist. So sind meine Geschenke und Schecks immer unterschrieben. Karten auch. ‚Alles Liebe, Cole und Karrie Anne Lockhart.' Lustig, huh?"

„Nun, ich…"

„Ich will damit sagen, die Geschenke sind immer erstklassig, es sind also keine billigen Geschenke. Ich wünschte, du würdest das hier öffnen und sehen, wie sehr es mir leidtut." Ich griff über den Schreibtisch, um die hübsch verpackte Schachtel durch Papiere und Notizen zu schieben.

„Du hättest mir gar nichts kaufen müssen. Eine aufrichtige Entschuldigung funktioniert."

„Das ist eine Entschuldigung aus der Cartier Boutique." Gab es einen Grund, warum er es nicht verstand? Liebe kam in Schachteln von Cartier, Tiffany oder Van Cleef & Arpels. Jeder wusste das.

„Ich kann so ein teures Geschenk nicht annehmen, Adler. Aber danke." Er schob die Schachtel zu mir zurück. Mein Verstand löste sich auf, in dem Versuch, das zu verstehen. „Vielleicht sollten wir anfangen darüber zu reden, wie manche Worte falsch verstanden werden können, wenn sie -"

Ich stand auf. Er ebenfalls. In Ordnung, das war gut. Er sah gut aus, wenn er stand. Im Sitzen auch. Unter mir im Bett liegend ebenfalls, wollte ich wetten.

„Ich verstehe das nicht. Ich versuche hier, dich glücklich zu machen. Das hier ist kein dämliches kleines Geschenk von K-Mart oder so. Ich habe gestern Stunden damit zugebracht, das für dich zu besorgen. Ich wäre beinahe zu spät zum Spiel gekommen, weil sie dieses Set aus King of Prussia nach Harrisburg liefern mussten. Das sind ziemlich viele Gedanken, die in eine Entschuldigung gesteckt wurden, Foxx. Das Mindeste, was du tun könntest, ist das verdammte Ding anzunehmen."

Sein hübscher Kiefer schob sich vor. Ah, jetzt zeigte er etwas Feuer. Das machte ihn sogar noch attraktiver, um ehrlich zu sein. Ich wollte wetten, er war ein lebhafter Bottom, sobald er seine Schüchternheit überwunden hatte, denn da befand sich offensichtlich Zündstoff im Brustkorb dieses Mannes.

„Ich dachte, ich hätte dir gesagt, dass ich es nicht annehmen kann." Er verschränkte seine Arme vor seinem Brustkorb, während sein Blick den meinen fand und festhielt. „Es tut mir leid, dass du deswegen Ärger bekommen hast, aber das ist nicht meine Schuld. Könntest du dich wieder hinsetzen, damit wir anfangen können, an deinem Sensibilitätstraining zu arbeiten?"

„Ich bin total sensibel!", bellte ich.

Er hob eine dunkle Augenbraue.

„Was? Du denkst, Stunden damit zu verbringen, ein Gemdrop Spiel zu spielen, während das perfekte Stifte-Set für den Mann, dessen Rückgrat zu küssen ich fantasiere, *en route* zu mir ist, wäre nicht sensibel?"

„Was?" Er hustete. Ich blinzelte. „Was hast du gesagt?" Seine Brauen zogen sich zusammen.

„Dass ich Stunden damit verbracht habe, ein dämliches Gemdrop Spiel auf meinem Handy zu spielen, während ich auf den Kurier aus King of -"

„Nein, nicht das. Den anderen Teil deines Kommentars." Er sah gerötet und heiß aus. Nun, er war immer heiß, aber in diesem Fall *war* ihm heiß.

„Ich weiß nicht, was ich gesagt habe."

Sein Mund öffnete und schloss sich ein paar Mal. Nichts kam heraus.

„Hast du einen Schlaganfall oder so?", erkundigte ich mich, während er daran arbeitete zu reden oder zu atmen. Ich war mir nicht sicher, was. Vielleicht brauchte er Mund zu Mund. Dafür könnte ich mich erwärmen.

„Das ist der Grund, warum du lernen musst, nicht gleichzeitig zu fühlen und zu reden", meinte er schließlich.

„Apollo hat gestern dasselbe auf dem Parkplatz

gesagt. Tatsächlich sagt er das ständig zu mir", kommentierte ich.

Laytons Gesicht spannte sich an. „Das ist noch etwas, worüber wir sprechen müssen. Wenn du noch nicht geoutet bist, dann sollten öffentliche Zurschaustellungen von Zuneigung an öffentlich zugänglichen Orten nicht passieren."

„Du hast zweimal öffentlich gesagt", bemerkte ich. Das schien seine aufgewühlten Gedanken noch mehr durcheinanderzubringen, was seine Attraktivität in die Stratosphäre schoss. „Hast du mir nachspioniert?"

„Sei nicht töricht." Er stapfte zur Tür und riss sie auf. „Dieses Treffen ist vorbei. Wir haben keine Zeit mehr und du hast offensichtlich überhaupt keine Ahnung, wie du dich benehmen sollst."

„Das ist ein Hall & Oates Song." Ich konnte nicht aufhören, seinen Mund anzusehen. „Und dieser Typ, den ich auf dem Parkplatz umarmt habe, war nicht mein fester Freund – er ist mein bester Freund und mein persönlicher Assistent."

„Oh, vielleicht solltest du sicherstellen, dass mein Rat in Bezug auf öffentliche Zurschaustellung deinen festen Freund zu Hause erreicht."

Ich machte einen Schritt auf ihn zu. Er hielt stand. Ich stieß die Tür zu. Er richtete sich auf und leckte seine Lippen. Ein Blitz aus Lust traf mich direkt in den Eiern. Ich wollte seine Lippen für ihn lecken.

„'Out of Time' ist ein Hall & Oates Song", erklärte ich ihm, als die magnetische Anziehungskraft von Layton Foxx mich auf ihn zugehen ließ. „Und ich habe keinen festen Freund. Willst du den Job?"

„Hall & Oates ist… was?" Er machte einen Schritt nach hinten, hielt dann inne, als ob er sich mit einem Mal daran erinnerte, dass er sich nicht mehr von mir einschüchtern lassen würde. Die Wolke aus Lust und männlichen Pheromonen hing dicht in der Luft. Sein Rasierwasser und meines mischten sich und schufen ein neues Aroma, das reich, sündig und lustvoll war.

„Ich könnte einen Mann in meinem Leben brauchen, um meinen Mund davon abzuhalten, Unsinn zu verzapfen", sagte ich mit rauer Stimme. Seine grauen Augen schauten auf meinen Mund. Er leckte sich wieder die Lippen. Ich beugte mich langsam vor, versuchte, ihm Zeit zu geben sich wegzuducken oder in eine Ecke zu fliehen oder diesen verdammten Tacker zu schnappen und mir in die Stirn zu tackern. Er tat jedoch nichts davon.

Er atmete zittrig durch leicht geteilte Lippen aus, als ich meinen Mund über seinen legte. Ich inhalierte seinen Atem. Er hatte vor Kurzem Kaffee mit Mandelgeschmack gehabt. Ich wünschte, ich könnte meine Zunge in seinen Mund stecken, um zu sehen, ob die Amaretto-Kaffeesahne, die er offensichtlich benutzte, immer noch verweilte, aber ich tat es nicht. Ich beugte mich nur ein wenig weiter vor, um etwas mehr Druck zu erzeugen. Er war kleiner als ich, aber nicht um viel. Gerade richtig. Auch schlanker. Gott, ich wollte meine Hände auf ihn legen und all diese harten Winkel und festen Muskeln spüren. Seine Finger kamen auf meiner Schulter zu ruhen. Alles Blut rauschte von meinem Kopf in mein Gemächt, ließ mich schwindelig und so hart wie einen Eisenbahnnagel zurück.

Ich umfasste seine Wange, die Haut unter meinen Fingerspitzen war glatt rasiert.

„Oder vielleicht zuerst Abendessen?", fragte ich. Seine Antwort war ein Flimmern heißen Atems, der über meine gerade geküssten Lippen wehte. Er wollte Ja sagen. Ich sah es in der Art, wie eine Seite seines Mundes subtil nach oben wanderte. Dann verschwand diese Andeutung eines Lächelns. Der entspannte Mann, mit dem ich Atemluft ausgetauscht hatte, verwandelte sich in eine Statue, komplett mit gefrorenem Gesicht und steingrauen Augen.

„Du musst gehen. Jetzt. Sofort." Er fummelte mit dem Türknopf.

„Warum? Wovor hast du solche Angst? Du bist derjenige, der geoutet ist, aber du tust so, als hättest du schreckliche Angst, etwas essen zu gehen. Sollte nicht *ich* es sein, der durchdreht?" Ich streichelte sein Gesicht. Er schlug meine Hand weg. Ich starrte ihn an, während mein Verstand versuchte, mit der plötzlichen Kehrtwende klarzukommen. „Vielleicht war ich ein wenig forsch, dich zu küssen und all das, aber -"

„Verschwinde einfach!" Er riss die Tür auf. Sie schlug uns beiden gegen die Hüfte und löste sich beinahe aus seinem Griff. Ich machte ein paar Schritte rückwärts, hob meine Hände in einer „Ich weiche zurück" Geste, die man machte, wenn man sich einem verängstigten, aber wütendem Hund gegenübersah.

„In Ordnung, ich gehe", sagte ich, als ich um die Tür herumtrat. „Es tut mir leid, Layton. Es ist nur... Es tut mir leid." Meine Lungen leerten sich und kollabierten oder zumindest fühlte es sich so an. Sein

Blick wanderte von seiner Hand auf dem Türknauf zu mir. Ja. Verängstigtes Tier passte hervorragend zu seinem Handeln und seinem Gesichtsausdruck. Ich wich aus seinem Raum, senkte meine Hände und versuchte, mir etwas Beruhigendes und Intelligentes einfallen zu lassen, das ich sagen konnte.

Layton schloss die Tür vor meiner Nase. Wow. Wie oft hatten Cole und Karrie Anne mich auf dieselbe Weise aus einem Zimmer ausgeschlossen? Ich hatte ihn irgendwie enttäuscht, genau wie ich meine Eltern immer wieder enttäuschte. Ich war ein Versager.

„Ich wollte dich nicht auch enttäuschen." Ich atmete über dem Holz aus, das ich anstatt eines sexy Mannes in einem Anzug küsste. Laytons Lippen schmeckten viel besser – und waren weniger holzig – als die Tür. Auch weicher. Ich fuhr mit den Fingern über ein Scharnier, ging dann weg. Vielleicht wollte er ein besseres Geschenk…

Kapitel Sieben

LAYTON

DAS GESCHENK auf meinem Schreibtisch war eine visuelle Erinnerung während jedes Treffens, das ich bis zum Wochenende hatte. Ich versuchte, es in die Schublade zu stecken, aber dann stellte ich mir vor, wie Adler hereinkam und irgendwie wissen würde, dass es da drin war und dass ich es angenommen hatte. Ich hatte schon darüber nachgedacht, ihn herzubitten und ihm zu sagen, dass er es vergessen hatte, aber das hätte bedeutet, dass ich ihn wiedersehen musste. In meinem Büro. Diesem winzigen, beengten Raum ohne Fenster. Adler war für eine Sitzung gelistet, hatte aber schon zweimal abgesagt und ein Teil von mir war darüber glücklich. Natürlich verabscheute meine professionelle Seite die Tatsache, dass er nicht die richtigen Informationen und Ausbildung erhielt, aber ich war noch nicht bereit, ihn wiederzusehen, noch nicht.

Alles wegen diesem Kuss.

Von mehr zu wollen bis hin zur Panik hatte nicht

mehr als ein paar Sekunden gedauert, aber es hatte sich wie eine Ewigkeit angefühlt. Es gab einen Grund, warum jeder Liebhaber, den ich seit dem College gehabt hatte, kleiner als ich gewesen war oder zumindest eine weniger physische Präsenz hatte als Adler. Ich hatte mich eingeengt gefühlt, sogar, als ich heiß gewesen war und ich spielte in meinem Kopf die Worte ab, die mein Therapeut mir in meinen dunkleren Tagen beigebracht hatte. *Ich bin stark. Es war nicht meine Schuld.*

Die Worte klangen hohl. Für einen Moment hatte ich mich ohne Kontrolle gefühlt und das Gefühl gefiel mir nicht.

Darum versteckte ich das Geschenk unter einem Ordner auf meinem Schreibtisch und versuchte, es zu ignorieren, schob es und den Ordner direkt an den Rand.

Das Team war an diesem Nachmittag zu einem Auswärtsspiel gefahren und das einzige Treffen, das ich gehabt hatte, bevor sie aufbrachen, war mit Ten, der, wie mir vorkam, mit jedem Tag nervöser wurde. Ich hatte bemerkt, dass Jared bei den Treffen seine Hand hielt und dass, wenn Ten mit mir allein war, er ziemlich viel herumrutschte. Ich machte eine geistige Notiz, mich mit ihm für ein längeres Gespräch hinzusetzen.

Felix Cote streckte seinen Kopf mit einem begleitenden Klopfen um die Tür und ich lächelte zu ihm auf.

Der Besitzer des Teams war ein großer Bär von einem Mann, ein echter Hockeyspieler aus den Siebzigern. Auf dem Flur gab es Fotos von ihm in allen möglichen furchtbaren Outfits, von Siebzigerjahre

Schlaghosen bis hin zu einem ausgewachsenen Vokuhila aus den Achtzigern. Als ich mich für diese Stelle beworben hatte, hatte er ausführlich darüber gesprochen, wie er gegen einen Typen namens Mario gespielt hatte, der mir so gar nichts sagte, der aber, wie sich jetzt herausstellte, ein eigenes Team hatte und als heißer Spieler angesehen wurde. Der einzige Name, den ich gekannt hatte, bevor ich hierhergekommen war, war Gretzky und das nur, weil ein Junge in meinem Stock auf dem College ein Motivationsposter von ihm mit weisen Worten über Chancen oder Tore oder etwas in der Richtung gehabt hatte.

Ihr dürft mir glauben, dass ich alles über Mario, Felix und das ganze Siebziger/Achtziger Umfeld im Hockey in Erfahrung gebracht hatte.

Im Moment sah Felix sehr ruhig und gefasst aus, anders als beim ersten Treffen, wo er, um es offen zu sagen, kurz davor gestanden war, jeden Moment durchzudrehen. Während alle um ihn herum die Ten/Jared Situation als eine Chance sahen, Gleichstellung zu promoten und dem Team im Marketing einen positiven Schub zu verpassen, konnte er nur die Menge an Geld sehen, die das Team verlieren würde, wenn Hintern Sitze verließen. Ich machte ihm keinen Vorwurf. Schließlich stand seine Investition auf dem Spiel.

„Wie läuft es?", fragte er.

Ich gab täglich formale, geschriebene Berichte ab, auch wenn ich mir nicht sicher war, ob seine PA, Jane, sie ihrem Boss weitergab. Sie fasste sie wahrscheinlich für den Mann zusammen, der ständig auf Achse zu sein schien, mit dem Vorhaben, die Railers an die Spitze der Liga zu bringen.

„Gut." Ich griff nach dem Ordner mit den Informationen, den ich zusammenstellte, zusammen mit dem noch in den Kinderschuhen befindlichen Marketingplan und bedeutete ihm, dass er hereinkommen sollte. Ich nahm an, er wollte Einzelheiten, aber es wurde schon bald klar, dass er etwas anderes im Sinn hatte.

„Also, ich habe mir gedacht..." Er hielt inne, drehte sich um und schloss die Tür hinter sich. Ich fühlte keine Panik, nicht wie mit dem Team hier drin, was dämlich war, weil Felix genauso groß und fit für sein Alter war. „Kann ich mich setzen?", fragte er, ganz höflich und ich nickte.

„Natürlich. Stimmt etwas nicht?" Sorge erfasste mich. War er hier, um mir zu sagen, dass Ten und Jared ihre Meinung geändert hatten oder dass er nicht wollte, dass ich weiter daran arbeitete?

Er hustete, um seine Kehle zu klären. „Meine Frau, Gott segne sie, die seit dreißig Jahren mit mir verheiratet ist, eine gute Frau, die über die Jahre eine Menge hingenommen hat, mit dem Hockey und... nun ja, Hockey ist alles, wirklich. Sie hat gesagt, dass ich Sensibilitätstraining brauche."

Wenn ich nicht so viel Erfahrung damit gehabt hätte, meine Gesichtszüge unter Kontrolle zu behalten, wären meine Augen groß geworden und mein Mund hätte offen gestanden. Ich hätte nie erwartet, dass der Besitzer des Teams involviert werden würde.

„Sicher, das können wir machen."

Felix lehnte sich in seinem Sitz zurück. „Können wir es jetzt machen?", fragte er.

Ich hatte den Eindruck, dass er es jetzt machen wollte, weil das Team weg war. Das Stadion leerte sich offensichtlich bei Auswärtsspielen, bis auf ein paar Büroarbeiter und die Angestellten, die an anderen Dingen arbeiteten.

„Natürlich." Ich schob den Marketingplan auf eine Seite und griff nach der anderen Information, während ich gleichzeitig das improvisierte Geschenk-Versteck auf den Boden warf. Felix griff nach unten und hob das kleine, eingepackte Geschenk hoch.

„Ist heute dein Geburtstag? Haben wir das verpasst? Du solltest es Jane sagen und sie wird einen Kuchen oder so etwas für dich besorgen, wie sie es für uns alle macht."

„Nein, mein Geburtstag ist im November", sagte ich.

Ich griff nach dem Geschenk, schob es in die Schublade, zusammen mit allen Gedanken, was Adler sagen würde, wenn er wüsste, wo es sich befand. Felix sah so aus, als würde er noch etwas sagen wollen, aber ich kam ihm zuvor.

„Sag mir, wo du anfangen möchtest."

Er seufzte und wand sich auf dem Stuhl. Obwohl ich den kleineren Stuhl gegen einen größeren eingetauscht hatte, auf dem Hockey-Hintern tatsächlich Platz hatten, war es immer noch eng.

„Also, als ich gespielt habe, waren die Siebziger und die Dinge waren…" Er suchte nach dem richtigen Wort, hatte einen nachdenklichen Gesichtsausdruck. „Anders", bot er mit einem Schulterzucken an, das sagen sollte, für wie lahm er das hielt. „Als ich gespielt habe... zur Hölle, waren Sexualität, Geschlecht nicht dasselbe Problem wie jetzt."

Er hob eine Hand, um mich aufzuhalten, erwartete eindeutig, dass ich einwandte, dass diese Dinge schon seit sehr langer Zeit ein Problem waren. Er wusste nicht, dass dies das Letzte war, was ich tun würde. Die Geschichte der Gleichstellung war eine steinige Straße, die immer noch täglich repariert wurde, aber ich hatte gelernt, die Erfahrungen der Menschen in den Kontext ihres Alters oder sogar des Staates oder des Landes zu setzen, in dem sie geboren waren.

Er hielt wieder inne, atmete dann lautstark aus. „Ich kann mich erinnern, dass in den frühen Achtzigern die schlimmste Beleidigung die ganze Sache mit AIDS war, um einen Gegner auf die Palme zu bringen. Du weißt schon, das war damals scheiße und dennoch etwas, das die Typen während des ganzen Jahrzehnts benutzten. In den Siebzigern gab es diese ganze Russland-US Kalter Krieg Sache, aber das ist gestorben. Sage ich irgendetwas, das Sinn macht?"

Er sah mich hoffnungsvoll an, als würde ich schon aufgrund dieser kurzen Erklärung helfen können. Zu seinem Glück konnte ich das.

„Absolut", sagte ich und beugte mich vor. Zu erklären, dass es hunderte Faktoren dafür gab, wie man redete oder welche Dinge man glaubte, war einfach. Das Letzte, was ich wollte, war bei den älteren Angestellten Widerwillen hervorzurufen, indem ich ihnen sagte, dass ihr Verhalten vor zwanzig Jahren beschämend gewesen war. Ich musste pragmatisch sein und deutlich erklären, wie die Dinge sich verändert hatten.

Als er ging, zögerte er an der Tür. „Du solltest am Dienstag zum Abendessen kommen, wenn die Jungs wieder da sind. Lillian wird dich erwarten und sich freuen, dich zu sehen. Du könntest das Team in einer weniger formellen Umgebung treffen."

Ich wollte so was von gar nicht mit irgendjemandem aus dem Team bei irgendeinem Abendessen sein, aber das hier war eine Augen zu und durch Situation und ich konnte hoffen, dass Adler nicht einer der Spieler dort sein würde.

„Das wäre schön", sagte ich ganz formell.

„Jane wird dir eine Email schicken", sagte er und ging, ließ die Tür offen, genau wie ich es mochte.

Wie er es gesagt hatte, traf die Email zur gleichen Zeit ein, wie Edgar an der Tür erschien. Edgar war Teil des Kommunikationsteams, ein zögerlicher Unterstützer des Twitter-Accounts des Teams. Er klopfte und ich lächelte ihn an, genau wie ich es bei Felix getan hatte.

Er sah grau aus.

Ich nahm sofort das Schlimmste an. „Was ist passiert?", fragte ich.

Stumm reichte er mir sein iPhone und ich sah Arvys Twitter. Ich wusste, dass es nicht Arvy gewesen war, der den kurzen Satz gepostet hatte. Ich kannte Arvy. Er war ein guter Kerl, sehr respektvoll und das hier war jemand anderes, der sein Handy genommen hatte.

Die Nachricht war simpel, ein Witz über Frauen. *Großartig*. Ich ging in den Action-Modus.

Innerhalb von zehn Minuten war der Tweet gelöscht

und der Schuldige – einer der Junior Equipment Jungs, ein Kind von gerade mal achtzehn – war gefeuert. Nicht meine Entscheidung. Das war Felix, der sich aufregte und fluchte und über die Railers-Familie redete und wie ein schlechter Apfel alles ruinieren konnte.

Ich wusste, dass das sein konnte, aber ich geriet nicht in Panik und kümmerte mich um die Situation.

Als ich das Büro verließ, war ich erschöpfter, als wenn das Team für seine Sensibilitätsgespräche in meinem Büro ein und aus ging.

Aber ich schlief nicht. Denn, hey, wer braucht schon Schlaf? Ich konnte nur an Adler denken und sein dummes Geschenk und die lässige Art, wie er über seine Familie sprach und das mangelnde Interesse, das sie für ihn hatte. Oder zumindest war es das, was ich seiner kleinen Rede entnommen hatte.

Dann veränderten sich meine Gedanken, drehten sich weniger um die Arbeit, den Stift oder Adlers Familie. Nein, es ging mehr um den Kuss und den kurzen Moment, als ich es tatsächlich genossen hatte, so gehalten und geküsst zu werden.

Bevor die Panik eingesetzt hatte.

DER DIENSTAG KAM VIEL zu schnell. Ich hatte es geschafft, es den Großteil der Zeit zu vermeiden, mit meiner Mom zu reden, aber als sie mich festnagelte, stellte sich heraus, dass sie mich zu Thanksgiving zu Hause haben wollte.

„Nur einen Tag, an dem all meine Babys unter einem Dach sind", hatte sie gesagt.

Tatsächlich sagte sie das jedes Jahr und sie verdiente es, dass wir alle da waren, aber ich hatte Arbeit zu erledigen und die Ankündigung war für zwei Tage nach Thanksgiving angesetzt worden, das schon in zwei Wochen war. Das Datum war so gewählt geworden, dass es zwischen zwei Heimspiele fiel und meine nächste Aufgabe war es, Ten und Jared zu coachen, wie sie Fragen beantworten sollten. Ich hatte sie an diesem Morgen beide kurz gesehen und Ten hatte weniger unruhig ausgesehen, darum war es vielleicht gut für ihn gewesen, von Harrisburg wegzukommen.

Natürlich hatten sie ihre drei Auswärtsspiele alle gewonnen, darum war das ganze Team high.

Das ganze Team war auch bei diesem verdammten Abendessen.

Felix' Haus zu finden war einfach, ihm gehörte die riesige Villa am Ende einer Sackgasse. Hineinzukommen war schwieriger, da es einen Lautsprecher gab, mit dem man reden musste und der knackte ziemlich viel. Am Ende folgte ich einem roten Ferrari hinein und seufzte, als ich sah, dass es Arvy war, der ausstieg. Ich hatte ihn seit dem Tweet-Vorfall nicht mehr gesehen. Er entdeckte mich und hielt mich auf, ehe ich überhaupt etwas gesagt hatte.

„Neuer Code für mein Handy und es bleibt immer bei mir", sagte er und wedelte sein Handy vor mir, als ob das bewies, wie verantwortungsbewusst er war. „Und ich habe getan, was du gesagt hast und habe eine

Entschuldigung getweetet und ein Bild von meinem Hund und noch eines von mir ohne Oberteil."

„Das habe ich gesehen", sagte ich mit der Andeutung eines Lächelns.

„Cool", gab er zurück, ging dann an meiner Seite die ganze Länge der Auffahrt zu der beeindruckenden Front des Hauses hinauf.

„Fährst du für Thanksgiving nach Hause?", fragte ich, als unser Gespräch über Twitter zum Erliegen kam. Es war nicht so, als ob ich über Hockey reden könnte, obwohl ich von meinem *Dummys*-Buch lernte und mir so viele alte Aufnahmen auf YouTube anschaute, dass ich das Spiel mit einiger Sicherheit erklären konnte. Ich hatte es nur noch nicht an einem Hockeyspieler ausprobiert, weil ich Angst hatte, ausgelacht zu werden. Und es war eine sehr lange Auffahrt. Ich dachte darüber nach, mein Wissen über Mario Lemieux an ihm zu testen, aber sogar das hatte seine Grenzen.

„Nein", sagte er. „Wir haben ein Spiel davor und danach und die Jungs werden sich hier bei jemandem treffen. Und du?"

„Wahrscheinlich nicht."

Wir erreichten die Haustür und eine Frau öffnete, von der ich wusste, dass es Lillian war, Felix' Frau. Klein, tadellos gekleidet in ein einfaches schwarzes Kleid mit Perlen, hieß sie uns willkommen und führte mich ein wenig herum. Es gab so viele Fotos von den Teams, für die Felix gespielt hatte, von alten schwarz-weiß Fotos eines Kindes bis hin zur Unterschriftenzeremonie für das Railers-Franchise.

Zusammen mit Arvy waren alle Spieler in einem

großen Empfangszimmer versammelt, was den Raum überfüllt aussehen ließ. Ich wusste, dass es nur eine Frage der Zeit war, bis ich Adler fand. Zum Glück geschah das nicht bis zum Abendessen. Unglücklicherweise setzte Lillian mich direkt neben ihn, mit Stan auf meiner anderen Seite.

„Hey", sagte er und bewegte sich auf seinem Stuhl, sein Oberschenkel an meinem. Ich bewegte mich ebenfalls, von ihm weg, stieß dabei mein Wasser an und verschüttete es beinahe.

„Hallo", sagte ich. „Ich habe gesehen, dass ihr eure drei Spiele gewonnen habt." Sicheres Thema. Hockey-Informationen, über die ich reden konnte, die Siege und Niederlagen des Teams.

„Ja", sagte er. „Es war eine dieser Auswärtspartien, wo alles zusammenpasste. Eine gute Möglichkeit, sich näherzukommen. Schön, die Jungs ein wenig besser kennenzulernen."

Die Vorspeise wurde serviert, eine Pilzsuppe, die mit Petersilie bestreut war, zusammen mit knusprigem Brot und dankenswerterweise fing Felix an, über die Auswärtsspiele zu reden, und wie erfreut er war. Es gab Wein. Ich hielt mich an Wasser.

„Gut", sagte Stan, stieß mich an und hätte mich beinahe in die andere Richtung auf Adlers Schoß fallen lassen. Ich schaute ihn von der Seite an und wartete auf mehr. Er deutete auf meine Pilzsuppe und wiederholte das einzelne Wort. „Gut."

„Ja", sagte ich. „Da", fügte ich hinzu.

„Schnee steckt", fügte er hinzu und sah mich mit schmalen Augen an. Ich hatte das Gefühl, dass ich eine

Warnung erhielt, hier irgendetwas zu tun. Ich dachte, dass er Schnee steckt gesagt hatte oder vielleicht nicht steckt, oder…. Wer zur Hölle wusste, was er gesagt hatte? „Iss.“

„In Ordnung“, sagte ich und aß weiter, lauschte dem sanften Rumpeln von Stans Stimme, während er in leisem Russisch mit dem einzigen anderen Mann im Team redete, der wusste, was er wirklich sagte, Anatoly Sokolov.

„Er sagt, dass du deine Suppe ganz aufessen musst“, sagte Anatoly hilfsbereit. Seine Stimme war weniger knurriges Russisch und mehr Amerikanisch, aber mit einem Akzent. Ich wusste, dass er die letzten zehn Jahre für US Teams gespielt hatte, es bestand also die Hoffnung, dass Stan eines Tages besser zu verstehen sein würde oder, was wahrscheinlicher war, dass das Team genügend Russisch lernte.

„Das tue ich“, sagte ich und nahm nachdrücklich einen weiteren Löffel Suppe und schluckte sie. Ich übertrieb die Handlung sogar und hatte das Gefühl, als würde ich Anerkennung von beiden Russen bekommen.

„Er sagt, dass du essen musst und dich nicht selbst krank machen sollst“, fügte Anatoly hinzu.

Ich warf einen Blick auf Stan. Was? Er lächelte mich nur an, aber nicht auf eine freundliche, offene Art – eher auf eine verstehende, mitfühlende. Was zur Hölle?

„Er sagt, dass er oft Schokolade auf deinem Schreibtisch sieht und Kaffee. Zu viel Kaffee.“

Ich hatte das Gefühl, dass alle mich anschauten,

aber ein schneller Blick zeigte mir, dass niemand uns beachtete.

„In Ordnung", sagte ich zu Stan und Anatoly.

Sie nickten mir beide zu, aber aus dem Augenwinkel sah ich, wie Stan mich beobachtete. Ich ignorierte ihn, versuchte, mich auf etwas anderes zu konzentrieren. Ich fokussierte mich auf ein bestimmtes Gespräch und wünschte mir dann, ich hätte es nicht getan.

„Also habe ich gesagt, neunundsechzig plus mich ist die Nummer siebzig auf meinem Rücken." Denton redete. Er war ein Flügelspieler und saß auf der anderen Seite von Adler. Ich mochte Denton, aber er war ein bisschen ein Idiot, der über alles Witze riss.

„Sie ist auf deinen Scheiß reingefallen?", fragte Arvy.

Offensichtlich war ich darüber gestolpert, wie Denton einen Anmachspruch erklärte.

„Ja, sie war total heiß und die neunundsechzig…" Er verstummte und sah mich an Adler vorbei an. „Mein Fehler", sagte er. Aber er lächelte, als ob er sich überhaupt nicht entschuldigen würde. Und zur Hölle, warum entschuldigte er sich überhaupt bei mir? Mein Mund öffnete sich, bevor mein Gehirn sich einschaltete, genau das, wovor ich das gesamte Team gewarnt hatte. Und was ich sagte, fiel in eine unglückliche Pause im Gespräch.

„Zur Hölle, was ist nur mit Hockeyspielern und ihrer Sucht nach neunundsechzig?"

Stille.

Absolute, eiskalte Stille.

Und dann fing das Gelächter an und mittendrin

konnte ich spüren, wie ich rot wurde. Es war, als wäre ich wieder auf dem College. Das war ich, wie ich etwas Dämliches sagte und die Leute sich auf mich stürzten. Mir war heiß und ich schob meinen Stuhl zurück, versuchte, gefasst zu bleiben.

„Entschuldigt mich", sagte ich.

Und ehe jemand mich aufhalten konnte, ehe ich die Suppe gegessen hatte, wie Stan es so unbedingt wollte, ging ich.

Kapitel Acht

Ich sah zu, wie Layton vom Tisch floh. Nun, vielleicht war fliehen nicht das richtige Wort. Er sprang nicht auf oder warf seinen Stuhl um. Nichts so Dramatisches. Aber er beeilte sich, seinen Hintern von dem Mahl und den verwirren Railers wegzubekommen. Alle saßen da und schauten einander an, aber niemand bot an, aufzustehen. Wahrscheinlich hätte ich einfach weiter das Gourmetessen vor mir verspeisen sollen, aber nein. Adler Lockhart war zu solcher Intelligenz schlicht nicht fähig.

Ohne ein Wort zu sagen, tupfte ich mir den Mund mit der Stoffserviette ab, stand auf und wackelte hinter Layton her. Die Jungs fingen an, untereinander zu murmeln. Ich trat durch die schwere Haustür und entdeckte sofort Layton, der zwischen all den geparkten Autos stand und verloren aussah.

Ich ging zu ihm, mein Verstand ließ sich dämliche Dinge einfallen, die ich sagen konnte. Je näher ich ihm kam, umso dichter wurde die Wolke aus Nervosität um ihn herum. Erregung war die Wolke, die an mir klebte. Sein stählerner Blick flog zu mir, als ich um die Stoßstange eines massigen schwarzen SUVs herumtrat. Der Mann sah so aus, als würde er gleich durchdrehen.

„Jemand hat mich eingeparkt", keuchte er und zog an seiner ordentlich gebundenen Krawatte. Ich warf dem SUV einen Blick zu, schaute dann wieder zu Layton.

„Ich kann dich nach Hause fahren."

Verdammt, Adler. Was zum Teufel denkst du dir dabei?

„Nein, nein, das kann ich nicht machen. Uh, weißt du, wem dieses Monster gehört?" Er deutete mit einem Kopfnicken auf den Ford Explorer.

„Keine Ahnung." Seine Nervosität war ansteckend. Ich fing ebenfalls an, mit der Krawatte, die ein wenig zu fest um meinen Adamsapfel lag, zu spielen. „Ich stehe auf der Straße." Ich deutete auf meinen BMW, der ein paar Häuser weiter geparkt war. „Ich mache das, damit er keine Dellen bekommt. Hast du mein Geschenk überhaupt aufgemacht?"

In Ordnung Adler. Was sollte der verdammt Teil deux?

„Das Geschenk? Nein, das habe ich nicht aufgemacht", sagte er.

„Ja, das habe ich mir schon gedacht. Es ist in Ordnung. Ich hätte nicht fragen sollen." Ich machte einen Schritt auf ihn zu. Seine Ratte-die-in-einem-Zimmer-voller-Katzen-gefangen-ist Ausstrahlung war jenseits von Gut und Böse. „Schau, was du da drin gesagt hast", ich deutete mit meinem Daumen auf das teure Haus, das mit Puck-Schubsern gefüllt war, „war nur ein Witz. Und noch dazu ein lustiger, weißt du."

Er erwiderte mein Lächeln nicht. Er fing an, seine Lippen zu lecken, bewegte sich in einem schmalen Kreis wie eine antike Spieluhr, die ich als Kind gehabt hatte. Es war ziemlich sexy. Nun, die Spieluhr war nicht sexy. Er war es. Seine Lippen waren jetzt feucht und glänzend. Sie mussten wieder geküsst werden. Ja. Von mir. Direkt hier in der Auffahrt an dem SUV, der ihn so ausflippen ließ. Sexy Spielzeuge. Ich wollte wetten, dass man mit ihm ganz hervorragend Erwachsenenspiele spielen konnte…

Adler, hör auf an sexy Spielzeuge zu denken. Bitte. Du fängst an, wie ein Idiot zu klingen.

„Ich habe meinem Mund den Vortritt vor meinem Gehirn gelassen. Das ist nicht akzeptabel. Warum hat dieser Arsch hier geparkt?" Er schlug gegen den SUV. Ich zuckte zusammen in Erwartung eines losgehenden Alarms, aber das massige Ding stand stumm da.

„Weil es eine Auffahrt ist", bemerkte ich. „Magst du Kaffee? Ich will damit sagen, ich weiß, dass du Kaffee trinkst, denn als ich dich geküsst habe, konnte ich die Amaretto-Kaffeesahne in deinem Atem riechen und wenn du die Kaffeesahne nicht direkt trinkst, dann musst du sie in deinen Kaffee geben. Willst du also Kaffeetrinken? Ich parke da drüben." Wieder wedelte ich mit meiner Hand in Richtung meines Autos, das am Gehsteig stand.

Layton starrte mich an, seine Wangen waren immer noch gerötet und seine Augen… Oh Mann, diese grauen Augen leuchteten vor Emotionen. Ich war mir nicht sicher, dass es gute Gefühle waren, aber seine Augen waren wunderschön und mit einem Mal stellte ich fest, dass es mir egal war, ob er mein Geschenk öffnete. Ich würde ihm ein anderes kaufen. Ein Besseres. Eines, das ihn erkennen lassen würde, wie sehr ich ihn mochte.

„Nein, Adler, kein Kaffee. Ich will nur…" Er hörte auf, wie ein nervöser Löwe herumzulaufen, und atmete dramatisch aus, sein Brustkorb weitete sich und dehnte das elegante Jackett, das seine schlanke Gestalt umarmte und mich ein winziges bisschen hungriger darauf machte, ihn zu schmecken und zu spüren. „Wir können nicht daten, Adler."

„Warum nicht?" Ich schob meine Hände in die Vordertaschen meiner Hose.

„Weil… wegen einer Menge Gründe."

Ich strich mit den Fingern über die beiden Münzen in meiner Tasche. „Welche Gründe? Ich bin kein Serienkiller. Ich rauche nicht und nehme keine Drogen. Ich trinke nur hin und wieder ein Bier. Ich bin lustig und annehmbar niedlich auf eine Fred Weasley Art und Weise. Ich spiele weder für Pittsburgh noch für Philly. Ich möchte dir einen Kaffee kaufen und über irgendwelchen Scheiß reden. Dich kennenlernen. Dich vielleicht wieder küssen. Wir können es als etwas anderes bezeichnen, wenn das Wort ‚Date' dir Sorgen bereitet. Wie wäre es mit Kaffeeklatsch? Als wären wir zwei alte Frauen, die sich hinsetzen und bei Kaffee tratschen. Wirst du einen Klatsch mit mir machen?"

Es schien ihm etwas auf der Zungenspitze zu liegen. Seine wilden Augen wurden etwas ruhiger, als er versuchte, mich anzusehen, ohne dass es offensichtlich war, dass er mich anstarrte.

Das erinnerte mich an dieses eine Mal, als Apollo und ich einen benommenen Vogel im Blumenbeet gefunden hatten. Er war gegen eines der Fenster des Lockhart Maine Sommerhauses geflogen. Wir hatten uns in den Mulch gesetzt und damit abgewechselt, die Meise zu halten, bis sie ihre Augen öffnete. Sie war für einen Moment auf meiner Hand gesessen, die dunklen Augen hatten versucht abzuschätzen, wo sie war und welche Art Raubtier sie anschaute. In einem Wirbel aus Furcht und dem überwältigenden Bedürfnis, frei zu sein, wie ich annahm, war sie davongeflogen.

Layton erinnerte mich an diesen verängstigten Vogel.

Er schob die Hand in die Innentasche seines Jacketts und zog sein Handy heraus. „Danke für das Klatsch-Angebot, aber ich bin mir nicht sicher, ob das in professioneller Hinsicht weise wäre. Ich rufe mir ein Taxi."

„Aber ich habe ein Auto zwölf Meter entfernt stehen", erklärte ich ihm und deutete wieder auf den BMW. „Mann, komm schon, lass mich -"

„Ich kann nicht. Ich… Nein. Ich kann nicht."

„Gut, in Ordnung, es ist alles gut. Zahl nicht für ein Taxi. Bleib einfach nur hier und lass mich herausfinden, wer dich eingeparkt hat. Ja?"

Er nickte und nahm sein Handy von seinem Ohr. „Danke."

Fünf Minuten später parkte Layton seinen Nissan Leaf aus, der viel zu leise war, als dass es angenehm gewesen wäre, während ich neben Denton stand, dem Besitzer des SUVs.

„Ich kenne sonst niemanden, der diese Elektroautos fährt", sagte Denton.

„Ich auch nicht."

Denton räusperte sich. „Ist er wegen des Witzes gegangen? War der beleidigend für Schwule?"

„Nein, Mann, er ist wegen mir gegangen." Ich schlenderte zu meinem Auto, das am Gehsteig geparkt war und verließ das Abendessen ebenfalls. Meine Partystimmung war zur selben Zeit wie Layton gegangen.

„BIST DU SICHER, dass du keinen Pie mehr möchtest?" Apollo verharrte neben dem Kühlschrank, den Pie in der Hand, begierig darauf, nach dem Essen mit dem Aufräumen fertig zu werden.

„Nein. Wenn ich noch einen Bissen esse, werde ich sterben." Ich stieß mich von dem Tisch im Esszimmer ab, den wir, abgesehen von Feiertagen, kaum je nutzten und tätschelte meinen vorstehenden Bauch. „Ich habe vor, ein Nickerchen zu machen, während das Vikings-Lions Spiel läuft."

„Du solltest Karrie Anne anrufen", sagte Apollo, während er die Nachspeise in den Kühlschrank stellte. Er musste die Reste des Thanksgiving-Truthahns, Schüsseln mit Mais, Füllung, Kartoffelpüree und Cranberry-Soße herumschieben.

„Vielleicht sollte Karrie-Anne *mich* anrufen", murmelte ich, als ich vom Esszimmer ins Wohnzimmer watschelte.

„Vielleicht sollte sie das, aber sie wird es wahrscheinlich nicht", rief Apollo mir nach.

„Ja, ich weiß." Ich warf mich auf das Sofa, die riesige Garnitur verschluckte mich. Jetzt fühlte ich mich absolut beschissen. Layton hatte mich seit dem Abendessen im Haus des Eigentümers geflissentlich gemieden. Ich sagte weiterhin unsere Sitzungen ab, weil mir klar war, dass er sich in meiner Nähe nicht wohlfühlte, ich aber nicht wusste warum. Ich rollte mich auf meinen Rücken, fischte mein Handy aus der Vordertasche meiner Jeans, öffnete den obersten Knopf und lag da und starrte mein Telefon an. Keine Anrufe. Keine Textnachrichten. Wow. Feiertage machen so viel Spaß. Ich spürte voll den Norman Rockwell. So gar nicht.

„Ruf sie an", schrie Apollo aus der Küche. „Vielleicht überrascht sie dich." Ich konnte hören, dass nicht einmal *er* die Worte glaubte, die aus seinem Mund kamen. Wahrscheinlich hatte seine Mom ihm gesagt, dass er mich dazu bringen sollte anzurufen. Moms waren so. Warm und liebevoll. Das hatte ich zumindest gehört.

„Vielleicht wird mein Schwanz vergoldet sein, wenn ich ihn das nächste Mal anschaue", rief ich zurück und bekam ein Schnauben als Antwort.

Ich drückte auf Karrie Annes Kontaktbild und hielt das Handy an mein Ohr. Mit den Füßen auf der Lehne des Sofas wartete ich und wartete. Endlich nahm sie ab. Ich konnte Lachen und Geplauder hinter ihr hören. Ah, genau, das jährliche Thanksgiving-Mahl in Punta Cana mit Dads Kunden und Moms Golfclub-Schwestern.

„Adler, wie geht es dir, Liebling?" Sie klang, als ob es sie wirklich kümmern würde. Ich fragte mich, wie viel sie schon getrunken hatte. „Dein Vater hat gerade über dich gesprochen. Warum bist du nicht hier?"

„Ich habe diese Sache, die man Karriere nennt." Ich fragte nicht, warum Cole über mich redete oder was er gesagt hatte. Nichts davon war gut, dessen war ich mir sicher. Wahrscheinlich war er besoffen und lamentierte darüber, was für eine Enttäuschung sein einziges Kind war. Queere Jocks standen auf seiner „Dinge, die ich liebe" Liste nicht weit oben.

„Oh, ja, Hockey. Nun, gewinnst du deine Spiele?" Sie flüsterte jemandem zu, leise zu sein, kicherte dann in mein Ohr.

„Ja, wir sind tatsächlich ziemlich gut dabei. Für ein neues Expansionsteam fügen wir uns gut zusammen. Die Jungs in meinem Block sind ziemlich in Ordnung und…"

Sie hatte angefangen, mit jemandem zu plaudern, der Adolphus hieß. Ich wartete. Sie fuhr fort, mit diesem Adolphus zu reden, kicherte und flüsterte schmutzige kleine Dinge.

„Du erinnerst dich daran, dass dein Sohn all das hört, oder?", fragte ich nach mehreren Minuten, in denen sie versuchte, mit Adolphus zu flirten.

„Adler? Wann hast du angerufen? Mein Gott, ich muss mehr Manhattans getrunken haben, als mir klar war. Ich muss jetzt los. Ciao."

Sie legte auf. Ich warf das Handy auf den Tisch, schloss meine Augen und fragte mich, wie normale Familien die Feiertage verbrachten.

„Schön, das Saubermachen ist vorbei. Zeit, mit dem Dekorieren anzufangen!", schrie Apollo, läutete dann klimpernde Schlittenglocken direkt in meinem Gesicht. Ich kniff meine Augen zu.

Ho, ho, fucking ho.

HEUTE WAR DER TAG. Der Tag, an dem das Management und das Team der Railers hinter zwei von uns standen, als sie sich vor der Welt outeten. Einen Tag nach dem Black Friday. Einen Tag vor unserem ersten Spiel gegen Boston in dieser Saison. Beide waren wichtig aus sehr unterschiedlichen Gründen. Ein Tag war für große Verkäufe und der andere Tag würde für große Treffer sein. Ja, das hatte ich mir ganz allein ausgedacht, während ich mich rasierte und für den Pressetermin anzog. Ich hatte die offizielle Email von Layton Foxx bekommen. Zuerst hatte mein Herz beim Anblick seines Namens schneller geschlagen, aber als ich sie dann gelesen hatte, war mir klar geworden, dass es sich um eine reine Geschäftsmail handelte. Wie er wollte, dass wir uns benahmen, anzogen und mehrere politisch korrekte Antworten, sobald die Presse damit fertig war, sich an Tennant und Jared gütlich zu tun.

Ich würde in den Schatten bleiben und zusehen. Vielleicht konnte ich ein Gefühl dafür bekommen, wie die Welt auf schwule Hockeyspieler reagierte, ehe ich von der Klippe sprang. Alle sagten mir immer, dass ich den Mund halten und nachdenken sollte, darum machte ich das jetzt. War sich zu verstecken dasselbe wie denken? Irgendwie fühlte es sich nicht so an.

Als ich zum Stadion fuhr, wirbelten Gedanken an Layton durch meinen Kopf. Das war nichts Neues. Der Mann fing an, eine Obsession zu werden. Er suchte meine Träume heim. Ich war in den letzten ein oder zwei Wochen mehrere Male schweißgebadet aufgewacht, mein Schwanz heiß und hart, mit flüchtigen Resten von verschlafenen Visionen von Layton, die sich an mein Bewusstsein klammerten. Der Mann war in meinen Träumen immer nackt. Und auch begierig. Gefügig und weich unter meinen Händen, willig…, ah, Mann, so willig. Und jedes Mal, wenn ich in diesem Zustand aufwachte, holte ich mir zu diesen versprengten Fragmenten von Erotik einen herunter. Seit ich fünfzehn war, hatte ich mir nicht mehr so oft einen runtergeholt. Mein verdammter Schwanz würde noch Schwielen bekommen, wenn ich so weitermachte.

Während ich an einer roten Ampel wartete, Winger in den Lautsprechern, dachte ich darüber nach, wie die drei wichtigsten Spieler in dieser Pressekonferenz sich fühlen mussten. Tennant und Jared waren wahrscheinlich absolute Nervenbündel. Layton ebenfalls, wollte ich wetten. Er war sowieso immer angespannt. Ich warf einen Blick nach rechts und erblickte eine kleine Boutique. Hochklassig, so wie es aussah. Vielleicht sollte ich ihnen eine Kleinigkeit mitbringen. Ich schaute auf meine Rolex. Jede Menge Zeit. Ich setzte den Blinker, glitt aus dem Verkehr und parkte.

Das Innere des winzigen Ladens war nett. Es war

ein nobler Geschenkeladen mit etwas Schmuck. Handgemacht, wie die gestickten Schilder auswiesen. Unter dem Glas befanden sich ein paar qualitativ hochwertige Geschenke für Männer. Ich entschied mich für Manschettenknöpfe für Rowe und Madsen. Zusammenpassende aus Silber – eckig, klassisch und einfach. Sie passten zu den Männern, das Gefühl hatte ich zumindest. Layton würde schwieriger werden. Nichts von dem Schmuck fühlte sich wie er an. Ich wanderte herum, sah mir Sachen an: hübschen Nippes und kleine Holzschachteln für Ohrringe und Armreife. Seidenschals, Schals mit Rüschen, leuchtend bunte Krawatten. Dann fand ich eine Schachtel, in der sich ein seidenes Taschentuch befand. Es war eierschalenweiß mit einem leuchtenden Regenbogenfaden, der von Hand in den gewellten Rand gestickt war. Gefaltet und in die Tasche eines seiner maßgeschneiderten Anzüge gesteckt, wäre es das perfekte Accessoire für einen heißen, professionellen schwulen Mann.

Zehn Minuten später war ich wieder in meinem Auto, Wingers „Can't Get Enuff" vibrierte aus den Lautsprechern, meine Geschenke lagen auf dem Beifahrersitz.

„Jesus", murmelte ich, als ich durch den Spielereingang kam. Man konnte das Summen der Presse hören, die in einem großen Raum, der für sie vorbereitet worden war, versammelt war. Ich schlich an der offenen Tür vorbei, mied die Reporter und eilte in die Umkleide. Die Railers waren *en masse* gekommen, um Ten und Jared zu unterstützen. Sicher, es hatte sanfte Anstöße von Layton und den anderen Leuten in PR und Soziale Medien gegeben, aber niemand war gezwungen worden. Als ich den Raum nach Rowe und Madsen absuchte, zählte ich das gesamte Team und alle Coaches.

Ich schlenderte zu Arvy und Stan. Ich bekam ein Grinsen von dem einen und einen Schlag auf den Rücken von dem anderen. Stan stand an meiner Seite, seine Hand verharrte noch auf meiner Schulter.

„Habt ihr Jungs Ten oder Coach Madsen gesehen?", erkundigte ich mich.

„Sie sind bei diesem Foxx-Typen und bekommen noch Tipps oder so. Du hast ihnen Geschenke besorgt? Scheiße." Arvy seufzte. „Ich habe ihnen nichts besorgt. Jetzt fühle ich mich wie Fußpilz."

„Du bist kein Fußpilz. Du bist Spray, das Pilz tötet", verkündete Stan laut genug, um die, die um uns herumstanden, zum Schweigen zu bringen.

„Ja, das ist er, Arvy Funky Toes", warf ich ein. Stan lachte laut und lang. Arvy schlug mir gegen den Arm.

Nach kurzen Stopps bei weiteren meiner Railers-Kollegen, ging ich, um die Stars dieser schwulen kleinen Produktion zu finden. Alle drei hatten sich in Laytons klaustrophobischem Büro versammelt. Sie alle sahen auf, als ich an der offenen Tür klopfte.

„Hey, Lockhart", sagte Madsen.

Mein Blick richtete sich auf Layton. Er trug einen schwarzen Anzug mit einem weißen Hemd und eine schlanke silberne Krawatte, die seine Zinnaugen leuchten ließ. Da war eine Weichheit in seinem Blick, als er meinem begegnete. Mein Magen machte einen fiesen Rückwärtssalto.

„Brauchst du etwas?", fragte Madsen.

„Uh, nein. Ich wollte euch nur ein Geschenk für Glück geben." Ich rammte eine Schachtel in die Richtung eines jeden Mannes, wobei Layton das letzte Geschenk bekam. Seine Augenbrauen zogen sich zusammen, während Tennant und Madsen ihre Geschenke aufrissen. „Mom sagt immer, dass nichts Liebe so sehr ausdrückt, wie eine kleine Schachtel mit einem großen Klumpen Gold darin."

Ten und Jared kicherten über mein *Bonmot*. Layton stand einfach da, die Schachtel in einer Hand, das iPad in der anderen und versuchte, Löcher in mich zu starren.

„Whoa, Ad, Mann, die sind hübsch", sagte Tennant, als er seine Manschettenknöpfe inspizierte.

„Das sind sie wirklich. Danke, Adler, aber du hättest dir diese Mühe wirklich nicht machen müssen. Zu sehen, dass du und der Rest der Railers Ten und mich unterstützen, ist ein wunderbares Geschenk."

Ich schüttelte Jareds Hand, dann die von Ten.

„Lass uns irgendwo zehn Minuten allein verbringen. Ich muss meine Manschettenknöpfe austauschen", sagte Ten zu seinem festen Freund, gab mir dann einen soliden Faust an Faust Schlag.

„Nennt man das jetzt so?", fragte ich mit einem schmutzigen Grinsen. Ten schlug mir auf die Schulter, verschwand dann mit Madsen im Schlepptau.

„Wirst du dieses hier aufmachen?", fragte ich

Layton, als es nur er, ich und diese Schachtel in seiner Hand waren.

„Adler, du musst aufhören, mir Geschenke zu kaufen. Es ist unprofessionell und gibt mir das Gefühl, dir etwas zu schulden und das gefällt mir nicht sonderlich." Er hielt mir die Schachtel hin. Ich schüttelte den Kopf. Er runzelte die Stirn und senkte die hübsch verpackte Schachtel. „Das ist nicht der Weg, mein Herz zu gewinnen."

„Was *ist* dann der Weg, dein Herz zu gewinnen?"

Er atmete langsam durch gespitzte Lippen aus. „Ich könnte eine Tasse Kaffee vertragen."

Es war lächerlich, wie aufgeregt es mich machte, das zu hören. „Wie ein Kaffee-Date?"

„Nun, es wird kein großartiges Date sein, weil ein ganzes Hockey-Team und ungefähr einhundert Mitglieder des Presse-Korps hier sind. Vielleicht ist es dieses Mal nur ein Kaffeeklatsch?"

„Cool. Klatsch ist cool. Wirst du dieses Geschenk irgendwann öffnen?" Ich tippte die Schachtel in seiner linken Hand mit meinem Finger an. Er nickte. Dann strich ich mit meinem Finger über seinen Daumen und seine Fingerknöchel. Er riss seine Hand nicht weg, darum ein Hurra auf den Fortschritt.

„Ich muss zu der Pressekonferenz", erinnerte er mich, als ich die Sehnen auf seinem Handrücken nachfuhr. Es wäre die natürlichste Sache der Welt gewesen, ihn dann zu küssen. Aber ich konnte nicht, weil ich meinen schwulen Mann immer noch in einem dunklen, feuchten Wandschrank versteckte.

„Ich zahle", sagte ich, zog mich dann zurück, ehe

ich alle Vorsicht fahren ließ, nur um seine Lippen wieder an meinen zu spüren.

„Nein, das mache ich." Er legte Geschenk Nummer zwei auf seinen Schreibtisch, schlüpfte dann um mich herum.

Wir stritten den ganzen Weg bis zu dem Kaffeeautomaten vor dem Massageraum. Am Ende ließ ich ihn bezahlen, weil es ihn glücklich machte. Ihn glücklich zu machen, brachte mich zum Strahlen.

„Können Männer strahlen oder ist das ein Ausdruck, den man am besten für schwangere Frauen und Disney-Prinzessinnen verwendet?", fragte ich ihn.

Sein nicht amüsierter Blick sagte alles. „Hör auf, unsere Termine abzusagen."

Ich hatte den Verdacht, dass meine Tage, uns beide allein in einem Raum zu meiden, vorüber waren.

Kapitel Neun

LAYTON

Iᴄʜ ᴡᴜssᴛᴇ, warum ich gesagt hatte, dass Kaffee gut wäre, ob es nun die Klatsch-Art war oder als Date angesehen werden konnte. Es war das Einzige, was mir einfiel, um Adler aus meinem Büro zu bekommen. Aber nicht, weil ich mich mit ihm darin klaustrophobisch fühlte. Ich hatte mich mittlerweile tatsächlich daran gewöhnt, wie er den Raum ausfüllte. Es lag eher daran, dass wenn er mich berührte, ich mich fühlte, als würde ich die Kontrolle verlieren und ich war mir verdammt sicher, dass ich die Kontrolle in Adlers Gegenwart so bald nicht verlieren konnte.

Der Kaffee war beschissen, aber wenigstens gab er meinem Mund etwas zu tun, auch wenn mein Magen immer noch ein Durcheinander aus Knoten war, während die Minuten bis zum Beginn der Pressekonferenz vergingen.

„Alles in Ordnung?", frage Adler, Sorge zeigte sich in der kleinen Falte zwischen seinen Augen.

Ich schüttelte meinen Kopf, schaute dann auf meine

Uhr. Dreißig Minuten noch und im Presseraum war bereits das Summen von Gesprächen zu hören. Ich wusste das, weil ich wie ein Fünfjähriger bei seinem ersten Krippenspiel, der ein wenig früher nach seinen Eltern schaute, um die Tür gelinst hatte. Ich hatte einige der Journalisten handverlesen, solche, denen ich vertraute, unterstützend zu sein, und sie waren alle da, bis auf Bryan von OutSportsPA, der versprochen hatte, dass er es schaffen würde. Ich verließ mich auf Bryan, nach der großen Ankündigung die intelligenten Fragen zu stellen. Während ich die Tür zum Presseraum zuzog, schickte ich ein kleines Gebet in den Himmel, dass Bryan bald kommen würde.

„Es geht mir gut", log ich und nippte an dem Kaffee, zuckte zusammen, als der Geschmack nach verbrannten Bohnen über meine Zunge floss. Das Letzte, was ich brauchte, war Kaffee. Ich war hypernervös. Vielleicht hatte Stan recht, was meinen Kaffeekonsum betraf.

Er berührte mich wieder. Das machte er oft. Zufällige Berührungen, bei denen es mehr um Attraktion als Unterstützung ging. Ich konnte die Hitze in seinen Augen sehen, ich konnte mich an das Gefühl seiner Lippen auf meinen erinnern, und ich wollte ihn so unbedingt.

„Alles wird hervorragend laufen", versicherte er mir und ich öffnete meinen Mund, um ihm zu sagen, dass ich mir keine Sorgen machte, als ich das Brüllen hörte. Zuerst war es nur ein Durcheinander aus Lärm und dann hörte ich spezifische Worte. Hässliche Laute, die mich meinen Kaffee in den Müll werfen und den Flur entlang sprinten ließen, wo ich mitten in einem Gefecht landete.

Ten hatte seine Hand auf Jareds Arm. Jared stand stoisch und schweigend da. Ein älterer Mann schrie ihn an. Ich wusste nicht, wer zur Hölle das war. Dann sah ich einen jüngeren Mann. Ich wusste, das war Jareds Sohn, Ryker Everett, der gesagt hatte, dass er für diese Ankündigung bei seinem Dad sein wollte. Ich mochte den Jungen, aber er war genauso wütend wie der alte Mann und ich konnte nicht verstehen, was los war.

Ich schulterte direkt in die Mitte der Gruppe, während der alte Typ eine Faust schwang, mit der Absicht, zu verletzen. Ich duckte mich und spürte die Bewegung der Luft, als die Faust dort vorbeisauste, wo ich gestanden war. Der alte Mann machte einen Schritt zurück, aus dem Gleichgewicht gebracht, aber er versprühte immer noch seinen Hass.

„Was denkst du, wird jetzt mit Ryker passieren? Der Sohn einer verdammten Schwuchtel. Er wird ein toter Fisch sein. Du hast seine Chancen bei der Auswahl versaut -"

„Genug", sagte ich.

„Großvater, hör auf", sagte Ryker im selben Moment, packte die Faust des alten Mannes, die wieder gefährlich nahe gekommen war. Mein Gehirn fügte alles zusammen. Das war Jimmy Everett, ein ehemaliger NHL-Star, Jareds irgendwie Ex-Schwiegervater. Ich wusste, dass Jared und seine Freundin, Everetts Tochter, nicht geheiratet hatten, aber ich wusste nicht, wie ich Everett sonst bezeichnen sollte. Er war ein Hockeyspieler der alten Schule, der, wie mir gesagt worden war, schon einmal eine Szene auf dem Gelände gemacht hatte.

„Jemand soll die Security rufen", schnappte ich und drückte meine Hand gegen Jimmys Brustkorb. „Sir, Sie müssen jetzt gehen."

Jimmy knurrte, sein ganzes Verhalten hasserfüllt und für ein oder zwei Sekunden verspürte ich reine Furcht, dann, irgendwie, mit Jared, der versuchte, mich wegzuziehen und Adler direkt an meiner Seite, verließ die Furcht mich augenblicklich.

„Ich will, dass Dad sich outet", sagte Ryker laut. Laut genug, um über seinen keifenden Großvater gehört zu werden, aber wahrscheinlich auch im Presseraum. Ich wollte ihm sagen, dass er leiser sein sollte, aber zur Hölle, Jared starrte seinen Sohn an und das kam mir wie ein Familienmoment vor.

„Du weißt nicht, was das bedeuten wird -"

„Doch, Großvater, das tue ich. Es wird jedem anderen Spieler die Chance geben, zu lieben, wen sie lieben wollen und das Spiel zu spielen und nicht verurteilt zu werden."

Ryker redete sich jetzt in Rage, aber seine Stimme brach am Ende und Jared trat vor, um eine Hand auf den Arm seines Sohnes zu legen.

„Ryker", fing er an.

„Nein, Dad", sagte Ryker. „Beschwichtige mich nicht und sag mir nicht, dass Großvater vielleicht irgendwie recht hat. Ich habe keinen Bock mehr, all das zu hören."

„Ich wollte nicht -"

Aber Ryker hörte nicht zu. Er ging auf seinen Großvater los und pikte ihm in den Brustkorb. Hart.

„Was, wenn ich mich in einen Typen verlieben würde, huh, Großvater? Wärest du immer noch so scharf darauf, mich zu deinem goldenen Jungen zu machen, wenn sich herausstellt, dass ich bi bin?"

„Ryker, um Himmels willen, sei leise", sagte Jimmy. „So werden Gerüchte in die Welt gesetzt."

Rykers Gesicht war wie Stein und er verschränkte seine Arme vor dem Brustkorb. „Ich habe an Weihnachten einen Jungen geküsst und er kommt zu meinem achtzehnten Geburtstag nächste Woche."

Jimmy wurde blass. Jareds Augen weiteten sich. Tens Mund klappte auf. Und ich? Ich befand mich mitten in einer großen Familienenthüllung, die aus dem Ruder lief und irgendwohin verlegt werden musste, wo es abgeschiedener war. Nicht so sehr, dass die Leute es nicht hören konnten, sondern nur, damit die Familie in Ruhe reden konnte.

Und dann fing die Kacke wirklich zu dampfen an. Irgendein großer Ausbruch fand bei Jimmy statt und er riss Ryker an sich, bis sie nur noch Zentimeter voneinander entfernt waren und knurrte ihm etwas zu.

„Was los?", fragte eine tiefe russische Stimme von dem Flur, an dessen Ende wir standen. Eine, die ich erkannte – Stan. „Lass Jareds Jungen los", befahl er. Jimmy löste seinen Griff an Ryker, sah direkt zu Stan und wurde blass, machte einen Schritt zurück. Aber das schien ihn nicht aufzuhalten.

„Selbstsüchtig, verdammt selbstsüchtig, Jared, kein einziger Gedanke an mich, daran, wie du mein Leben ruinierst. Und sieh, was du Ryker angetan hast!"

Alle erstarrten, als Ryker ihn wieder an sich riss und ihn drehte, damit sie von Angesicht zu Angesicht waren.

„Dad und ich haben darüber gesprochen. Denkst du wirklich, ich möchte, dass er eine Lüge lebt, nur damit ich in meiner Karriere keinen Gegenwind bekomme? Und jetzt habe ich dir von mir erzählt, aber du denkst, es stört mich, in wen er sich verliebt hat?" Er hatte beide Hände auf Jimmys Arm und schüttelte ihn. Ich trat näher, in Reichweite. Ich musste das managen, ich musste derjenige sein, der die Kontrolle hatte.

„Ryker -"

„Nein, Großvater, das wirst du heute nicht machen. Ich will dich nicht sehen. Ich will nichts von dir hören. Wir sind miteinander fertig."

„Ryker", sagte Jared von hinter mir, seine Stimme gebrochen. Verdammt. Ich war in einen verdammten Albtraum geraten. „Denk darüber nach."

Ryker schnitt eine Grimasse. „Oh Dad, glaub mir, das habe ich. Ich kann jemanden, der so hasst, wie er es tut, nicht lieben." Er trat von seinem Großvater zurück, ließ ihn los und der alte Mann sank ein wenig zusammen. Für eine Sekunde hatte ich eine Vision, wie er einen Herzinfarkt bekam oder auf die Knie fiel oder weinte, aber nein, er zog seine Schultern nach hinten und starrte Jared, Ten und seinen Enkel finster an.

„Dann bin ich mit dir fertig. Und du", er deutete auf seinen Enkel, „betrachte den Scheck zu deinem achtzehnten Geburtstag als in Stücke gerissen und du wirst an all das hier denken, wenn alles, was du bekommst, die Bierliga am Wochenende ist."

„Wer benutzt überhaupt noch Schecks?", schnappte Ryker.

Jimmy knurrte lautstark, stolzierte dann davon, zum Glück in die entgegengesetzte Richtung des Presseraumes. Aber was, wenn er redete? Was, wenn er eine Pressemitteilung herausgab und... Mein Kopf schmerzte und ich wechselte in den Krisenmodus. Etwas, das ich gesehen hatte, nadelte mich und ich wandte mich mit einer Idee an Stan.

„Sag ihm, dass er kein Wort von sich geben soll, bis die Pressekonferenz vorbei ist", bat ich ihn.

Stan nickte, ging an uns vorbei, murmelte dabei etwas auf Russisch.

„Tu ihm nicht weh", fügte ich sofort hinzu.

Stan hielt an, drehte sich um, sah beleidigt aus. „Ich werde nicht wehtun", meinte er. „Nur warnen."

Jared, Ten und Ryker befanden sich in einer engen Umarmung und Adler stand in meiner Nähe. So nahe, dass ich seine Hitze spüren konnte und kurz lehnte ich mich in seine Stärke, brauchte nur einen Moment der Verbindung.

„Adler", sagte ich. Ich wusste nicht, worum ich bat, aber irgendwie tat Adler das.

„Ich werde mit Stan gehen und Zeuge der Warnung sein", murmelte er. Dann, mit einem kurzen Drücken meines Arms, folgte er Stan.

Woher hatte er gewusst, dass ich das brauchte? Dieser anscheinend egozentrische Hockeyspieler, der darauf aus war, mich ins Bett zu bekommen, und sich weigerte, ein Nein zu akzeptieren.

Ich wandte mich an Jared und Ten, und sie lösten

sich aus ihrer Umarmung und schauten mich jetzt erwartungsvoll an.

Oh ja, ich musste jetzt alle Antworten haben. Ich sah zu, wie Jared einen Arm um seinen Sohn legte und beobachtete die offene Zuneigung zwischen ihnen. Es erinnerte mich an eine Zeit, als ich diese Art Zuneigung von meiner Familie willkommen geheißen hatte, aber zur Hölle, darauf würde ich mich jetzt nicht konzentrieren.

Ich rückte meine Krawatte zurecht und bürstete eingebildeten Schmutz von meiner Anzugjacke, zog sie nach unten.

Ein schneller Blick auf meine Uhr sagte mir, dass es noch zwanzig Minuten waren, ehe es losging und ich fragte mich, wie etwas so Dramatisches nur zehn Minuten gedauert haben konnte, wo es sich doch wie ein ganzes Leben angefühlt hatte.

Ich hatte keine Zeit, um Jimmy zu folgen oder die Grenzen von Stans Einschüchterung zu überprüfen. Ich musste Adler vertrauen. Ich musste sicherstellen, dass alle ruhig waren und sie aufmuntern.

„Hey, kleiner Bruder", erklang eine tiefe, warme Stimme zu meiner Linken. *Was ist jetzt?*

Ich hörte, wie Ten aufjaulte und drehte mich um, sah, wie ein Typ ihn in eine Umarmung schloss, die ewig zu dauern schien. Das war Brady Rowe, der älteste von Tens Brüdern, der für Boston spielte, wenn ich mich richtig erinnerte. Ich wusste, dass es entweder Boston oder Florida war, das andere Team mit einem Rowe-Bruder. Ich wusste das, weil ich wegen all dem mit beiden Teams in Kontakt getreten war. Schließlich würden sie auch betroffen sein, wenn man die Verbindung zu Tennant Rowe bedachte. Die Hockey-Welt war dieses Durcheinander aus Zwischenverbindungen und Klatsch, das ich im Keim ersticken musste. Boston hatte tatsächlich vorgeschlagen, dass ich mit ihnen arbeiten sollte, sobald ich mit den Railers fertig war. Das war die Arbeit, die ich gerne bekommen würde und ich hatte die meisten Protokolle ziemlich fest im Kopf.

Ich musste mir nur klar werden, wie nach dieser Pressekonferenz alles hingedreht werden musste.

„Jamie wollte kommen."

„Ich weiß, dass er heute Abend an der Westküste spielt", sagte Ten und umarmte seinen Bruder erneut.

Ich kann mich nicht erinnern, wann ich das letzte Mal einen meiner Brüder umarmt habe. Nicht seit der Nacht, als Zach mich nach drinnen getragen und mit mir geweint hatte. Nicht, seit meine Geschwister aufgehört hatten, mir in die Augen sehen zu können.

Als alle sich wieder trennten, kamen Stan und Adler zurück.

„Wir haben ihn in einen Schrank gesperrt", sagte Adler ganz ernst. „So ironisch", fügte er hinzu.

„Das habt ihr nicht", fing ich an und dann stieß Adler Stan mit dem Ellbogen an.

„Natürlich haben wir das nicht. Stan ist nur dagestanden und hat finster geschaut und ich habe vorgeschlagen, dass er sich mit Kommentaren zurückhält, bis die Pressekonferenz vorbei ist." Er lächelte mich an. „Es liegt also an dir sicherzustellen, dass diese Konferenz ausreicht, um die Kritiker aufzuhalten."

Also gar kein Druck.

Mir war sogar noch übler als zuvor.

Jared, Ten, Ryker und Brady machten sich in Richtung des Presseraums auf den Weg, Stan schlenderte hinter ihnen her, murmelte immer noch auf Russisch, Gott weiß was.

Ich starrte Adler an, sah wahrscheinlich aus wie ein Lobster, der über einen Topf mit Wasser gehalten wurde. Er lächelte immer noch und nahm meinen Arm, drückte ein wenig.

„Atme", sagte er.

Also machte ich das.

DER RAUM WAR NICHT SONDERLICH GROSS, aber er war groß genug für ungefähr dreißig Stühle und dazu standen noch ein paar teilnehmende Journalisten im Hintergrund. Ich entdeckte Bryan sofort und wir nickten einander zu.

Ich hatte ihm nicht alles erzählt, aber er musste nur auf die Namen auf dem Podium schauen, um sich vorstellen zu können, worum es hier ging.

Jared Madsen. Tennant Rowe.

Der Großteil des Teams war da, stand an den Seiten des Raums. Die Gruppe mit dem Management, dem Kapitän, den beiden Stellvertretern, den Veteranen, Jareds Sohn und Tens ältestem Bruder befand sich in einer losen Gruppe direkt an der kleinen Bühne. Brady trug ein Boston-Oberteil, stach unter den Jungs aus dem Team in ihren Anzügen hervor. Aber er war ein Statement, das gemacht werden musste, dass es nicht nur die Railers waren, die sich dem heute stellten. Brady war sowohl Familie als auch ein Repräsentant eines Original Six Teams.

Und ja, ich hatte nachgelesen, was das bedeutete, als Ten mir erklärt hatte, dass sein Bruder ganz eingebildet war, weil er in einem Team mit Geschichte spielte. Ich hatte gedacht, das könnte ein Problem sein und das auch gesagt, aber Ten und Jared hatten nur gelacht. Der große Bruder, der für Boston spielte, war eindeutig kein Problem.

Zwischen den beiden Gruppen stand Adler.

Mir kam es so vor, als wäre jeder da, um Ten und Jared zu unterstützen, abgesehen von Adler, der für mich da war. Ich schüttelte den Kopf, um diesen idiotischen Gedanken loszuwerden, aber Adler schaute nicht auf die Bühne. Er starrte mich an.

Der Besitzer des Teams, Felix Cote, erhob sich. „Willkommen", sagte er, sorgte so für Ruhe im Raum, während Ten und Jared ihre Plätze einnahmen. „Wir haben ein vorbereitetes Statement und an der Tür werden Kopien davon zur Verfügung stehen. Tennant und Jared werden danach begrenzt Fragen beantworten."

Ich wartete, während Felix sich setzte. Wir hatten das besprochen, wer das Statement vorlesen sollte. Jared hatte gesagt, dass er es sein sollte, aber ich hatte meinen Standpunkt erklärt und sie hatten auf mich gehört.

Es spielte keine Rolle, wer die Worte aussprach. Jared konnte so empfunden werden, als hätte er Ten vom Pfad abgebracht oder als wäre er ein schlechter Einfluss. Ten könnte reden und es so klingen lassen, als ob Jared ihn irgendwie verändert hätte, als wäre er vielleicht ein Kind, das nicht wusste, was es wollte.

Am Ende hatten wir einen Kompromiss geschlossen.

Erst als Ten zu sprechen anfing, entspannte ich mich ein wenig. Wir hatten das geübt. Ich hatte sie gewarnt, sich an das Drehbuch zu halten. Sie konnten das.

„Ich bin schwul", sagte Ten schlicht. Das hier war nicht das Resultat einer Talent-Show, die lange Pausen brauchte – das hier war direkt und auf den Punkt. „Das weiß ich schon seit langer Zeit, auch wenn ich erst vor Kurzem das Bedürfnis bekommen habe, allen von der Person zu erzählen, die ich wirklich bin und von dem Mann, mit dem ich in einer festen Beziehung bin."

„Das wäre ich", sagte Jared. „Ich bin ein Freund der Rowe-Familie, habe mit Brady gespielt. Als Ten von Dallas hierher verkauft wurde, haben wir uns als Freunde wieder besser kennengelernt und uns dann verliebt."

Ich nickte. Es musste betont werden, dass sie zuerst Freunde gewesen waren und dass dies nicht die Reste einer Teenager-Schwärmerei waren. Wir hatten entschieden, dass niemand von dem frühen Kuss wissen musste, den die beiden geteilt hatten.

Jetzt war Ten wieder an der Reihe. „Als ich jünger war, habe ich immer versucht, wie meine Brüder zu sein. Brady und Jamie wurden beide von NHL-Teams ausgewählt und wenn wir als Kinder übten, war ich genauso schnell wie sie, ich konnte schießen, wie sie es taten. Ich war ein beschissener Verteidiger und meine Fähigkeiten als Goalie waren unterirdisch, aber ich war ein guter Angreifer. Ich war nicht anders als meine Brüder. Ich war nur ein Spieler."

Ein paar der Journalisten drehten ihre Köpfe, um Brady anzusehen, der in Tens Richtung lächelte.

„Ich habe keine Brüder", sagte Jared. „Und ich war kein Superstar, wie Ten es ist, aber ich habe verdammt gut gespielt, bis ich aus medizinischen Gründen aufhören musste."

Ich nickte erneut. Ich hatte vorgeschlagen, dass sie das Publikum daran erinnerten, warum Jared aufgehört hatte zu spielen. Sie alle wussten es, aber die Tatsache, dass Jared es erwähnt hatte, bedeutete, dass es Teil ihrer Berichte und Posts sein würde.

„Schwul war nicht das Problem."

„Oder bi", fügte Jared hinzu.

„Wir sind immer noch Hockeyspieler und arbeiten hart daran, so gut zu sein, wie wir können."

„Wir können spielen", sagte Jared. „Also haben wir gespielt."

Daraufhin sahen sie einander an und das stand überhaupt nicht im Drehbuch. Das Lächeln zwischen ihnen war wunderschön, aus tiefstem Herzen und ich sah die Blitze, als die Leute diese Bilder für ihre Berichte einfingen. Das war das Image, das ich wollte.

Glücklich. Gesetzt. Verliebt.

„Bryan von OutSportsPA", stellte Bryan sich vor. „Das ist eine Frage an Ten. Hast du das Gefühl, dass jetzt, wo du dein wahres Selbst sein kannst, du besser Hockey spielen wirst?"

„Absolut", sagt Ten, inbrünstig und mit einem Lächeln.

„Stanley Cup besser", warf Jared ein und stupste Ten in die Seite.

Ten warf ihm ein weiteres Lächeln zu, schloss das Interview dann mit den Danksagungen ab. „Wir wollen der Railers-Familie für ihre Unterstützung danken und dafür, dass sie das erste professionelle Hockey-Team sind, das sich mit den unvermeidlichen Problemen auseinandersetzen muss, die sich ergeben werden", sagte Ten. „Ich könnte mir kein besseres Team wünschen. Vom Eigentümer bis zu den Spielern hat jedes einzelne Mitglied des Teams Mitgefühl und Verständnis gezeigt."

Tens Hand verschwand vom Tisch und fiel auf seinen Schoß und ich wusste einfach, dass er Jareds Knie berührte. Als Jared ihm folgte und dann ihre verflochtenen Hände auf den Tisch legte, gab es weitere Fotos. Wir hatten uns für den Moment gegen übertriebene Zurschaustellung von Zuneigung entschieden. Unser Plan war, sie aufs Tapet zu bringen, sobald die Leute sich wohler fühlten, obwohl ich Jared zugestimmt hatte, dass Ten in seine Arme zu ziehen und ihn intensiv zu küssen ein Paukenschlag wäre.

Ein Teil von mir hasste es, dass er das nicht tun konnte. Nun, jedenfalls jetzt noch nicht. Langsam und stetig gewann man Rennen.

Das Handhalten war nett. Ein positives Image, das den Hassern unglücklicherweise ausreichen würde, um mit dem erwarteten Widerstand anzufangen. Aber auch genug, um zu zeigen, wie sehr diese beiden Männer sich liebten.

Ich hatte einen Teil von dem, was Jared gesagt hatte, verpasst, aber was auch immer es war, brachte die

Journalisten zum Kichern. Es musste etwas Improvisiertes gewesen sein, weil ich nichts Lustiges in die Ansprache, die wir hier vom Stapel gelassen hatten, geschrieben hatte.

Und dann war es vorbei, die Rede war zu Ende und ich konnte nicht anders. Ich schaute zu Adler, ein Teil von mir wollte unbedingt seine Anerkennung für das, was hier heute geschehen war.

Ich konnte ihn nicht sehen und Schock darüber, dass er gegangen war, spannte sich in mir an, bis ich die Berührung einer Hand an meinem unteren Rücken spürte.

„Du hast es gut gemacht", flüsterte Adler.

Ich entspannte mich ein wenig und hörte Adler leise Kichern. Der Bastard wusste, dass er mich erwischt hatte.

„Also", sagte Ten und ich konzentrierte mich wieder auf das Podium. „Irgendwelche Fragen?"

„Was halten deine Brüder davon?", fragte jemand. Wir hatten uns darauf vorbereitet, aber Ten hätte antworten sollen, nicht Brady. Nur, dass Bradys Anwesenheit ein Bonus war.

Brady räusperte sich. „Seine beiden Brüder sind sehr glücklich, dass Ten nicht nur seinem Herzen folgt und die tapferste und jetzt auch glücklichste Person ist, die wir kennen, sondern auch der drittbeste Spieler in der NHL."

Die Journalisten lachten und machten ein paar Fotos von Brady mit seinen Händen in den Seiten, sein Boston-Logo gut sichtbar.

Sobald das Kichern erstarb, kam jemand mit einer anderen Frage.

„Es gibt keine Protokolle für einen geouteten Spieler in der NHL. Ten, wie denkst du, wird die Liga reagieren?", fragte der Schreiberling für SportsWide, ein aufdringlicher junger Mann, der den Spielern in den Post-Game Interviews immer viel zu nahe kam. Ich hatte ihn als Problem identifiziert und ich konnte sehen, wie Tens Gesichtsausdruck sich auf subtile Weise änderte.

„Ich hoffe, dass die Liga zu ihrem Credo der Inklusion stehen und unsere Ehrlichkeit unterstützen wird", sagte Ten.

Das reichte dem Mann eindeutig nicht.

„Wie werden sie die Fans davon abhalten, dich nicht mehr im Team haben zu wollen?", drängte der Idiotische Schreiberling.

„Das können sie versuchen", murmelte Felix vor sich hin. Die Journalisten, die dem Besitzer des Teams am nächsten standen, sahen ihn alle nachdrücklich an. Er stand auf und hielt eine spontane Rede, bei der mir ganz heiß vor Sorge wurde. „Ich habe mit der Liga gesprochen, mit den Besitzern der Teams in beiden Konferenzen; das hier ist eine Angelegenheit, die die volle Unterstützung der gesamten Liga hat."

„Sie sagen also, dass es eine Angelegenheit *ist*?", fragte der Idiot.

Wo war Stan, wenn man ihn brauchte, um jemandem aus dem Raum zu tragen?

Felix ließ sich nicht einschüchtern. Er sah den Journalisten mit Nachdruck an. „Soweit es die Liga betrifft, stellen die sexuellen Präferenzen einer Person kein Problem dar.“

Nun, das stopfte ihm den Mund. Natürlich war es ein Problem – niemand bei klarem Verstand würde annehmen, dass jeder Fan diese Veränderung willkommen heißen oder willentlich ein Team unterstützen würde, das einen schwulen Spieler hatte. Nicht eine Person hier war naiv, aber diese einfachen Worte reichten aus, um die Stimmung im Raum von wahrscheinlich streitlustig, wenn sie dem Gedankengang dieses Reporters folgten, zu unterstützend umzulenken.

Die Fragen flogen und mit jeder Antwort wurde die Stimmung leichter. Das hier war eine fröhliche Angelegenheit, positiv und Ten und Jared lächelten beide, als sie gingen.

Und während der ganzen Zeit hatte Adler seine Hand auf meinem Rücken, und ich genoss seine Hitze.

Ich flog auf einem High – die Pressekonferenz war gut gelaufen, die Mitschnitte würden unglaublich sein, die Fotos gut und ich wusste, dass ich mich ab jetzt um Interviewanfragen für Jared und Ten kümmern würde.

Meine Rolle war noch lange nicht zu Ende, aber ich konnte mich ein wenig entspannen.

Darum trat ich einen Schritt zurück, bis ich Adler näher war. Nachdem der Raum sich geleert hatte und nur er und ich immer noch da waren, wusste ich, was ich wirklich wollte. Die nachfolgenden Interviews konnten warten.

Ich wollte Adler. Auf der Stelle.

Kapitel Zehn

ADLER

Ich drehte mich, um Layton anzusehen, dachte, dass ich vielleicht irgendetwas Lockeres über mehr Kaffee von mir geben sollte, um zu sehen, ob er tatsächlich-vielleicht-wahrscheinlich einen richtigen Kaffee mit mir trinken würde. Zur Hölle, vielleicht konnte ich ihn sogar dazu überreden zu sagen, dass es ein Date war. Er hatte während der Pressekonferenz gut auf meine Berührungen reagiert. Wenn ich Glück hatte, konnte ich vielleicht sogar einen weiteren Kuss einschmuggeln. Das wäre etwas, das meine Geschmacksknospen genießen würden. Ich wollte wetten, dass er fantastisch schmeckte. Eine sexy Kombination aus Mann und Kaffeebohnen…

Er neigte sich ein wenig zu mir, sein Brustkorb strich leicht über meinen. Mein Atem stockte, als sein Rasierwasser und das Gefühl seines schlanken, harten Körpers sich vermischten. Sein Blick wanderte von meinem Mund zu den beiden Türen, die aus dem Presseraum führten. Meine Konzentration war ganz auf Layton gerichtet, denn heilige Scheiße, er verschickte

Nachrichten, die mein Schwanz klar und deutlich verstand.

Er leckte sich die Lippen, eine nervöse Angewohnheit, die mich so richtig anmachte. Eine Gruppe lauter Männer ging an der Tür zu unserer Linken vorbei. Ein klein wenig des Feuers in diesen Zinnaugen verschwand.

„Kann ich in meinem Büro mit dir reden?"

„Ja, klar."

Ich folgte ihm, versuchte herauszufinden, was ich falsch gemacht hatte. Es musste etwas gewesen sein. Warum sonst sollte er mich allein sehen wollen? Scheiße. Hatte mein Mund sich geäußert, ohne dass ich es mitbekommen hatte? Wir kamen um eine Ecke, meine längeren Beine strengten sich an, um mit Laytons Hast mithalten zu können. Verdammt. Ich musste irgendetwas wirklich verbockt haben. Dieser Blick, von dem ich gedacht hatte, er wäre Leidenschaft, musste Wut gewesen sein.

„Lockhart, du primitiver Schmarotzer", rief Brady Rowe, als er uns kommen sah. Er hatte mit einer kleinen Gruppe Railers geredet. Layton kam rutschend vor mir zum Stehen. Ich trat neben ihn. Er war jetzt undurchschaubar.

„Rowe." Ich schlug meine Hand in die von Brady. Er war ein großer Kerl, wie ich, und ein verdammt guter Verteidiger. „Wie laufen die Dinge in Bean Town?"

„Ich kann mich nicht beschweren. Ich war schockiert, als ich gelesen habe, dass du verkauft worden bist." Er schenkte Layton ein höfliches Kopfnicken.

„So ist das Leben in der Ära der Gehaltsdeckelung.

Ihr Verlust. Mir gefällt es hier. Hast du Layton Foxx schon kennengelernt? Er ist der Medien-Problemlöser-Guru für die Railers. Er ist derjenige, der diese ganze Pressesache organisiert hat."

Ich warf einen Blick auf Layton, während ich mit Brady redete. Er sah unsicher aus, gefangen zwischen zwei riesigen Hockeyspielern. Es war nicht das erste Mal, dass ich sein Unwohlsein bemerkt hatte. Warum war der Mann so nervös? Es machte mir Sorgen, Reserviertheit auf seinem attraktiven Gesicht zu entdecken. Ich wollte ihn nur lächeln sehen. Daran würde ich arbeiten.

„Ten hat nur Gutes über dich zu sagen, Layton." Brady hielt Layton seine riesige Pranke hin, der sie packte, sie schnell schüttelte und dann wieder losließ. Ja, der Mann sah wirklich eingekesselt aus. Das machte mir aus Gründen Sorgen, die ich im Moment nicht zu ergründen wagte.

„Mir ist aufgefallen, dass du und Kleiner Bruder angefangen habt, auf dem Eis zu klicken." Brady verschränkte seine Arme über dem großen alten Boston-Emblem, das er so stolz trug.

„Ten ist ein unglaublicher Center. Großartiges Auge und sanfte Hände. Liest ein Spiel fünf Sekunden bevor die anderen Verlierer auf dem Eis das tun."

„Was bedeutet, dass du dich immer anstrengen musst, um mitzuhalten", zog er mich auf.

„Gar nicht so anders als du. Es ist bekannt, dass Verteidiger ein wenig langsam sind, du weißt schon, da oben." Ich tippte mir gegen die Schläfe.

„Wo wir gerade von langsam reden, hast du diesen

Scheiß gesehen, der über Greg Davies unten in der ECHL explodiert ist?"

„Mann, der Kerl hat Probleme. Als er dieses eine Jahr mit mir für Columbus gespielt hat, hat er immer Hühner unter die Räder genommen, von denen ich dachte, dass sie viel zu jung aussehen, um -"

„Moment." Layton mischte sich in das Hockey-Gerede. „Dieser Mann hat eine Frau mit einem Auto überfahren?"

Brady und ich lachten. „Nein, unter die Räder nehmen heißt, Frauen aufreißen", erklärte Brady.

„Hockey hat seine ganz eigene Sprache", bemerkte Layton, zog dann sein iPad heraus, um etwas einzutippen.

„Ja, hat es. Also, wie ist es, ich habe zwei Stunden, bevor ich zurück nach Boston muss. Willst du dich mit mir, Ten und Jared zum Mittagessen treffen? Ich nehme an, dass die meisten Railers auch da sein werden."

Sich mit den Jungs und Brady zu treffen klang gut. Viel besser, als eine Standpauke für einen dämlichen Fehler in den Sozialen Medien zu bekommen, den gemacht zu haben mir nicht einmal aufgefallen war. Aber Layton sah entschlossen aus.

„Gib mir dreißig Minuten."

„Cool. Wir hängen herum und reden mit der Presse und so Scheiß. Layton, es war schön, dich kennenzulernen." Brady lächelte, ging dann los, um sein „Ich bin der stolze Bruder eines schwulen Mannes" Ding durchzuziehen.

Layton ging in einem Tempo davon, das ich nur joggend halten konnte. Er wirbelte in sein kleines Büro.

Ich trat hinter ihm ein, fühlte mich wie ein Hund, der gleich geschlagen werden würde, weil er ein Schweinekotelett von einem Teller gestohlen hatte, der auf dem Boden gestanden war. Ich will damit sagen, was immer ich von mir gegeben hatte, er sollte es besser wissen, als mir Zugang zu einem Kotelett zu geben. Ich ergab jetzt keinen Sinn. Wie war ich von Layton auf Schweinefleisch gekommen? Ich musste meine mäandernden Gedanken wieder einfangen.

„Ist es in Ordnung, wenn ich die Tür schließe?", fragte ich.

Er nickte.

Ich gab ihr einen sanften Stoß und sie schloss sich langsam. „Schön, lass es mich so sagen", fing ich an. „Was auch immer ich getan oder gesagt habe, ich werde mich dafür entschuldigen. Schreib nur einfach ein paar Tweets oder so und ich werde sie gleich rausschicken."

Er machte einen Sprung um den Schreibtisch herum, seine Augen flackerten von mir zu der Tür. „Schließ das ab."

„Huh?"

„Schließ die Tür." Er stand hinter seinem Schreibtisch, die rauchigen Augen brannten. Jesus. Ich musste es wirklich verbockt haben. Verdammte Koteletts.

Adler, Mann, hör endlich mit den Hunden und den Koteletts auf.

Ich tat, worum er mich gebeten hatte. Er kam auf mich zu, sein Blick auf meinen geheftet, kam direkt zu mir, packte meinen Kopf mit beiden Händen und zog meinen Mund auf seinen. In dem Moment, als meine

Lippen sich auf seine legten, verschob sich etwas. Die tektonischen Platten der Erde glitten gefährlich herum. Der Planet neigte sich nach links, kam dann zurück. Layton fuhr mit der Zunge über den Saum meines Mundes, seine Finger fest auf meinem Schädel. Ich wusste einfach, dass, was auch immer mit dem Erdkern im Moment passierte, uns beide verschlingen würde. Ich packte ihn und drückte ihn gegen die Tür, voller Begierde auf mehr von ihm.

Er grunzte bei dem Aufprall. Der Hauch feuchten Atems über meinem Gesicht fachte das Feuer nur an. Ich schlug meine Hände gegen die Tür, sein dunkler Kopf ruhte auf dem Holz, als meine Finger sich spreizten und ich mich gegen ihn lehnte. Mein Blick war in seinem. Ein Aufblitzen von etwas, das nichts mit Magma, Erdbeben oder Lust zu tun hatte, überdeckte die Leidenschaft in seinem Blick.

Er hatte Angst. Vor mir. Davor, in die Enge getrieben oder bedrängt zu sein. Schön, in Ordnung. Darum hatte er wie ein Hase ausgesehen, der von Jagdhunden gestellt wurde, als Brady und ich um ihn herumgestanden waren.

Ich verlagerte mein Gewicht ein wenig zur Seite, ließ meine Hände fallen, senkte mich ein paar Zentimeter ab, um uns auf Augenhöhe zu bringen, und knabberte zärtlich an seiner Unterlippe. Ich rollte meine Hüften, in der Hoffnung, ihn wieder zurück in den Moment zu locken.

„Danke", flüsterte er.

Ich saugte an dieser vollen Lippe, nichts anderes als mein Schwanz berührte ihn, als er über seinen

Hüftknochen hüpfte. Wir beide holten kurz Luft. Ich spürte, wie eine Hand sich auf meine Seite legte, dann die andere, während ich mit seinem offenen Mund spielte und mich an ihm rieb.

„Du machst mich wild", gestand ich, als seine Fingerspitzen unter mein Jackett glitten. Ich ballte meine Finger zu Fäusten, um nicht zu grapschen.

„Geht mir genauso", erwiderte er, riss dann die Rückseite meines Hemdes aus meiner Hose.

Seine Hände wanderten unter den Baumwollstoff, seine Finger prallten von jeder Rippe ab. Ein Rumpeln rollte aus mir heraus. Ich bedeckte seinen Mund mit meinem, drang so tief ein, wie ich konnte, war begierig darauf, dass er reagierte. Er tat es und es war herrlich. Seine Zunge streichelte meine, machte mich ganz wild. Ich zog mich von dem Kuss zurück. Er jagte ihm nach, sein Griff an meinen Rippen wurde fester. Ich ließ zu, dass er meine Lippen fing. Er schnurrte leise, als ich an seinem offenen Mund leckte. Wie es schien, mochte er das, darum machte ich weiter, nutzte meine Zunge, um mit seinen Lippen und Mundwinkeln zu spielen, während er meine sich schnell bewegende Zunge leckte.

„Gott, Adler", stöhnte er.

Etwas in meinem Hirn zerbrach, als ich hörte, wie er so heiß meinen Namen rief. Ich küsste ihn hart, meine Zähne klackten über seine. Er wurde nach diesem Kuss ein wenig wild. Er schubste mich und ich wich auf der Stelle zurück. Ich wollte nichts anderes als glühende Lust in seinen wunderschönen Augen sehen.

„Es tut mir leid", schnaufte ich. Er schüttelte den Kopf und ging dann auf die Knie, zog an mir, um mich umzudrehen. Meine Schulterblätter küssten die geschlossene Tür. „Scheiße, scheiße, scheiße", knurrte ich, als mein Reißverschluss geöffnet und mein Schwanz in einer höllisch geschmeidigen Bewegung befreit wurde.

Ich schaute nach unten. Nein. Das hätte ich nicht tun sollen, aber ich hatte. Ihn auf den Knien zu sehen, seine stählernen Augen verhangen, als er mich in den Mund nahm, machte mich beinahe fertig.

„Langsam, Layton, bitte."

Er bewegte seinen Kopf, machte aber nicht langsam. Er saugte mich hart und schnell, benutzte seine Zunge auf eine Art, die mich innerhalb von Sekunden seinen Namen keuchen und wimmern ließ. Gott, er war gut. *So* gut...

„Layton... Scheiße!"

Ich hielt meine Augen auf ihn gerichtet, während ich kam. Ich grub meine Fingernägel in den Türrahmen. Er zog mich schneller über den Klippenrand, als je ein Mann das getan hatte. Er packte das silber-blaue Taschentuch aus seiner Brusttasche und spuckte hinein, sein Blick abgewandt.

„Alles in Ordnung?", fragte ich zwischen Schaudern und Keuchen. Er nickte, kam dann auf ein Knie und drückte sich in die Höhe. Er wirkte jetzt unsicher, sein Taschentuch in seiner Hand zusammengeknüllt.

„Es tut mir leid... das alles." Er wedelte mit dem Taschentuch herum.

„Kumpel, du bist nicht der einzige Mann, der nicht schluckt", gab ich zurück, als ich mich wieder zu meiner normalen Größe aufrichtete. Er warf mir einen Blick zu, der förmlich schrie, dass ich ihn nur beruhigen wollte. „Im Ernst. Scheiße, ich mache es nicht immer, nicht die ganze Zeit. Es ist in Ordnung."

Ich streckte die Hand aus, um seine Wange zu berühren. Er wich ein wenig zurück, trat dann näher, seine Augen wanderten über mein Gesicht.

„Denkst du, ich kann dasselbe für dich tun?" Ich umfasste seine Wange, fuhr dann mit dem Daumen über seine Unterlippe. Mann, sein Mund war ein Kunstwerk.

Er sah mich an, als wollte er zustimmen und ich wollte ihn unbedingt in die Finger bekommen.

Ein Klopfen an der Tür, begleitet von einem „Layton?" in schwerem Akzent von Stan reichte aus, um uns aus der Wolke der Erregung zu reißen, die uns umgab.

„Einen Moment", rief Layton zurück.

„Mittagessen", fügte Stan hinzu.

„Ich habe mir selbst welches gekauft", sagte Layton, während er mich die ganze Zeit über direkt anstarrte. Was war das mit Stan? Er schien mir viel zu sehr daran interessiert zu sein, was Layton aß.

Ein sehr nachdrücklicher Satz auf Russisch — wer wusste schon, was er bedeutete? — und dann war alles still.

Ich schaute Layton mit meinem hoffnungsvollsten Gesichtsausdruck an, aber er schüttelte seinen Kopf. Der Moment war vorüber.

„Bist du sicher? Ich meine damit, du brauchst offensichtlich etwas Erleichterung und ich würde dich liebend gerne in meinen Mund bekommen, unter anderem."

„Nein, nein, nicht jetzt. Später vielleicht. In Ordnung?"

„Sicher, ja, wann immer es für dich okay ist." Wir waren wieder bei nervösem Layton und hoffnungslos verwirrtem Adler, was beschissen war. „Vielleicht können wir uns mit den Jungs treffen?"

Ah ja. Dieser Blick war ein definitives Nein.

„Dann Kaffee? Du und ich? Du schuldest mir einen Klatsch."

„Ich muss die Sozialen Medien überwachen, die Telefone…"

„Du kannst dir eine Stunde gönnen. Nimm dein Handy mit."

Er suchte nach einer Antwort. „Ich muss, uh… etwas mit dem hier machen, bevor wir gehen." Er hob die Hand, die das schmutzige Stofftaschentuch hielt. Was er nicht sagte, ich wäre beinahe vor Freude gesprungen, als er zustimmte, Kaffee mit mir zu trinken.

„Gib her." Ich öffnete meine Hand. Mit zusammengezogenen Augenbrauen ließ er das schmutzige Viereck in meine Handfläche fallen. Ich stopfte es in meine Tasche, griff dann um ihn herum. „Hier, lass mich dich zurechtmachen."

Er sah zu, als ich die Schachtel öffnete und das perfekt gefaltete Taschentuch mit dem Regenbogensaum herausholte. Ich trat zu ihm, meine Augen hielten seine fest und schob das seidene Geschenk in seine Tasche.

„Jetzt siehst du ganz heiß aus." Ich zupfte an dem Tuch, rückte es ein wenig zurecht. Er stahl sich einen

Kuss. Er war ganz anders als die anderen, die wir geteilt hatten, aber er war genauso stark.

„Danke, dass du nicht wütend bist", sagte er.

„Danke, dass du endlich mein Geschenk annimmst."

Ich ließ zu, dass er auf mich zutrat. Er fing an, mein Hemd wieder an seinen Platz zu bringen, sein Blick begegnete mehrere Male flüchtig dem meinen, während er daran arbeitete, mich präsentabel zu machen. Es schien, als wäre das sein Platz im Leben. Dafür zu sorgen, dass Adler Lockhart für die Welt präsentabel aussah. Was für ein Glück ich hatte.

„Ich, ah… was ist mit uns passiert? Ich bin mir im Moment wegen überhaupt nichts sicher", murmelte er, während er mich anzog.

„Ich aber. Ich bin mir sicher, dass wir uns Kaffee holen und feiern werden, dass du diese Pressekonferenz so richtig gerockt hast. Wir werden sogar vielleicht etwas ganz Wildes machen und einen Muffin zu unserem Kaffee nehmen." Ich zwinkerte ihm zu und er lächelte. In ziemlich genau diesem Moment wusste ich, dass ich mich in ihn verliebt hatte. Wenn das kleine, schüchterne Lächeln eines Mannes dir das Gefühl gibt, als hättest du die Sonne mit dem Lasso gefangen? Dann befindest du dich bereits im freien Fall.

ICH FUHR uns zu diesem winzig kleinen Coffeeshop ungefähr zehn Blocks vom Stadion entfernt. Es waren keine Hockeyspieler in Sicht. Layton schien es zu gefallen, obwohl ich mich eingeengt fühlte. Es war winzig und trendig mit kleinen Tischen und Retrostühlen, von denen ich wusste, dass sie meine gigantischen Ausmaße nicht halten würden.

„Wirst du dich setzen?", fragte Layton, als ich dastand, meinen Kaffee und einen Blueberry-Muffin balancierte.

„Du denkst, dieser windige Stuhl kann mich aushalten?"

Er musterte ihn, während er seinen Muffin in vier ordentliche Teile schnitt. „Das sollte er. Dinge, die schwach aussehen, sind manchmal stärker, als man denkt."

„Wow, das war tiefgründig", murmelte ich und senkte mein Gewicht vorsichtig ab. „Ging es dabei um Stühle oder dich?"

Er hob seinen Blick von der Muffin-Vorbereitung zu mir. „Beides, vielleicht", gab er zu.

„Das ist cool. Also, es ist so, okay? Ich mag dich. Und ich glaube, du magst mich."

„Vielleicht."

Ich kicherte über seine gelassene Antwort. „Dieser wilde Blowjob in deinem Büro lässt vermuten, dass du mich irgendwie niedlich findest."

„Du bist wie ein Irish Setter", sprudelte es aus ihm heraus, dann kümmerte er sich wieder um seinen Muffin.

„Du meinst, ich bin lebhaft, auf wunderschöne Art rothaarig und neige dazu, zu bellen, bevor ich denke?" Er schenkte mir ein kokettes Lächeln und hast du nicht gewusst, da war die Sonne wieder, schien in meine Seele. Ich war so was von erledigt. „In

Ordnung, das akzeptiere ich. Schneidest du deine Muffins immer?"

„So kann man sie leichter unter Kontrolle behalten."

Er schüttelte eine Papierserviette mit dem Logo des Coffeeshops aus und legte es auf seinen Schoß. Ich schälte das Papier von meinem Muffin und schob mir das ganze Ding in den Mund. Seine Augen wurden so groß wie der Teller, auf dem sein geviertelter Muffin lag.

„So kontrolliere ich die Dinge", schaffte ich es um den Muffin herum zu sagen.

Er schüttelte den Kopf, nahm dann ein Stück seines Cranberry-Muffins auf. „Das erklärt eine Menge", meinte er trocken, knabberte am Rand seines Muffins. Ich brauchte vier Anläufe, um zu schlucken. Als ich in der Lage war zu atmen, spülte ich den Klumpen Teig mit etwas wirklich gutem Kaffee hinunter.

„In Ordnung, zurück zu der Sache", sagte ich. „Ich mag dich und du magst mich. Nein, keine Ausflüchte. Ich habe immer noch weiche Knie von dem Oralsex, den du an mir durchgeführt hast."

Er war vielleicht ein klein wenig errötet. Zwei Frauen gingen an uns vorbei, plauderten über Kinder. Sie setzten sich ans Fenster. Wir hatten uns eine abgeschirmte Stelle am Tresen ausgesucht. Layton hatte mich gebeten, den Sitz an der Wand zu nehmen. Er schaute auf sein Handy, sein Gesichtsausdruck änderte sich von lächelnd zu wütend und wieder zurück, so schnell, wie man Internetidioten sagen konnte.

„Ich denke, wir sollten daten", erklärte ich ihm.

„Du bist nicht geoutet", bemerkte er, legte sein Handy auf den Tisch, nahm dann einen winzigen

Bissen von seinem Muffin. „Und sogar wenn du es wärest, bin ich mir nicht sicher, ob wir ausgehen sollten. Es ist nicht professionell."

„Okay, ja, ich bin nicht geoutet, aber das könnte ich sein. Ich könnte über diesen Tisch greifen, dich am Kragen packen und dich genau hier küssen, vor allen, die die Susquehanna Street auf und ab gehen. Dann wäre ich geoutet und das wäre es dann."

„Und ich müsste mich dann um eine Situation kümmern, die dazu aufgeblasen werden könnte, dass alle Spieler der Railers über Nacht schwul werden."

„Unsinn."

„Du weißt, dass es stimmt. Und dann wäre da immer noch die Tatsache, dass ich für das Railers-Management arbeite und du ein Spieler bist."

„Warst es nicht du, der gerade diese Killer-Pressekonferenz für einen Coach und einen Spieler abgehalten hat?" Ich winkte dem Barista und bat um einen weiteren Muffin.

„Das war etwas anderes und du hast gerade einen Muffin inhaliert." Er klang, wie meine Mutter es tun würde, wenn es sie je gekümmert hätte, was ich aß oder wann. Es gab mir das Gefühl, etwas Besonderes zu sein.

„Einen guten Blowjob zu bekommen macht mich immer hungrig. Du solltest sehen, was ich alles in mich hineinstopfe, nachdem ich hübsche Männer mit rauchigen Augen die ganze Nacht lang gefickt habe."

Sein Stück Muffin gefror einen Zentimeter vor seinem Mund. „Du redest gerne schmutzig daher, nur um mich durcheinanderzubringen, nicht wahr?"

„Ja, das mache ich wirklich gern." Ich grinste, als

mein zweiter Muffin ankam. Ich schob der Kellnerin einen Fünfer hin und sagte ihr, sie sollte den Rest behalten. „Wieder zu uns. Ich habe mir gedacht, dass wir uns vielleicht nur ein- oder zweimal die Woche treffen. Vor allem Filme und Abendessen, denn bei unserem Zeitplan ist mehr als das praktisch unmöglich."

„Du bist ziemlich voreilig. Ich glaube, dass ich gerade gesagt habe, dass wir nicht daten."

„Nein, du hast einen ziemlich dämlichen Einwand gemacht und ich habe dein lahmes Argument in der Luft zerrissen."

Seine Nase krauste sich. Es war niedlich.

Oh Mann, Adler, wirklich, der Zuckergehalt an diesem Tisch verursacht mir Diabetes und ich bin nur eine Stimme in deinem Kopf. Hör auf damit, Kumpel.

Er senkte seine Gabel, der Muffin war immer noch darauf. Ich sah die Streitlust in seinen Augen. „Ich mag es wirklich nicht, dass du so drängst. Es ist kein attraktiver Zug und – Scheiße, was ist jetzt?" Er nahm sein klingelndes Handy und machte wieder das faltige Gesicht, als er sah, wer anrief. Ich hoffte inständig, dass es niemand war, der ihn wegen seiner Arbeit anblaffen würde. Aber war er niedlich? Oh mein Gott, ja.

„Mom, hi, ich bin gerade beschäftigt mit…" Er verdrehte seine Augen zur Decke. Ich nahm einen Bissen von meinem zweiten Muffin und lauschte dem Mutter-Sohn Gespräch.

„Nein, ich habe noch nichts für die Kinder gekauft."

Ich kaute, während er abwehrte.

„Können wir später über das Weihnachtsessen

reden? Ich bin gerade in einer Kaffee-Sache mit einem
– Uh, nun ja, er ist ein Spieler bei den Railers.

„Ich bin sein Date", rief ich.

Er war nicht amüsiert. „Nein, er ist – Nun, ein Date
ist zu viel gesagt. Wirklich? Nein. Nein, es ist nicht ernst,
weil wir nicht – Ihn Weihnachten mit nach Hause
bringen? Ah, Mom, ich bin mir nicht sicher, ob das eine
gute -"

„Das würde ich sehr gerne! Danke, Mrs. Foxx!" Ich
beugte mich über den Tisch und schrie, um
sicherzustellen, dass sie mich hörte. Oh Mann, der Blick,
den ich von Layton bekam. Er war gleichzeitig brodelnd
und sexy. Genau wie er. Ich kaute auf meinem Muffin,
während er stammelte, und versuchte, sich eine Ausrede
einfallen zu lassen. Ich nahm an, Mrs. Foxx glaubte
nichts von dem, was er sagte und er beendete den Anruf,
als ob er sich auf einen Igel gesetzt hätte.

„Das war unangebracht", schnappte er. „Du kannst
dich nicht einfach selbst zu den Feiertagen bei meiner
Familie einladen!"

„Zuerst einmal", ich hielt einen Finger in die Höhe,
„habe ich mich nicht selbst eingeladen. Deine Mutter
hat mich eingeladen und ich habe höflich
angenommen." Die Falten zwischen seinen Brauen
wurden tiefer. „Zweitens", ich fügte einen weiteren
Finger hinzu und schüttelte sie vor seiner niedlichen
Nase, „wird es großartig werden. Hast du Brüder und
Schwestern? Neffen? Nichten? Oh Mann, gibt es einen
großen Baum? Ich wette ja. Ich werde einkaufen
müssen. Was mag deine Mom? Ich werde Apollo mit
einer Liste zu Cartier schicken. Was?"

„Du kannst dich unmöglich so darauf freuen, Weihnachten mit meiner Familie zu verbringen. Es ist laut und eng, überall schreien und weinen Kinder. Das ist überhaupt nichts für dich, da bin ich mir sicher."

„Klingt großartig! Meine Weihnachtserinnerungen sind von mir und den Angestellten, wie wir im Maine-Haus herumeiern, bis ich wieder in die Schule musste. Laut und verrückt klingt herrlich."

Er starrte mich lang und durchdringend an. „Das tut mir leid. Es klingt einsam."

Mein letzter Bissen von dem Muffin verkeilte sich in meiner Kehle. „Es war, wie es war. Also, essen wir morgen gemeinsam zu Abend? Essen. Ein Film. Mehr Oralsex?" Er schien ein wenig von mir überwältigt zu sein. „Sollte ich meinen inneren Setter ein wenig herunterfahren?"

„Vielleicht ein bisschen." Er atmete tief ein und entließ den Atem langsam. „Abendessen ist in Ordnung. Kein Film. Wegen dem Oralsex werden wir sehen."

Jetzt war es Zeit, so strahlend zu lächeln, dass *ich ihn* blendete.

Kapitel Elf

LAYTON

Iᴄʜ ᴡᴀʀ auf den Beinen und aus meinem Sitz, sobald das Flugzeug landete. Es ist nicht so, dass ich Fliegen hasste – es gibt mir Zeit, ungestört zu arbeiten – aber der Mann neben mir wollte nicht aufhören zu reden, obwohl ich alle Signale ausgestrahlt hatte, dass ich nicht gestört werden wollte. Seine Boston-Vokale gingen mir auf die Nerven, während er über das Wetter, die Politik und jede andere langweilige Sache plauderte, die ihm einfiel.

Er reichte mir sogar seine Karte. Offensichtlich ein Immobilienmakler, wie passend.

Dazu war ich noch müde und neben der Spur und ich gab Brady die Schuld an allem. Der älteste Rowe-Bruder hatte mich dazu genötigt, auf ein Bier zu gehen, mich dann die ganze Nacht darüber ausgefragt, wie es Ten bei den Railers ging und mich im Zuge dessen betrunken gemacht. Nicht, dass es dazu viel brauchte. Fünf Biere, glaube ich, vielleicht mehr – ich hatte den Überblick verloren.

Ich hatte dann Adler betrunken eine Textnachricht geschickt, oder Ad, wie ich angefangen hatte, ihn zu nennen. Es waren zwei Wochen seit diesem Post-Pressekonferenz Blowjob vergangen und seitdem hatten wir nichts getan, was man als entweder sexuell oder sehr Date-ähnlich bezeichnen konnte.

Er war auswärts gewesen, drei Spiele an der Westküste. Ich war gebeten worden, für ein Treffen mitten in der Woche nach Boston zu kommen, das dann am Ende vier Tage gedauert hatte. Wir hatten uns Nachrichten geschrieben, aber es waren nur oberflächliche Dinge gewesen – Kommentare über Teamkollegen von ihm, Antworten von mir, in denen ich Fragen darüber stellte, wie sie sich so schlugen.

Abgesehen von der Nachricht, die ich die Nacht zuvor geschickt und auf die er nicht geantwortet hatte.

Ich schnappte mir meinen Trolley und marschierte, so schnell ich konnte, von dem Flugzeug weg und durch den Ankunftsbereich für Inlandsflüge, mein Verstand weit weg von Boston oder dem nervigen Typen im Flugzeug. Ich konnte nur daran denken, wie peinlich mir war, was ich Ad geschickt hatte. Die Uber-Fahrt nach Hause dauerte lange genug, dass ich die verschiedenen Phasen der Reaktion darauf, einen unangemessenen Text geschickt zu haben, durchlaufen konnte.

Zuerst las ich ihn erneut.

Ich brauche auf der Stelle einen Blowjob von dir.

Dann las ich ihn noch einmal, wie ich es einhundert Mal davor getan hatte. Nur um sicherzustellen, dass, was ich gedacht hatte zu schicken, wirklich schwarz auf weiß da war. Dann überprüfte ich, wem ich die Nachricht geschickt hatte. Ich war mir nicht sicher, ob es schlimmer oder besser wäre, wenn ich sie jemand anderem als Ad gesandt hätte.

Was, wenn ich sie dem Besitzer des Teams oder seiner PA geschickt hätte? Man stelle sich vor, wie tief ich in der Scheiße sitzen würde, wenn ich das an die Leute geschickt hätte, die mich angestellt hatten.

Aber nein. Die Nachricht war definitiv an Ad gegangen.

Ich brauche auf der Stelle einen Blowjob von dir.

Ich stöhnte und bedeckte meine Augen. Das war die zweite Phase – die schreckliche Erkenntnis, was ich getan hatte. Ich war weit darüber hinaus nachzudenken, ob ich mit einem Spieler ausgehen sollte. Es war ganz klar, dass wenn ich betrunken war und meine Libido das Kommando übernahm, mein Bedürfnis nach einem Blowjob meine Professionalität überwog.

Die dritte Phase wurde jedes Mal schneller. Dieser Moment, in dem ich mich entweder in dieser Peinlichkeit suhlen oder akzeptieren konnte, dass mein Gehirn sich mit der Idee anfreunden musste, in Ads Mund zu kommen.

Ich wollte ihn wirklich berühren und ihn küssen und dass er mir einen blies. Ich war beinahe aufgedreht vor Aufregung über eine neue Schwärmerei und es war sogar noch schlimmer wegen dem, was er getan hatte, als wir uns küssten.

Er hatte seinen Körper gedreht, damit er mich nicht einengte. Er hatte irgendwie gewusst, dass ich nicht gefangen sein wollte und das war der Augenblick, als die letzte Phase der ganzen Sache mich mit voller Wucht traf.

Ich wusste, was ich auf körperlicher Ebene wollte, aber die mentalen Barrieren lagen wie Eisen um mein Herz. Das letzte Mal, als ich einen Jock auf diese Weise gewollt hatte, das einzige Mal, bevor ich Ad kennengelernt hatte, war eine Katastrophe gewesen, die ich nicht aus dem Kopf bekommen konnte. Trotz der Therapie und der enormen Unterstützung meiner Familie war ich immer noch im Kopf kaputt und ich wusste das auch.

Was, wenn Adler mich festhielt? Wenn er mich zwang zu schlucken? Was, wenn er mich auf alle viere schubste, dann seine Hände um meine Kehle legte und seinen Körper benutzte, um mich stillzuhalten, während er mich fickte? Mich vergewaltigte.

Aber was, wenn er das nicht machte? Was, wenn Adler Lockhart der netteste Liebhaber war, den ich je gehabt hatte, aber dann musste ich ihm sagen, was mit mir passiert war?

Was dann?

„Geht es Ihnen gut?", fragte er Fahrer, schaute mich im Rückspiegel an. Ich öffnete meinen Mund, um zu sagen, dass es mir gut ging, dann wurde mir klar, dass ich meine Hand direkt über meinem Herzen gegen meinen Brustkorb drückte und meine Atmung schnell war. „Hey! Müssen Sie ins Krankenhaus?"

„Nein", sagte ich und ließ meine Hand und das Handy, das ich mit der anderen so heftig umklammerte, nach unten sinken. „Es geht mir gut."

Der Fahrer starrte mich noch etwas länger an, so

sehr, dass ich mir Sorgen darüber machte, ob er noch auf die Straße achtete. Dann, anscheinend überzeugt, dass ich keinen Herzinfarkt bekam, konzentrierte er sich wieder auf die Straße und ich versuchte, mich zu entspannen.

Nach all diesen Phasen kam ich direkt zu der Tatsache, dass jegliche körperliche Intimität mit Ad nicht infrage kam. Ich musste meinen üblichen Typ finden – kleiner, dünner, weicher.

Der Fahrer musterte mich von oben bis unten, als ich bezahlte, aber wenigstens fragte er mich nicht, ob mit mir alles in Ordnung war, was gut war, weil ich in meinem Kopf direkt wieder zur ersten Phase, der Scham über die Nachricht, übergegangen und wahrscheinlich knallrot war.

Meine Wohnung befand sich im dritten Stock und ich nahm immer die Treppe. Jemand mit einer sitzenden Karriere wie ich musste irgendwo die körperliche Bewegung herbekommen. Als ich um die Ecke zu meiner Tür kam und Adler sah, der im Schneidersitz auf mich wartete, war ich nicht überrascht. Das hätte ich sein sollen, aber in dem Stress, gegen den ich bereits ankämpfte, war kein Raum für Überraschung.

Ich hielt ein paar Schritte vor der Tür an und er stand auf, kam aber nicht auf mich zu.

„Das war ein heftiger Text", sagte er. Sein Tonfall war vorsichtig und ich schaute ihn eine Ewigkeit lang an, fragte mich, ob er noch etwas hinzufügen würde.

„Ich war betrunken", sagte ich schließlich.

„Das habe ich mir gedacht."

Ich holte meinen Schlüssel heraus und ließ uns beide ein, schloss die Tür hinter mir und wartete mit dem Rücken an dem soliden Holz. Adler pirschte durch mein kleines Apartment, hielt bei den Fotos an, die an der Wand hingen und betrachtete sie. Schaute er sie wirklich an oder wartete er darauf, dass ich redete? Er sah gut aus in einer Jogginghose und einer Railers-Kapuzenjacke, seine Hände tief in seine Taschen gestreckt. Seine Haare waren nicht gestylt, als ob er geduscht und sich dann nicht damit aufgehalten hätte, irgendwelche Haarprodukte einzuarbeiten oder sich vor einen Spiegel zu stellen.

„Warst du heute beim Training?", fragte ich.

Ich wusste, dass heute Abend kein Spiel war, dass sie morgen gegen die Canes spielen würden und dass das Spiel danach gegen ein kanadisches Team stattfand. Weiter reichte mein Wissen über Spiele nicht, obwohl ich in den letzten beiden Wochen ziemlich gut in einigen der seltsamen Bezeichnungen im Spiel selbst geworden war. Jane hatte eine Menge erklärt, als wir uns das Aufeinandertreffen der Railers mit den LA Kings auf dem Monitor im Videoraum angesehen hatten.

Das hatten wir verloren oder besser gesagt, die Railers hatten in der Overtime nach einem Zufallsabpraller verloren. Ich war mir nicht ganz sicher, wann ich angefangen hatte, mich selbst als Teil des Railers-Teams zu sehen. Es war nicht so, als ob ich nach Weihnachten noch bei ihnen angestellt sein würde.

„Ja", sagte er und für einen Moment war ich mir nicht sicher, wozu er Ja sagte, dann erinnerte ich mich daran, dass ich mich nach dem Training erkundigt hatte. „Habe mit Jane geredet, sie gefragt, wann du zurück sein würdest."

„Wie lange wartest du schon?"

„Eine Stunde, vielleicht zwei. Sie kannte die Flugzeiten, aber ich wollte sicherstellen, dich zu sehen, darum bin ich früher hergekommen."

„Du hättest mir eine Nachricht schreiben sollen und ich hätte -"

„Wirklich?", unterbrach er mich scharf. „Ich hätte mein Handy öffnen sollen, um dir eine Nachricht zu schreiben und zu sehen, was du mir letzte Nacht geschickt hast?"

„Das tut mir leid", entschuldigte ich mich, hoffte, dass ich nicht zu unglücklich klang.

Ad schob seine Hand durch seine weichen Haare und sie fielen in Lagen über seine Stirn. Er sagte nichts, aber dann legte er seinen Rucksack ab und zog etwas daraus hervor, bevor er es auf den Kaffeetisch legte. „Ich habe das gesehen und an dich gedacht."

Es war eine Tasse in einer Schachtel und ich konnte das Design von dort aus, wo ich stand, sehen. Ein Irish Setter mit einem riesigen Knochen im Maul starrte mich an.

„Ich bin ein Knochenjäger", sagte ich und schaute von der Tasse zu Ad auf.

„Ich weiß", sagte er. „Es ist unangemessen und nicht jugendfrei und du kannst sie nicht mit in die Arbeit nehmen, aber es war lustig und nach der ganzen Sache mit dem Setter schien es richtig zu sein." Er hielt inne und schnaubte. „Ja, ich weiß, was du denkst."

„Was denke ich denn?" Ich war mir nicht sicher, ob

ich ihn das fragen sollte. Es fühlte sich an, als ob ich in eine Falle gehen würde.

„Dass ich nichts gelernt habe und dass ich nicht aufhören kann, an Sex zu denken und dich oder Sex mit dir. Und dass es ein Geschenk ist und du Geschenke hasst."

Ich war mir nicht sicher, worüber ich zuerst sprechen sollte. Sex oder Geschenke. Beides waren Minenfelder. „Du kannst mir keine Geschenke machen."

„Du hast mein Taschentuch angenommen."

„Das musste ich", sagte ich, wobei mir Hitze ins Gesicht stieg. Ich hatte mich immer noch nicht von der Tür wegbewegt, brauchte sie, um mich aufrecht zu halten.

„Ja, nun, das hier ist etwas anderes", sagte er und kam herüber, stellte sich vor mich, weniger als ein paar Zentimeter trennten uns. Er hielt mir seine Hand hin und ich nahm sie instinktiv und er zog mich näher an sich, weg von der Tür, stieß mich sanft, bis die Rückseite meiner Füße das Sofa traf.

„Setz dich", sagte er leise.

Ich setzte mich und erwartete, dass er anfing, auf und ab zu gehen und zu reden oder sich vielleicht neben mich setzte oder irgendetwas, nur nicht das, was er tatsächlich machte.

Mit einer Anmut, die seine Größe nicht vermuten ließ, ging er zwischen meinen Beinen auf die Knie und legte seine Hände auf meine Oberschenkel. Er sah zu mir auf, seine blauen Augen waren voller Emotionen.

„Adler?", fragte ich oder bettelte oder zur Hölle,

wenn ich wusste, was ich sagte oder aus welchem Grund.

Er lehnte sich vor und drückte einen Kuss auf den Reißverschluss meiner Anzughose, liebkoste die Erektion, die schnell wuchs. Dann machte er ihn auf und drängte mich, meinen Hintern anzuheben, bis er mir die Hose und Unterwäsche auf meine Oberschenkel ziehen konnte. Er hielt inne, bedachte das sich ergebende Problem und entschied dann eindeutig, dass er mehr wollte. Zwischen uns verschwanden meine Schuhe, meine Socken und er öffnete mein Hemd, drückte Küsse auf meinen Brustkorb, konzentrierte sich für eine kurze Zeitspanne auf jeden Nippel, ehe er sich auf die Fersen zurücksetzte und wieder zu mir aufschaute.

„Als du mir die Nachricht geschrieben hast, weißt du, was ich da getan habe?"

„Was?" Ich konnte die Atemlosigkeit in meiner Stimme hören und spüren, wie ich mich wand, um meinen Schwanz näher zu den Händen zu bringen, die er wieder locker auf meinen Oberschenkeln ruhen ließ. Seine Finger malten Muster auf meiner Haut und ich hatte mich noch nie so entblößt gefühlt. Er war ganz angezogen, ich war nackt, mitten am Nachmittag.

„Ich hatte meine Hand auf meinem Schwanz und habe mir einen runtergeholt, nur zu den Bildern, was ich mit dir machen könnte. Ich habe mir meinen Mund auf dir vorgestellt, meine Finger, die in dich eindringen, und ich bin so verdammt heftig gekommen."

„Ad -"

„Darf ich?"

Ich hatte den Faden verloren. „Darfst du was?"

„Darf ich meine Finger feucht machen und in dich schieben, während ich dir einen blase? Sag mir, ist das in Ordnung?"

Er sah aus, als hätte er Schmerzen, als ob er erwartete, dass ich Nein sagte.

Furcht stieg in mir hoch und ich schob sie beiseite. Ich würde nicht zulassen, dass meine Vergangenheit das Hier und Jetzt kontrollierte. Nicht mit Adler.

„Bitte", murmelte ich.

Er griff in seinen Rucksack, zog Gleitgel heraus und befeuchtete seine Finger. Als er meinen Schwanz in seinen Mund nahm, nur an der Spitze saugte, dann so weit nach unten glitt, wie er konnte, drückte er seine Finger gegen mein Loch und massierte mich dort. Ich hob mich ein wenig an, mein Schwanz drang tiefer in seinen Mund und ich entschuldigte mich, sogar als er an mir stöhnte. Er wusste, was er tat, wusste, wie ich mich genau in diesem Moment fühlte. Er drückte stärker und ich wimmerte bei dem Gefühl seiner Finger an mir, sein Mund heiß und feucht um meinen Schwanz. Das hier war jede einzelne Fantasie, die ich hatte und mehr. Ich wollte ihn berühren, aber ich tat es nicht. Stattdessen krallte ich meine Finger in die Kissen, die zum Sofa gehörten und versuchte mich davon abzuhalten, zu schnell zu kommen.

Peinlich lüstern.

Er schob meine Beine weiter auseinander, der Rhythmus seines Saugens und das Pressen seiner Finger in mich und ich am Klippenrand von allem und dann konnte ich mich nicht mehr beherrschen. Es gab nicht einmal eine Vorwarnung, als mein Orgasmus mich mit voller Wucht traf und er nahm alles, schaute zu mir auf und leckte noch ein letztes Mal über die Spitze meines empfindlichen Schwanzes, bevor er sich wieder auf die Fersen zurücksetzte, mit einem überheblichen, selbstzufriedenen Ausdruck im Gesicht.

Arsch.

Er holte sich selbst einen runter, saß da, die Hände in seine Jogginghose geschoben, sah mich an, wie ich praktisch nackt auf meinem Sofa ausgestreckt lag, die Nachmittagssonne schien schwach durch die großen Fenster. Als er über seine Hand kam, lächelte er immer noch.

Aber dann verwandelte das Lächeln sich in mehr, einen nachdenklichen Ausdruck, ehe er sich aufsetzte und mich küsste.

Es machte mir nicht einmal etwas aus, dass er über mir stand, weil ich wusste, dass er mir nicht wehtun würde.

„Schon gut, schon gut", sagte ich in den Kuss. „Ich werde die verdammte Tasse behalten."

ETWAS VERÄNDERTE sich an diesem Tag zwischen uns und ich wusste, dass es zum Großteil an mir lag.

Sogar wenn ich mich mit den übelsten Emails und Tweets der fanatischsten Arschlöcher herumschlug, die ich je gesehen hatte, hatte ich immer Adlers Lächeln, an das ich denken konnte. Für jede böse Bemerkung, die wir über Ten und Jared erhielten, bekamen wir hunderte unterstützende Mails und nur zehn Leute hatten gesagt, dass sie ihre Saison-Tickets nicht benutzen würden.

Ich schlug vor, dass es gute PR wäre, ihnen das Geld zurückzugeben. Alles, was Felix sagte, war ein sehr hitziges „Zur Hölle mit ihnen". Ich sprach das Thema nicht mehr an.

Ad gab mir mehr Geschenke. Manchmal standen sie auf meinem Schreibtisch, dann wieder reichte er sie mir nach einem Blowjob, wenn ich am verletzlichsten war. Aber sie waren nicht teuer. Unter anderem war ich jetzt der stolze Besitzer eines Tennant Rowe Wackelkopfes, eines aufblasbaren Stanley Cups, der in der Ecke meines Büros stand und einer Railers-Krawatte mit Adlers Nummer darauf.

Ich war auch der stolze Besitzer eines brandneuen Angebots des Railers-Managements. Eine Vollzeitstelle mit der Aussicht, das Team zu einem Exzellenz-Zentrum zu machen und mich an andere Teams zu verleihen. Ich hatte ihnen gesagt, dass ich ihnen meine Antwort geben würde, wenn mein Vertrag im neuen Jahr auslief. Ich war zu gleichen Teilen aufgeregt und zu Tode verängstigt, eine Rolle in einem Hockey-Team anzunehmen, wo der Mann, in den ich mich verliebte, immer da war.

Der einzige Punkt am Horizont war Weihnachten zu Hause. Nicht, dass es für Adler ein Problem war. Er war mehr als aufgeregt und die Geschenke, die er gekauft hatte, waren alle in der Ecke seines Esszimmers aufgetürmt. Ich sah sie alle an meinem ersten und einzigen Besuch in seiner Wohnung.

In derselben Nacht lernte ich Adlers Freund Apollo

kennen und war mir bewusst, dass ich von dem Mann schweigend beurteilt wurde. Wir hatten es durch eine ganze Tasse Kaffee geschafft, ehe Apollo mehr als direkt mir gegenüber wurde.

„Du bist also der Typ", sagte er. Was eine offensichtliche Feststellung war, weil Adler mich als den Mann vorgestellt hatte, mit dem er Küsse und Blowjobs austauschte.

Verdammter Adler und sein fehlender Filter.

„Ja", hatte ich gesagt, was, wie ich hoffte, die richtige Antwort war.

Apollo nickte, machte mir einen weiteren Kaffee und bot mir Kuchen an. Es schien, das war alles, was er hatte hören müssen, weil er mit Geschichten anfing, wie Adler als Kind gewesen war und drohte, ein Fotoalbum herauszuholen.

Adler benahm sich in Apollos Nähe anders – ruhiger, offener, wenn das möglich war und so entspannt, dass ich dachte, er würde auf dem Sofa einschlafen.

„Willst du sehen, was ich für deine Familie gekauft habe?", hatte er mich gefragt und wacher dabei ausgesehen. Er zerrte mich zu dem Haufen. Dem großen Haufen. Dem enormen Berg an Dingen in Prägetaschen. Ich sah Namen wie Cartier, Tiffany, Prada und Ralph Lauren.

„Adler, das ist zu viel", sagte ich und fühlte mich wie ein Bastard, als Adlers Gesicht für einen Moment lang wurde. Das Lächeln, das zurückkam, war ein wenig gezwungen.

„Ich war mir nicht sicher, was ich besorgen sollte",

sagte er erklärend. „Ich werde heute Abend alles einpacken oder zumindest werden Apollo und ich das tun und es dann zu deiner Adresse schicken lassen."

„Adler -"

Er hielt mich mit einem Kuss auf, umarmte mich dann. „Bitte lass mich. Sie müssen wissen, was für eine Art Mann ich bin und wie viel es mir bedeutet, dass sie mich eingeladen haben."

Wir würden am Tag nach seinem letzten Vor-Weihnachtsspiel gegen die Blue Jackets nach Michigan fliegen und das verschaffte mir etwas Zeit, meine Familie zu warnen, dass Adler ein Millionär war, der gerne Sachen kaufte und dass sie sich deswegen nicht unwohl fühlen sollten.

Ich hoffte, meine Familie würde in der Lage sein, darüber hinwegzusehen und die Geschenke als das zu erkennen, was sie waren. Nicht, dass es die Kinder groß kümmern würde, vor allem wenn man die neuen Spielekonsolen und Spiele in Betracht zog, die ich entdeckt hatte.

Es war mehr an diesen Geschenken als ein Mann, der sein Geld ausgab. Ich sah etwas in Adler. Ein verzweifeltes Bedürfnis, gewollt und gemocht zu werden, von dem ich mir nicht sicher war, ob irgendjemand außer Apollo sich dessen bewusst war.

Also tat ich, was sich richtig anfühlte. Ich zog Adler in eine enge Umarmung und sagte ihm, wie sehr alle seine Geschenke lieben würden.

Als sein Lächeln wieder natürlicher wurde, wusste ich eine Sache.

Ich hatte das Richtige getan.

Kapitel Zwölf

ADLER

Es ist das seltsamste Gefühl, in einem Stadion zu
sitzen, das vier Jahre lang dein Zuhause weg von
Zuhause gewesen ist, sich eine Hommage über sich
selbst auf dem Jumbotron anzusehen, während man
den Jersey eines anderen Teams trug. Der kurze
Videozusammenschnitt während eines Fernseh-Time-
outs war gut gemacht. Highlights meiner vier Jahre mit
Columbus, viele Wiederholungen von Toren, die ich
geschossen hatte und Feiern mit Columbus-Spielern,
von denen ich viele noch als Freunde bezeichnete und
das auch noch viele Jahre tun würde. Als die Hommage
vorbei war, standen die Fans auf und klatschten. Ich
hob meinen Schläger dankend in Richtung der Leute
von Columbus. Mir hatte meine Zeit hier gefallen. Es
war eine gute Organisation und eine großartige Stadt,
durch deren Adern eine starke Liebe für Hockey
pumpte. Als ich verkauft worden war, hatte das
wehgetan, da bin ich ehrlich. Aber ein professioneller
Athlet ist eine Ware, das wissen wir alle. Zur Hölle,

sogar Der Große war verkauft worden, aber es tat dennoch weh.

Meine ersten zwei Wochen in Harrisburg waren nur deswegen erträglich gewesen, weil Apollo da war und sich um all den Scheiß kümmerte, den ein Umzug mit sich brachte. Ich war einfach nur in ein Flugzeug gesprungen und hatte angefangen, Hockey zu spielen, wie der gute Junge, der ich war. Ich hatte viel Zeit damit verbracht, die beiden Städte zu vergleichen, und fand sie in allen Beziehungen gleichwertig. Dann war Layton Foxx in mein Leben getreten und Harrisburg war deutlich heller geworden. Jetzt konnte ich mir nicht vorstellen, irgendwo anders zu sein, aber Columbus und seine großartigen Fans würden immer einen Platz in meinem Herzen haben. Das hieß nicht, dass ich nicht versuchen würde, meinem alten Team die Scheiße aus dem Leib zu prügeln. Es war eine Frage des Stolzes. Eine Art Nasedrehen, so oft gegen sie zu punkten, wie ich konnte. In Ordnung, es war ein lautes „Ällerbätsch" in meiner kindischsten inneren Stimme.

Ich habe das vielleicht sogar zu meinem alten Goalie, Steve Willis, gesagt, nachdem ich einen rauchenden Pass von Tennant Rowe ins Netz gelenkt hatte. Ich konnte sehen, wie Steves grüne Augen sich verengten, bevor ich davonfuhr, um die Jungs in meinem Block zu umarmen.

Ja, ich war manchmal einfach so unreif.

Als ich nach dem vierten Railers-Tor auf der Bank saß, verließ mein Verstand für einen Moment das Spiel. Es war in Ordnung, weil wir mit zwei Toren in Führung waren, bei weniger als zehn Minuten im letzten Drittel.

Pläne für die nächsten Tage wirbelten in meinem Kopf herum. Ich musste aufbrechen, sobald ich es nach Harrisburg schaffen konnte. Das Team würde am Morgen fliegen, aber ich wollte heute Abend nach Hause und ein paar Stunden Layton-lieben Zeit bekommen, ehe wir nach Michigan aufbrachen, wo es keine Layton-lieben Zeit geben würde. Ich war sogar so weit gegangen, einen Lockhart Jet auf den John Glenn International Airport hier in Columbus schicken zu lassen, um meinen Hintern in aller Eile zurück nach Pennsylvania zu befördern.

„Was zur Hölle?!", schrie jeder Railer, ebenso wie die Coaches.

Ich kehrte eilig zum Spiel zurück, mein Blick flog zu dem großen Bildschirm über dem Eis. Dort sah ich eine Wiederholung von Stan, der von den Kufen geholt wurde, als einer der großen Columbus-Verteidiger in den Bereich direkt vor dem Netz raste. Es gab einen großen Knoten Spieler, die schubsten und stießen, während Stan darum kämpfte, wieder auf die Beine zu kommen. Stan fuhr direkt auf den Linienrichter zu, der hinter dem Netz gewesen war. Eine Menge Gebrüll fand statt, das meiste in lautem Russisch und gerichtet auf den Mann in Schwarz und Weiß, der immer noch angab, dass es sich um ein gutes Tor handelte.

Stan kehrte zu seinem Netz zurück und schubste es gegen die Bande. Unsere Bank war außer sich vor Wut. Unser Kapitän kochte. Unser Head Coach legte auf der Stelle Einspruch gegen das Tor ein, mit dem Argument, dass der Goalie behindert worden war, die Dinge wurden ein wenig hitzig auf der Railers-Bank. Coaches brüllten Schiedsrichter an, Schiedsrichter schrien Coaches an, unser Kapitän beschimpfte einen Linienrichter und Stan drehte durch. Ich saß in all dem Chaos und schaute zu, wie der riesige Russe das Netz verprügelte, sein fettes Paddel von einem Schläger zerbrach, als er auf die Rohre eindrosch.

Nach diesem kleinen Fiasko verloren wir unseren Schwung. Columbus riss sich zusammen und schoss noch einen an Stan vorbei, dieses Tor fand statt, als ich auf dem Eis war. Keine gute Sache. Wir gingen in die Verlängerung, was mich anpisste, wegen der ganzen Jet wartet auf der Startbahn Sache. Tennant Rowe zog mich beiseite, ehe die fünf Minuten vier gegen vier anfingen.

„Wir müssen das hier schnell beenden", sagte er, als wir während einer weiteren Fernsehunterbrechung auf der Bank zu Atem kamen. „Ich werde versuchen, ihn gleich nach dem Face-off zu dir zu bekommen. Keine Spielereien, in Ordnung? Ich weiß, dass du für hübsches Zeug bekannt bist, aber hübsches Zeug jetzt wird uns den Sieg kosten."

„Ich mache nur hübsches Zeug, wenn es nötig ist", versicherte ich meinem Center.

Wir versammelten uns um das Face-off. Tennant gewann es klar, indem er den Puck zwischen den Beinen des Columbus Centers hindurchspielte, dann um den Mann herumraste, um seinen eigenen Pass aufzunehmen. Es war eine Menge Platz auf dem Eis, als also der knackige Pass von Ten in der Nähe der Bande auf meinem Schläger landete, sprintete ich von der Mitte des Eises los und schaute nicht zurück. Kein hübsches Zeug, einfach direkt auf den Goalie zu, ein Deke nach links, dann nach rechts, dass Steve sich mit mir bewegte. Er wurde mutig und kam zu weit zur Seite, was das Netz öffnete und ich schlug den Puck hinein.

Ich warf mich gegen das Glas in der Nähe des Tors von Columbus, als das rote Licht aufleuchtete. Meine alten Fans zeigten mir den Stinkefinger, zur selben Zeit, als meine neuen Teamkollegen auf mich sprangen und anfingen, auf meinen Helm zu schlagen. Mein altes Team zu besiegen war ein schönes Weihnachtsgeschenk. Nicht so gut, wie das, das ich Layton zu geben hoffte, wenn ich nach Hause kam.

Das einzige Stottern in dieser perfekten Nacht war Stan, der zu mir kam, bevor die Presse eintraf und mich über Laytons Essgewohnheiten ausfragte. Ich versicherte dem Goalie, dass es ihm gut ging und er schlenderte davon, beruhigt. Es steckte mir jedoch in der Kehle. Wer zur Hölle war Stan, sich nach Layton zu erkundigen? *Warum* erkundigte Stan sich nach Layton? Trafen sie sich? Wusste er, dass Layton und ich uns trafen? Woher? Flüsterten sie über mich, nachdem sie Sex hatten? Lachten sie über mich, bezeichneten mich als Enttäuschung…

Ein Nugget an Eifersucht glühte hell und grün in meinem Brustkorb. Dann kehrte die Vernunft zurück. Nein. Layton und Stan hatten nichts miteinander. Stan war einfach nur nett. Ja. Das war es. Das musste es sein, denn wenn es etwas anderes war, müsste ich meinen neuen Goalie verprügeln und das könnte ein Problem mit dem Teamgeist und allem verursachen.

Ich hastete durch die ganzen Sachen, die nach

einem Spiel anfielen, duschte mich, zog mich an und schnappte mir nach einer schnellen Runde von „Frohe Weihnachten" mit dem Team ein Taxi. Die Lear 45 XR stand genau dort, wo sie sein sollte. Eine nette junge Frau, die für CKAL arbeitete – die Firma für Fusionen und Übernahmen meines Vaters – begrüßte mich freundlich mit einem Lächeln und einem Cocktail. Das A in CKAL zu sein, hatte seine Vorteile. Wir waren innerhalb von Sekunden in der Luft, ich mit einem großen Glas importierten Biers in der Hand und einer charmanten Frau, mit der ich mich unterhalten konnte. Tracy – so hieß sie – servierte mir einen enormen Teller mit einigen der größten Shrimps, die ich je gesehen hatte und einem großzügigen Schlag Cocktail-Soße. Ich schickte Layton eine kryptische Textnachricht, während ich das Festmahl vor mir beäugte.

Meine Wohnung. 2 Uhr. Bring deinen Appetit für alles, was köstlich ist.

In einer guten Stunde war ich zurück in Harrisburg und auf dem Weg nach Hause. Apollo begrüßte mich im Wohnzimmer.

„Was machst du hier?", fragte ich, die Hände voll mit einem großen Silbertablett voller gigantischer Shrimps.

„Ich wohne hier, du erinnerst dich?", gab er zurück und schlenderte mit einem Stapel sauberer Kleidung an mir vorbei. „Ich packe deinen Koffer für deine Reise."

„Kumpel", sagte ich, als ich ihm in mein Schlafzimmer folgte. „Das hättest du nicht tun müssen. Ich kann meine Koffer selber packen."

„Nein, das kannst du wirklich nicht."

Umsichtig legte er Hemden und Stoffhosen in den Rollkoffer aus Titanium, der offen auf meinem Bett lag. Er war ein Geburtstagsgeschenk von Karrie Anne gewesen. Sie hatte ihn letzte Jahr aus Europa geschickt. Das Geschenk war zu meinem Geburtstag da gewesen, aber sie nicht.

„Ich habe auch organisiert, dass ein Auto dich und Mr. Foxx vom Flughafen abholt und zum Haus seiner Mutter in Alton Heights bringt. Du hast zwei Tage keine Termine, musst aber für ein Freitagabendspiel gegen Philadelphia wieder hier sein. Ich habe auch die Grünlilie gegossen und Staub gewischt."

„Du bist der Beste. Gibt es irgendetwas, das ich für dich tun kann?"

Er warf mir einen Seitenblick zu. „Versuch, in deiner Hand zu kommen. Die Zahl der schmutzigen Taschentücher in der Wäsche hat sich verdreifacht, seit du und Mr. Foxx Freunde geworden seid."

„Layton mag es nicht zu schlucken."

Er verdrehte die Augen. „Viel zu viel Information. Aber ich habe ungefähr zwanzig saubere Taschentücher für eure Reise eingepackt." Er klappte den Deckel zu, verschloss ihn und wandte sich mir zu. „Ad, tu mir einen Gefallen, in Ordnung? Versuch, dich zu beherrschen."

„Ich weiß, du hast mir schon gesagt, dass ich keine weiteren Geschenke für irgendjemanden kaufen soll." Ich verlagerte die Shrimps von einer Hand in die andere.

„Ja, da ist das, aber ich sehe, wie sehr du diesen Mann liebst."

„Das habe ich nie gesagt. Nie. Nicht einmal. Oder

doch?" Ich konnte mich nicht erinnern, das L-Wort auf irgendeine Weise gesagt zu haben, die mit Layton mit Verbindung stand.

„Das musst du auch nicht. Es steht dir ins Gesicht geschrieben. Mr. Foxx ist nett und sehr gut aussehend, hat aber ein großes Problem. Lass deine Sehnsucht, geliebt zu werden, nicht übertrumpfen, was er dir geben kann, in Ordnung?"

„Ja, klar, in Ordnung. Ich werde es langsam angehen. Ich verspreche es."

„Du meinst kein Wort davon, das weiß ich." Er seufzte, tappte zu mir und gab mir einen keuschen Kuss auf die Lippen. Ich zog den Teller mit den Shrimps aus dem Weg. „Ich gehe jetzt. Ich will nach Hause, schlafen und in der Lage sein, mit meinen Eltern in die Weihnachtsmesse zu gehen."

„Cool. Sag ihnen, dass ich ihnen das beste aller Weihnachten wünsche. Es kommt mir komisch vor, dieses Jahr nicht mit dir zu gehen."

„Es ist schön, dass du jetzt jemand anderen in deinem Leben hast. Erstick den Mann nur nicht, in Ordnung?" Er tätschelte meine Wange, stahl sich einen Shrimp unter der Plastikfolie heraus und ging davon.

Ich hörte, wie es klingelte. Mein Körper reagierte auf der Stelle, in dem Wissen, dass Layton auf der anderen Seite der Tür stand. Es waren Tage vergangen, seit ich ihn zuletzt gesehen hatte. Als ich sie öffnete, sah er so gut aus. Entspannt, ruhig, lächelnd, lässig gekleidet.

„Ich habe dich vermisst", sagte ich, als sein Blick über mich wanderte und dann an dem Teller mit den

Shrimps hängen blieb. Komm rein. Darf ich dich küssen?"

„Klar", sagte er, als er an mir vorbeischlüpfte. Ich beugte mich vor, stahl mir einen winzigen Kuss, sprang dann zurück und aus dem Weg, als Apollo mit Reisetaschen, die auf seinem Rücken hüpften, auf uns zukam.

„Hallo Mr. Foxx." Er lächelte Layton an, dann wackelte er mit dem Finger in meine Richtung, als er vorbeieilte. „Du, vergiss nicht, was ich gesagt habe. Hab Spaß. Frohe Weihnachten, Ad, Mr. Foxx."

„Ebenfalls", sagte Layton, ehe ich die Tür hinter meinem besten Freund schloss. „Er mag mich nicht."

„Das tut er."

„Er nennt mich Mr. Foxx."

„Dann sag ihm, dass er dich Layton nennen kann."

„Wartet er darauf?" Layton sah erstaunt aus.

„Er will mich nur beschützen. Macht sich Sorgen, dass ich mich zu schnell in dich verliebe. Er scheint aus irgendeinem Grund zu denken, dass ich mich nicht beherrschen kann."

„Dein Fehlen eines Filters könnte etwas damit zu tun haben, wie er denkt", bemerkte Layton, nahm mir dann den Teller mit den Shrimps aus der Hand. „Warum stellen wir die nicht in den Kühlschrank? Warme Meeresfrüchte machen mich nervös."

Ich folgte ihm in die Küche. Er zog die Kühlschranktür auf und schob den Teller in ein Fach.

„Der Jet wartet am Harrisburg International", sagte ich. „Ich dachte, wir könnten Sex haben, ein paar

Shrimps essen, ein Nickerchen machen und dann nach Michigan fliegen."

„Moment, was?" Er schloss den Kühlschrank und drehte sich zu mir um. „Welcher Jet?"

„Der, den ich genommen habe, um früher nach Hause zu kommen."

Ich kam ein paar Schritte näher, weil ich mich in diesem Moment wirklich auf ihn stürzen wollte. Er verschränkte seine Arme vor seinem Brustkorb, der dunkelgraue Sweater passte wirklich gut zu seinen Augen.

„Es ist ein Lear. Einer von ungefähr fünfzehn in der CKAL Firmenflotte. Es ist cool. Ich mache das die ganze Zeit. Cole ist es egal."

„Ich habe schon Flugtickets gekauft. Ad, du kannst nicht einfach Pläne in der letzten Minute ändern. Ich habe alles organisiert. Ich habe dir eine Kopie des Plans gegeben."

„Ich zahle dir die Flugtickets. Du machst dir zu viele Sorgen über Details."

Ich kam ihm noch näher und er versteifte sich sichtlich. Vielleicht war er wütend wegen der Spontanität meines Handelns oder vielleicht fühlte er sich unter Druck gesetzt. Ich machte ein paar Schritte zurück. Er sah immer noch durcheinander aus, darum schob ich meine Hände in meine Hosentaschen.

„Layton, hier handelt es sich um eine Reise nach Hause. Warum brauchst du einen Zeitplan?"

„Weil man die Dinge im Leben unter Kontrolle halten muss!", bellte er. Ich starrte ihn an. Seine Augen leuchteten auf und dann wandte er den Blick ab. „In

Ordnung, das war nicht gut. Es tut mir leid, Adler. Ich … wenn du diese unvorhergesehenen Sachen machst, dann bringt mich das ein wenig durcheinander."

„Ein wenig?"

Er seufzte. „Vielleicht mehr als ein wenig", gab er zu.

Ich streckte vorsichtig die Hand aus, um sein Schlüsselbein zu berühren. Sein zu großer Sweater war ihm ein wenig von der Schulter gerutscht und da war er, der sexy Knochen, der sich unter seiner zum Küssen einladenden Haut verbarg. Er zuckte nicht zurück oder wurde noch nervöser. Er stand einfach da, vor meinem Kühlschrank, gestattete mir, sein Schlüsselbein zu streicheln.

„Es tut mir leid, dass ich so ungezogen bin", sagte ich, was ihm ein zittriges Lächeln entlockte. Mein Finger wanderte an der Seite seines Halses nach oben. Seine Wimpern senkten sich und sein Kopf neigte sich zur Seite, als er lang und gleichmäßig ausatmete. „Ich liebe es, wie du dich anfühlst. Darf ich mehr von dir spüren? Das brauche ich wirklich, Layton."

„Sicher, ja, bitte."

Ich zog ihn direkt in der Küche aus, warf seine Kleidung über die Insel und die Arbeitsflächen. Er schmolz in mich, gefügig und begierig, genau wie ich es war. Sein Mund war heiß, seine Haut süß. Ich berührte und dann leckte ich, fiel auf meine Knie, schmeckte seinen Schwanz und seine Eier, überredete ihn dann sanft, sich umzudrehen, sich über die Arbeitsfläche zu beugen und mir seinen Hintern anzubieten. Seine Zustimmung war schüchtern und langsam, aber er tat, worum ich ihn bat und ich versuchte, mich nicht zu sehr gegen ihn zu pressen. Er konnte sich immer noch entziehen, wenn er das wollte. Gott im Himmel, er war wunderschön, so vertrauensvoll vor mir ausgebreitet. Meine Hände zitterten nur ein wenig, als ich seine festen Pobacken massierte. Er spannte sich an, als meine Zunge über sein Loch tanzte, die Spannung verschwand, während ich hungrig seinen Hintern leckte. Er zitterte und stöhnte. Ich befeuchtete einen Finger und drückte ihn in ihn, nahm seine Eier in meinen Mund.

„Ich brauche mehr", keuchte er. Seine Haut verursachte ein quietschendes Geräusch, als sein Oberkörper sich auf der Arbeitsfläche wand. Ich gab ihm mehr. Mehr Saugen, mehr Streicheln an seiner süßen Stelle, mehr von allem, was ich ihm im Moment geben konnte. Ich wollte ihn so unbedingt ficken. Genau so. Er, wie er sich wand, Haut an die Arbeitsfläche geklebt, ich hinter ihm, wie ich an seinen Haaren zog, während ich wie ein Besessener in ihn pumpte.

„Bist du nahe dran?", fragte ich ihn zwischen langen, schlampigen, feuchten Geschmacksproben seines Hinterns. Ein gurgelnder Laut entkam ihm, der ein Ja hätte sein können. Ich griff zwischen seine Beine, fand seinen Schwanz und streichelte ihn mehrere Male, stellte sicher, dass ich jedes Mal meine Hand über der Eichel drehte. Er fiel lautstark auseinander, rollte seine Hüften, um meine Zunge tiefer in seinen Hintern zu bekommen.

„Ah, Scheiße", stöhnte er, während ich ihn molk, Wichse meine Finger bedeckte. Seine Beine gaben ein wenig nach, die Arbeitsfläche fing einen Großteil seines Gewichts ab. Meine eigene Erlösung war nur ein Pumpen entfernt, seine Wichse und meine glitschig und nass auf meiner rechten Hand. Ich knabberte an seinen Pobacken, liebkoste sie, küsste jeden festen Mond sanft. Dann stand ich auf und lehnte meine Hüften gegen seinen Hintern, mein immer noch harter Schwanz kam zwischen seinen Backen zu ruhen. Er atmete scharf ein, sein Körper spannte sich an.

„Es ist alles gut, Babe", murmelte ich an seiner Haut. „Ich will dich nur unter mir spüren. Es passiert nichts weiter, das schwöre ich."

„Ad…", keuchte er. „Ich – Scheiße…"

„Ich bin es nur, Adler. Ich werde dir nicht wehtun. Du bist sicher bei mir."

Er schauderte tief. Ich strich mit meinen Fingern über seine Rippen. Ich beugte mich über seinen Rücken, verteilte Küsse auf seinem Rückgrat und seinen Schultern, bis ich seinen Nacken erreichte. Dort übersäte ich die feinen, dunklen Haare mit leichten Küssen. Er lag unter mir, weich und gefügig, seine Atmung verlangsamte sich, die harten Muskeln lösten sich.

„Du bist ein herrlicher Mann. Stark, mutig, klug", flüsterte ich neben seinem Ohr. „Ich bete dich an."

Er neigte seinen Kopf zur Seite, seine rauchigen Augen glühten immer noch vor Leidenschaft. Ich küsste hungrig seinen Hals, um mich davon abzuhalten, zu murmeln, was Apollo mir gesagt hatte nicht zu murmeln, auch wenn ich spürte, wie das L-Wort in meinem Brustkorb zum Leben erwachte. Vielleicht wäre jetzt ein guter Zeitpunkt, vorzuschlagen, etwas von den Shrimps zu essen.

DIE LIMO WAR ein kleines Bisschen fehl am Platz, als sie zu der Nachbarschaft für kleinere und mittlere Einkommen fuhr, in der Layton aufgewachsen war. Er schien verstimmt und nervös zu sein, als wir zum Haus seiner Mutter kamen. Ich versuchte, ihn aus der seltsamen Stimmung zu reißen, in der er sich befand, aber er schien sich damit abgefunden zu haben, über den Dingen zu stehen. Ich ließ ihn in Ruhe, einfach, weil meine Nerven am Ende waren. Seine Familie musste mich unbedingt mögen, weil ich nach ihrem Sohn verrückt war.

Das winzige Foxx-Haus in Alton Heights war vollgepackt mit Leuten. Vielen Leuten, die alle Layton ähnlich sahen und versuchten, durch mein Fleisch zu starren, um in mich hineinsehen zu können. Ich tat mein Bestes, um der lustige, charmante Adler zu sein, der Typ, den alle mochten, weil er so clever und entspannt ist. Derjenige, der, laut Layton einen Filter brauchte. Vielleicht sollte ich nicht dieser Adler sein. Vielleicht musste ich ein weniger ungestümer Adler sein. Ich unterdrückte das Bedürfnis, der Foxx-Familie einen wirklich lustigen Witz zu erzählen, den ich vor ein paar Tagen von Arvy gehört hatte.

Ich schüttelte einem Zach und einem Oscar die Hand, einem Eden und einem Jack. Dann lächelte ich und dankte Mrs. Foxx, dass ich eingeladen war. Ich wünschte, ich hätte meine Geschenke in der Hand, um sie ihnen hinzuhalten, aber sie waren laut dem USPS Trackingsystem bereits irgendwo hier. Vielleicht würden die misstrauischen Blicke freundlicher werden, wenn sie Geschenke öffnen konnten. Kinder schrien und hüpften wie wild herum. Layton blieb an meiner Seite, bearbeitete seine Unterlippe, als wir uns ins Wohnzimmer aufmachten. Ich war angespannt. Etwas Dummes lag mir auf der Zunge.

Dann sah ich den Baum. Er war schief und hatte ein Loch in der Mitte. Jemand hatte eine zerschlissene Santa-Puppe in die Lücke gestopft. Die Lichter waren nicht gleichmäßig verteilt, der Schmuck war handgemacht von Kindern und Enkeln und der Engel hatte einen geknickten Flügel und einen verbogenen Heiligenschein. Die Geschenke darunter waren nicht so aufgebaut, dass es das Auge erfreute, und meine waren dabei. Es war ein schäbiger Baum, der in keinem der Lockhart-Häuser Einlass gefunden hätte. Ich liebte ihn auf der Stelle und lief hin, um jeden Schmuck aus der Nähe zu betrachten.

„Ohne Scheiß." Ich grinste und zog einen Nussknacker aus Papier von einem der Äste. Ein junger Layton hatte den Nussknacker bemalt, ausgeschnitten und auf eine leere Toilettenpapierrolle geklebt. Sein Name war auf den großen, schiefen Hut gekritzelt. Ich hielt den Schmuck in die Höhe. Layton sah gequält aus. „In Ordnung, im Ernst, das ist so niedlich! Wie alt warst du, als du den gemacht hast?"

„Ich weiß es nicht. Sechs oder sieben vielleicht", sagte Layton, seine riesige Familie umkreiste uns wie

Haie. Mrs. Foxx setzte sich schützend neben Layton. Ich verstand sie. Wenn das, was ich vermutete, dass es Layton zugestoßen war, wirklich passiert war, wäre ich auch übermäßig beschützend.

Ich drehte den Schmuck langsam herum, bewunderte ihn. „Ich erinnere mich, wie ich etwas in der Art gemacht habe… es war aber ein Rentier, in der ersten Klasse. Wir alle haben eines für unsere Eltern gemacht. Ich achtete bei der Reise nach Hause ganz besonders darauf, passte auf, dass es auf dem Flug und der Fahrt in der Limo keine Knicke bekam. Nein, es war in der zweiten Klasse. Ja, das war das Jahr, als Cole und Karrie Anne über die Feiertage in Rom waren. Genau. Ich habe es am Ende den Eltern von Apollo geschenkt. Sie haben es auf ihrem Baum neben etwas, das Apollo gemacht hatte, gehängt. Ich glaube, es hat es nie bis zum großen Baum im Foyer zu Hause geschafft. Huh. Ich nehme an, es war nicht gut genug."

Layton legte eine Hand auf meinen Unterarm. Ich erschrak ein wenig, wurde dann rot. Ich stopfte den Nussknacker zurück an seinen Platz. Als ich den Mut aufbrachte, ihn anzusehen, standen in seinem Blick alle möglichen Dinge.

„Es war gut genug, Ad." Er drückte meinen Arm leicht.

„Brunch ist fertig", verkündete Mrs. Foxx, ihre grauen Augen waren ein wenig wärmer.

Brunch war eine große Schüssel Rührei, winzig kleine Frühstückswürstchen und ein Berg Toast. Marmelade befand sich in Gläsern. Butter war keine Butter, sondern Margarine in Plastikbehältern und die

Kinder saßen mit den Erwachsenen am Tisch und redeten ohne Unterlass. Das Mahl war schlampig, laut und überhaupt nicht vornehm. Ich liebte es. Einer von Laytons Brüdern fragte mich nach Hockey. Ein anderer wollte etwas über meine Kindheit wissen. Seine Schwester erkundigte sich nach meinen vergangenen Beziehungen. Ich wollte ihr gerade antworten, als Layton mich überfuhr.

„Das wird jetzt auf der Stelle aufhören", bellte er, knallte dann seine Gabel auf den Tisch. Die Kinder wurden still, ebenso wie die Erwachsenen. Ich lehnte mich zurück, war total schockiert. „Er ist als mein Gast hier. Er ist nicht als Verdächtiger für ein Verbrechen hier. Er ist der Mann, mit dem ich ausgehe."

„Sohn, wir machen uns nur Sorgen um dich", sagte seine Mom.

Layton warf seiner Mutter einen finsteren Blick zu, erhob sich dann. „Ich brauche frische Luft." Er marschierte aus dem Zimmer.

Ich saß da, mit offenem Mund und einem Frühstückswürstchen auf meiner Gabel, starrte auf den leeren Sitz neben mir. Wow. Was war mit Layton und seiner Mom los? Mein Geliebter hatte eine ganze Wagenladung Geheimnisse.

„Ich – Ah… ich rede mit ihm", sagte ich, als die Haustür zuknallte.

Ich schob mir die Wurst in den Mund, verließ das vollgepackte Esszimmer, schnappte mir meinen Mantel und eine Mistel aus Plastik, die über der Tür befestigt worden war und joggte in die bittere Kälte hinaus. Eine winzige Schneeflocke driftete herunter, dann eine andere. Ich entdeckte Layton, der nach Westen unterwegs war, mit schnellen Schritten. Ich lief ihm hinterher. Er warf mir einen finsteren Blick zu, als ich ihn erreichte. Er sah aus, als würde ihn in seinem dünnen Sweater frieren. Ich legte meinen Mantel um seine Schultern.

„Dich wird frieren", sagte er.

„Ich bin ein Hockeyspieler. Die Kälte wird mich nicht umbringen."

Wir marschierten schweigend für ein paar Minuten über den Gehsteig, bis wir das Ende des Blocks erreichten. Ich tanzte um ihn herum, trat vor ihn und blockierte ihm den Weg. Schnee lag auf beiden Seiten des Gehwegs aufgetürmt und ich wusste, dass er nicht in die dreißig Zentimeter großen Wälle treten würde. Nicht mit den glänzenden Loafern, die er trug. Ich ließ den Mistelzweig über seinem dunklen Kopf wackeln. Er warf dem grünen Bündel einen finsteren Blick zu, der es in Flammen hätte setzen müssen. Ich wollte nach den Blicken fragen, die er mit seiner Mom ausgetauscht hatte, aber er musste sich bei mir sicher genug fühlen, um es mir zu erzählen. So weit waren wir wohl noch nicht, aber das würden wir.

„Was machst du da?"

„Ich fordere einen Weihnachtskuss. Das ist Tradition." Ich wackelte mit dem Plastikklumpen. Ein kalter Wind blies die Straße hinunter. Verdammt, er war eisig.

„Adler, hör auf, ein Arsch zu sein." Er schaute um mich herum. „Jetzt geh mir aus dem Weg. Ich muss meinen Scheiß verarbeiten."

„Uh, tut mir leid, nein. Ich bewege mich nicht. Und ich glaube nicht, dass du mich dazu zwingen kannst, darum gib mir einfach meinen Kuss und wir können zurück nach Hause. Wo es warm ist."

„Du bist ein Hockeyspieler. Dir wird nicht kalt." Er kuschelte sich in meinen Mantel, der sexy Arsch.

„Ich habe an dich gedacht", konterte ich. Eine Flocke landete auf seinem Kopf. Sie glitzerte und war für eine Sekunde perfekt, bevor sie in seine dichten Haare schmolz.

„Uh-huh- Adler, das ist dämlich. Du bist nicht geoutet. Wir stehen an der Ecke Wisteria und Crocus Lane, es ist Mittag am Weihnachtstag. Alle sind zu Hause und beobachten uns wahrscheinlich durch die Fenster." Er wedelte mit der Hand in Richtung der Häuser um uns herum. „Auf gar keinen Fall küsst du mich hier an der Ecke, also hör mit dem idiotischen Feiertagsscheiß auf und beweg dich, damit ich einen Teil dieses -"

Ich küsste ihn. Direkt an der Ecke Wisteria und Crocus Lane in Alton Heights, Michigan. Und ich meine damit ich *küsste* ihn. Ich schlang meinen Arm um seine Taille, zog ihn an mich und ich küsste ihn so heftig und lang, dass in den Köpfen eines jeden Michiganers, der uns beobachtete, kein Zweifel daran bestehen konnte, dass wir ein Paar waren.

Als der Kuss endete, taumelte er einen Schritt zurück, seine Augen heiß und verwirrt und seine Lippen feucht und rosig von dem Druck meines Mundes auf seinem.

„Ich nehme an, das bedeutet, ich oute mich jetzt",

erklärte ich ihm, meine Hand mit dem Mistelzweig fiel an meiner Seite nach unten. Mir war nicht mehr kalt. Es war erstaunlich, was den Mann, den man liebte, zu küssen, für den inneren Thermostat tun konnte.

„Bist du dir sicher?", fragte er atemlos, seine Worte bildeten Dampfwolken vor seinem Gesicht.

Ich wackelte mit dem Kopf. „Soll ich dich noch einmal küssen, um es zu beweisen?" Ich hob den Mistelzweig wieder in die Luft.

Er schüttelte den Kopf. Dann nickte er. Darum küsste ich ihn erneut. Und ich fuhr damit fort, ihn zu küssen, unter diesem Plastikball aus grünen Blättern und weißen Beeren, jedes Mal, wenn ich konnte, während der ganzen Zeit in Michigan. Mrs. Foxx gab mir den Mistelzweig-Klumpen, als wir abreisten und eine Umarmung, damit ich ihren Sohn weiter küssen konnte, wenn wir wieder in Harrisburg waren. Ich brauchte keinen Mistelzweig, um das zu tun – ich hatte vor, Layton jeden Tag für den Rest meines Lebens zu küssen, wenn er mich haben wollte.

Kapitel Dreizehn

Iᴄʜ ᴇʀᴡᴀʀᴛᴇᴛᴇ Aᴅʟᴇʀ, darum zögerte ich nicht, die Person, die an meine Tür klopfte, hereinzubitten. Seit wir aus Michigan zurückgekommen waren, war er ständig hier gewesen. War bei mir geblieben, hatte mich geküsst, mich geliebt und Stück für Stück zerbrach er die Schale um mein Herz. Wir hatten es hier im Stadion nicht total offensichtlich gemacht, dass wir ein Paar waren, aber wenn ich um eine Ecke in der Arena kam und er da war, dann könnt ihr euren letzten Dollar darauf verwetten, dass wir uns küssten.

Ich lächelte, als die Tür sich öffnete, aber es war nicht Adler, der mit diesem verdammten Mistelzweig in seiner Hand dastand. Nein, es war Mr. 69 selbst, Dieter Lehmann, linker Flügel und Sexgott, wenn ich mich richtig an unser erstes Treffen erinnerte.

„Hast du ein paar Minuten?", fragte er, schlich in das Zimmer, als ob sich darin ein Drache befände und er nicht entdeckt werden wollte. Das war nicht der Dieter, an den ich gewöhnt war, nicht der ungestüme

Spieler, der gerade fünfundzwanzig geworden war und der sich anstrengen musste, nichts zu sagen, das politisch unkorrekt war. Mit ihm hatte ich am leichtesten über die Implikationen, die seine Worte für das Team und ihn selbst hatten, reden können, aber er schien sie auch zu vergessen, sobald er durch die Tür ging. Ich war mir nicht ganz sicher, ob er mir zuhörte. Er sah oft so aus, als wären seine Gedanken anderswo. Er war ein sehr guter Hockeyspieler, das war mir zumindest gesagt worden, jemand der sich durch die niederen Level der Hockey-Ligen gearbeitet hatte, der AHL, in dem Team, das die Railers mit neuen Talenten versorgte. Er spielte im, wie ich jetzt wusste, vierten Block und war der Ersatz für jemanden, der sich verletzt hatte.

„Natürlich", sagte ich.

Er trat ganz ein und schloss die Tür hinter sich. „Scheiße", war alles, was er sagte, bewegte sich nicht von der Tür weg, hatte immer noch die Klinke gepackt, seine Fingerknöchel waren weiß. Das war nicht gut – das war sehr schlecht und ich hatte das grauenvolle Gefühl, dass mein bereits beschissener Tag noch schlimmer werden würde.

„Setz dich", sagte ich und deutete auf den Stuhl, auf dem er so heftig zusammenbrach, dass dieser protestierend knarzte. „Geht es dir gut?", fragte ich, auch wenn ich eigentlich sagen wollte, „Was hast du jetzt angestellt?"

„Ich glaube, die Dinge sind... nicht gut." Er suchte nach diesen letzten beiden Worten so verzweifelt, dass er eine tiefe Falte auf der Stirn bekam. Verstohlen zog ich mein Notizbuch zu mir und nahm den Montblanc, den ich, sehr zu Adlers Freude, angefangen hatte zu benutzen.

„Warum sind die Dinge nicht gut?"

„Sie macht das nur, weil der dumme Ten und der dumme Coach sich entschieden haben, ihre große schwule Liebe zu verbreiten."

Mein Rücken versteifte sich, als Dieter seine Hände hochhielt, während er redete. Er war aufgewühlt. Der Schock hatte eindeutig den Weg für irgendeine Art Wut bereitet. Wie auch immer. Kein Mann durfte in meinem Büro sitzen und sich benehmen, als hätte er ein Recht, Tens und Jareds Entscheidungen zu diskutieren.

„Scheiße", schnappte er und rieb sich die Augen. Er hatte sehr schöne Augen. Das war mir bei unserem letzten Treffen aufgefallen, grün und bernsteinfarben und im Moment stumpf vor Verzweiflung. „Ich habe das nicht so gemeint, wie es klang", sagte er und rutschte auf seinem Stuhl herum. Dieter war ganz sicher nicht der Größte im Team, aber der Stuhl hatte eine Menge auszuhalten.

Die Tür öffnete sich und Adler kam, ohne zu klopfen, und mit einem fröhlichen „Hey, Sexy" herein. Ich schaute von ihm zu Dieter und wieder zurück.

Dieters Augen wurden groß.

„Ich komme bald raus", erklärte ich Adler, der sofort wieder das Zimmer verließ, dabei entschuldigend aussah. Erst als die Tür sich geschlossen hatte, schaute ich wieder zu Dieter, der mich direkt anstarrte.

„Du und…"

„Ja."

„Cool."

Das war es – jemand anderes aus dem Team, abgesehen von mir und Adler, wusste von uns. Kleine Schritte, das war es. „Also, erzähl mir, was passiert ist."

Ich dachte, die Unterbrechung war eine gute Sache gewesen, weil Dieter ruhiger wirkte.

„Meine Ex hat ein Video und Fotos und sie denkt, dass ich sie bezahle."

„Sie erpresst dich."

Dieter schüttelte den Kopf. „Ja und ich mache mir Sorgen, dass die Fotos rauskommen und", er machte wieder eine Pause, suchte eindeutig nach den richtigen Worten, „peinlich sein werden", schloss er.

„In Ordnung." Ich schluckte die Nervosität. Das war mein Job und ich war sehr gut darin. Ich kritzelte ein paar Notizen auf meinen Block. „Was sind das für Fotos? Reden wir darüber, dass du bekleidet bist, im Bett oder expliziter?"

Er zog die Nase kraus und schaute überallhin, nur nicht zu mir. „Ich im Bett, ja. Nun, auf dem Bett, eigentlich, zu Beginn zumindest. Dann gibt es ein Video, von mir neben dem Bett und äh… ja."

„Da ist noch mehr?"

„Nun, sie hat das Video von mir mit der dritten Person gemacht, die mit uns im Bett war. Einem Typen."

Ich schaute von meinen Notizen auf, hunderte Fragen in meinem Kopf, nicht sicher, wie ich umreißen sollte, was ich in diesem Moment von Dieter dachte.

Er murmelte etwas vor sich hin. „Ich war mit dem Typen zusammen, in Ordnung und ich kann sehen, dass das alles untergräbt, was du hier machst. Ich verstehe das und es tut mir leid."

Oh. Das war interessant.

„Du identifizierst dich also als bi", sagte ich und machte eine Notiz.

„Ich identifiziere mich als jemand, der Sex mag, alle Arten von Sex, aber ich bin nicht süchtig." Er fügte den letzten Teil mit absoluter Überzeugung hinzu. „Das kann sie mir also nicht vorwerfen, weil sie ebenfalls mitgemacht hat."

„Wir können damit umgehen, wenn es herauskommt", versicherte ich ihm. Wie ich damit umgehen würde, wusste ich nicht, aber die Herausforderung war da und ich fühlte mich ruhig und geerdet. „Ich brauche alle Informationen, die du bekommen kannst. In Ordnung?"

Dieter nickte. „Danke", sagte er und stand auf. „Ich besorge alles, was ich kann."

„Bezahl sie nicht", warnte ich.

„Das werde ich nicht, es sei denn, ich muss", gab er zurück.

Das war nicht ganz das, was ich hören wollte, aber es war ein Anfang. Das Letzte, was ich brauchte, war, sowohl gegen Erpressung als auch einen Dreier auf Film ankämpfen zu müssen.

Er stand immer noch da.

„Ist sonst noch etwas?"

Er sank wieder in den Stuhl und dieses Mal vergrub er seinen Kopf in seinen Händen. Was konnte schlimmer sein als ein Sex-Tape?

„Ich bin süchtig", sagte er durch seine Hände.

„Ein Sex-Süchtiger", sagte ich, fasste zusammen, wo ich dachte, dass wir uns in diesem Gespräch befanden. Ich konnte das in den Griff bekommen, es gab Dinge, die wir tun konnten.

„Nein", er hob sein Gesicht und ich war überrascht zu sehen, dass seine Augen glänzten, als ob er versuchte, nicht zu weinen. „Schmerzmittel."

Ich wusste nicht, was ich sagen sollte und ich wusste, dass ich wie ein Idiot dasaß. Ich musste mich wirklich zusammenreißen.

„Willst du es mir sagen?"

„Nein", sagte Dieter mit absoluter Ehrlichkeit. „Aber ich nehme an, das muss ich. Niemand hier weiß davon, es ist nicht öffentlich festgehalten. Ich bin jetzt clean, arbeite hart daran, es zu bleiben, aber du musst wissen, was sonst noch ans Licht kommen könnte."

„Diese Freundin…"

„Marianne."

„Marianne weiß von den Medikamenten."

Er sah mich an und schien so verloren zu sein. „Ich weiß es nicht."

Damit konnte ich umgehen. „In Ordnung, egal was passiert, wir werden damit fertig."

„Wirklich?" Er strahlte, als ob ich ihm gerade eine Million Dollar überreicht hätte.

„Du musst aber mit mir reden, mir immer sagen, wie es dir geht."

„In Ordnung." Er stand auf und streckte seine Hand aus und wir schüttelten sie erneut. „Danke."

Ich schloss mein Büro ab, nachdem Dieter gegangen war, fand Adler an unserem üblichen Treffpunkt. Wir küssten uns kurz, dann nahm ich seine Hand und sah ihn direkt an.

„Das Management hat mir hier eine Vollzeitstelle angeboten. Ich würde sie gerne annehmen."

Ich wollte eine Frage hinzufügen, wie „Was hältst du davon?" Ihn sogar nach seiner Zustimmung fragen, in der Art von „Ist das in Ordnung?" Das musste ich nicht, als seine Lippen sich in einem Lächeln aufwölbten, das seine blauen Augen funkeln ließ.

„Das sind gute Neuigkeiten", sagte er. Dann küsste er mich, zog mich zurück in die Schatten des Flurs. Jeder konnte vorbeikommen, aber es war mir egal. Ich hatte einen Zweck hier und ich hatte Adler und ich fühlte mich gut.

Als ob nichts aus meiner Vergangenheit mich berühren könnte.

STANS NEUJAHRSPARTY WAR ANDERS als alles, was ich je gesehen hatte. Anscheinend war Silvester eine große Sache in Russland und er öffnete sein großes Haus für jeden aus dem Team. Ich war nicht die beste Person auf Partys, nie das Zentrum und ich fand mich in der Regel in der Küche wieder. Lasst uns ehrlich sein, wenn es nur ich gewesen wäre, hätte ich eine Entschuldigung gefunden, nicht zu gehen.

Aber ich war mit Adler zusammen, der tanzen und sich unterhalten und Witze machen wollte und bei allem zerrte er mich mit. Die Party bestand nur aus dem Team und obwohl einige von ihnen auf unsere verflochtenen

Hände schauten, machte niemand eine Bemerkung dazu.

Bis Mikhail eintraf.

Er war Stans Freund aus ihrer Zeit in der KHL in Russland und ein Flyer, was anscheinend bedeutete, dass er Freiwild für Pfeifkonzerte und abwertenden Sarkasmus war. Nichts davon schien ihn zu beeindrucken, weil er so gut austeilte, wie er einsteckte. Er war ein großer Mann – viel größer als viele der Leute im Raum. Eher ein Basketballspieler, wenn ich gebeten worden wäre zu raten – was der Beginn meiner Probleme war.

Er war auch laut; hatte dieses hallende Lachen, das ich als ein wenig zu heftig empfand. Er stand in der Küche, als ich es schaffte, eine Pause von dem Chaos im Hauptraum zu bekommen, und zuerst dachte ich daran, mich umzudrehen und zu gehen.

„Hallo", sagte er in akzentfreierem Englisch, als ich gelernt hatte von Stan zu erwarten.

Stan bemühte sich wirklich sehr mit seinem Englisch, aber er hatte ein paar ziemlich schreckliche Redewendungen aufgeschnappt, die er bei jeder Gelegenheit benutzte. Ich versuchte, ihm zu erklären, wenn die Dinge, die er in einem Satz sagte, nicht ganz angemessen waren, aber er grinste mich dann immer nur an, der große Idiot.

„Hey", sagte ich und öffnete den riesigen Kühlschrank auf der Suche nach einem Getränk. Ich trank nicht wirklich viel Alkohol – dafür war ich immer zu sehr ein Kontrollfreak, nahm ich an. Was erklärte, warum ich nach drei Schlucken Eierlikör am

Weihnachtstag eingeschlafen war.

Ich schloss die Tür und sprang einen Kilometer in die Luft, als Mikhail genau dort stand, mich anlächelte.

„Jesus", fluchte ich und taumelte rückwärts und weg.

Er hielt entschuldigend eine Hand in die Höhe. „Mein Fehler."

„Schon gut", sagte ich.

„Wann kommst du und sortierst Flyers?", fragte er.

„Sortierst?"

„Ich denke, jeder bei den Railers ist schwul", verkündete er und ich stellte meine Stacheln ein wenig auf. Nicht jeder war schwul, nur ich, Adler und Ten und Jared und Dieter waren bi. „Wir haben schwulen Mann im Team. Er hat Angst", fügte Mikhail hinzu. „Er will Freund."

Er trat nach vorne, sogar als ich mich rückwärts bewegte, bis ich nicht mehr weiter konnte, mein Hintern an einem Küchenschrank. Rückblickend war ich mir sicher, würde ich erkennen, dass Mikhail nicht versuchte, mich einzuschüchtern oder über mir zu dräuen oder irgendeinen der Millionen Auslöser, die die Enge in meinem Brustkorb verursachten. Aber in diesem Moment, mit meinem Rücken gegen die Wand, war ich in einer Ecke gefangen und es gefiel mir wirklich kein bisschen.

„Ich gebe dir meine Nummer", sagte ich und trat ein wenig zur Seite, versuchte abzuschätzen, wie ich an dem großen Russen vorbei und durch die Tür zu der Party dahinter gelangen konnte. Er verschränkte seine Arme vor seinem Brustkorb und stand einfach nur da.

In Ordnung, war das so ein Russen-Ding,

stillzustehen und ganz grüblerisch und schmollend auszusehen?

„Entschuldige mich", sagte ich mit trockenem Mund. Das hier war dumm. „Ich muss Adler finden."

„Lockhart? Ich mag ihn", sagte Mikhail. „Schnell auf dem Eis. Ich fühle mich schlecht, weil ich ihn bei unserem letzten Spiel ins Glas gestoßen habe, aber ich fühle mich gut, weil ich ihn erwischt habe." Er grinste, als ob er einen Witz gemacht hätte und das hatte er wahrscheinlich, aber seine Erzählweise war ein wenig gestelzt.

„Uh-huh", sagte ich und richtete mich auf, als die Tür sich öffnete und Adler hereingeschlendert kam, als hätte er alle Zeit der Welt. Er erstarrte in der Tür und schaute uns beide an – den großen, massigen Russen und seinen viel kleineren festen Freund, der wahrscheinlich aussah wie ein Hase in der Falle.

Er war sofort an meiner Seite, stellt sich beiläufig zwischen mich und Mikhail, hielt meine Hand.

„Petrov, du Arsch", sagte er mit einem Lächeln in seiner Stimme und streckte eine Faust aus.

„Lockhart", sagte Mikhail und stieß die Faust mit seiner eigenen an. „Du hast immer noch einen an mir vorbeibekommen."

„Stan hat Wodka rausgeholt", sagte Adler und Mikhails Gesicht leuchtete auf und innerhalb von Sekunden waren nur noch wir beide in der Küche. In der riesigen Küche, die sich viel zu klein anfühlte.

„Komm mit", sagte Adler. Er zog an meiner Hand und ging durch einen Waschraum, der eine zweite Tür hatte, die in den vorderen Flur öffnete. Von dort führte er mich die Treppen hinauf, schien dann darüber nachzudenken, welches Zimmer er brauchte.

„Ich mache das nicht", sagte ich und zupfte an seiner Hand. „Wir werden uns in Stans Haus keinen runterholen."

Er warf mir einen Blick zu, der besagte, dass ich mich wie ein Idiot benahm und öffnete die Tür mit einer ausschweifenden Geste. Sobald wir eingetreten waren, schloss er uns ein und trat zu den breiten Balkontüren, die er weit genug öffnete, dass die Winterluft hereinströmen konnte. Ich inhalierte einen gierigen Schluck und nahm die Decke, die Adler mir reichte. Er hatte sie von dem Bett genommen und sie war dick, wie eine Überdecke.

„Ich war hier mal eine Nacht vor einem Spiel, als Apollo nicht da war. Brauchte die Gesellschaft. Wie toll ist dieses Zimmer?"

Die Frage war rhetorisch, aber ich nickte und lächelte ihn an. Ich war angespannt und hasste es, mich so zu fühlen.

„Hier entlang", sagte er und zog mich auf den kleinen Balkon, nahm seine eigene Decke mit. Die Nacht war tintenschwarz und es gab in dem Sinne keine Aussicht, nur die Masse an Bäumen, die dieses wunderschöne Haus von der Straße abschirmten. Aber die Luft war klar und kalt und ich brauchte die Weite. Wir saßen nebeneinander auf Liegen und er rutschte näher, damit wir uns aneinander lehnen konnten.

Schweigend saßen wir eine ganze Weile da, bis die Furcht in meinem Brustkorb nachließ und nur absoluter Friede zurückblieb.

Adler hatte das für mich getan.

Und in diesem Moment wusste ich, dass ich mich verliebt hatte.

Darum musste er alles erfahren. Es war nicht fair, dass diese Sache, die zwischen uns passierte, weiterging, wenn ich all diese Geheimnisse in mir trug.

Ich räusperte mich. „Also, als ich siebzehn war, bin ich mit diesem Jungen aus dem Footballteam ausgegangen. Oliver hieß er. Er war ein Fang – du weißt schon, ein Jock. Nicht geoutet, aber er hat mich angeschaut und etwas gesehen, das er wollte und ich war geschmeichelt. Ich war ein typischer Nerd – gut in Mathe, fest entschlossen, der erste meiner Geschwister zu sein, der aufs College ging. Ich verliebte mich schwer in Olly und in meinem Kopf war alles Herzen und Blumen.‟

Adler löste eine Hand aus seiner Decke und streckte sie zu mir herüber. Fand meine Hand in den Falten meiner Decke und hielt sie fest. Ein kurzer Kälteschauer war ein willkommener Balsam für meine überhitzte Haut.

„Ich bin hier‟, murmelte er, aber er brauchte nichts zu sagen. Er war an meiner Seite, aber er war auch tief in meinem Herzen vergraben, wo ich mir manchmal vorstellte, dass ich ihn für immer behalten wollte.

„Er war Teil der Schikanen, die ich täglich ertragen musste, aber ich ignorierte das, weil er mir immer heimlich zulächelte, als ob er mir nicht wehtun wollte.‟

„Scheiße.‟

„Die Dinge wurden schnell schlimm. Das Gerücht kam auf, dass er nicht so sehr auf Mädchen stand, wie er das sollte – du weißt schon, die Art Druck, die Jocks in der Schule haben, richtig?"

„Ja, aber warum habe ich das Gefühl, dass du wegen irgendetwas eine Entschuldigung für diesen Olly-Typen machst?"

Ich drückte seine Hand. „Das tue ich nicht. Es war nicht seine Schuld, nicht wirklich, aber was seine Freunde getan haben… das war etwas ganz anderes. Ich war auf einer Party, sie haben mir etwas in mein Getränk gemischt. Ich wachte nackt am Straßenrand auf. Ich konnte mich nicht erinnern, was passiert war. Ich ging nach Hause." So eine einfache Geschichte für etwas, das ein trügerischer Gang an einem Highway entlang zu meinem Heim gewesen war.

Ich hielt inne, weil es nicht so einfach gewesen war. Als ich aufwachte, war ich mit Blut aus verschiedenen Schnitten bedeckt, es hatte mehr als genügend Beweise gegeben, dass ich vergewaltigt worden war und da waren Fotos von mir auf meinem Handy gewesen, das sie neben mir liegengelassen hatten. Ich hatte sie erst drei Tage nach dem Vorfall gesehen, als ich das Handy endlich auflud. Sie hatten nicht gezeigt, wer mir wehgetan hatte, nur, dass es nicht nur eine Person gewesen war.

„Bitte…", sagte Adler, seine Stimme schwer von Emotionen. Sagte er, dass ich weiterreden oder aufhören sollte? Ich wusste es nicht. Darum machte ich weiter, weil ich angefangen hatte und es gesagt werden musste.

„Mein Bruder hat mich im Vorgarten gefunden, hat mich ins Haus gebracht und ich erinnere mich nicht an alles, was passiert ist. Die Polizei kam, nahm meine

Aussage auf, nahm Proben. Ein Arzt wurde gerufen, ich war aufgerissen und die Scham… als wäre ich ein Stück Fleisch, das alle testen und untersuchen wollten." Ich konnte für eine Sekunde nicht weitermachen und warf einen Seitenblick auf Adler, fragte mich, was ich sehen würde.

Reiner Zorn und Augen, die vor Tränen glänzten. Ich hatte diese intensiven Gefühle verursacht und es tat mir so leid, dass ich ihm das antat, aber er musste alles erfahren, ehe das, was wir hatten, sich irgendwie weiterentwickeln konnte.

„Was ist passiert?", fragte er mit gebrochener Stimme.

„Es gab nicht genug, um irgendjemanden zu beschuldigen. Ich hatte keinerlei Erinnerung. Es befand sich Rohypnol in meinem Körper und ich war stark alkoholisiert, obwohl ich mich nicht erinnerte, viel getrunken zu haben. Die Polizei hat es versucht – es gab sogar ein paar Fotos, aber nichts Hilfreiches. Als sie endlich jemanden fanden, einen Freund von Oliver, leugnete er alles und wurde freigesprochen. Ich habe die Schule von zu Hause beendet, bin aufs College gegangen und ich komme nur an den Feiertagen zurück."

„Jesus, Layton."

„Da hast du es, du weißt jetzt alles. Ich erstarre manchmal, wenn du mich berührst, das hast du gesehen und ich weiß, dass ich eine Sinneserinnerung von dem, was passiert ist, in meinem Kopf habe. Ich war bei Therapeuten, habe es aufgearbeitet und ich wusste, dass ich eines Tages einen Mann finden würde, der mir das

Gefühl geben wird, dass ich mich selbst in Ordnung bringen möchte." Ich drehte mich, um ihn wieder anzusehen. „Ich liebe dich, Adler."

Ich wartete auf eine Antwort – Worte, die mich bestätigten oder Gründe, warum er mich nicht lieben konnte. Wie kaputt war ich, dass ich mir nichts zwischen diesen beiden Extremen vorstellen konnte?

Ich glaube, er wusste, dass ich die Worte brauchte, aber er schien nicht zu wissen, was er sagen sollte, darum beugte er sich herüber und küsste mich. Dann, leise, nicht mehr als ein Flüstern auf meinen Lippen, murmelte er die Worte, die ich hören musste.

„Ich liebe dich auch."

Diese einfachen Worte versprachen alles. Verständnis, Unterstützung, Liebe.

Und das war genug.

Kapitel Vierzehn

ADLER

VIELE LEUTEN SAGEN viele Dinge über Adler Lockhart, die meisten davon nicht gut und das mit Recht. Ich weiß, dass ich manchmal ein Arsch sein kann. Worte fallen aus mir heraus, bevor ich darüber nachdenke, was sie sind oder wie sie jemanden beeinflussen könnten. Aber manchmal… alle sprichwörtlichen hundert Jahre… sage ich das Richtige zum richtigen Moment. Ich, wie ich Layton sagte, dass ich ihn auch liebte, ja, das war einer dieser richtige Sache zum richtigen Zeitpunkt Momente. Schreibt es euch auf, Leute. Es wird wahrscheinlich nicht zu regelmäßig passieren. Und auch wenn es nach Eigenlob klingt, was ich nach diesem eiskalten Moment des Wunderbaren machte, war ebenfalls verdammt hervorragend.

Ich brachte Layton zu seiner Wohnung, weil wir uns in der fluffigen Herrlichkeit, die unsere gegenseitige Liebe war, allein suhlen mussten. Ich liebe Apollo, aber zu wissen, dass er herumtapste, während ich versuche, mit meinem Mann sexy zu werden, ist der Romantik nicht förderlich. Und in dieser Nacht ging es mir nur um die Romantik. Layton war still, verletzlich und ich tat mein Bestes, um meinen inneren Setter an der kurzen Leine zu halten. Auch wenn ich ihn anspringen, zu Boden werfen und sein Gesicht acht Stunden lang lecken wollte, würde das nicht funktionieren. Er brauchte heute Nacht einen ruhigeren Liebhaber. Er brauchte es, dass sein Liebhaber ihn streichelte und sanfte Worte flüsterte. Er brauchte es, dass sein Liebhaber ihn einfach nur anbetete. Und das hatte ich vor zu tun, solange er es mir gestattete.

Wir hatten gerade unsere Mäntel ausgezogen, als ich zu seiner Stereoanlage ging. Ich nahm die CD aus dem Spieler, eine von meinen, und ersetzte sie durch eine von seinen. Als ich mich umdrehte, kroch eine seiner feinen dunklen Augenbrauen zu seiner Stirn.

„Ich dachte, wir würden ein wenig herummachen", sagte er. Ich nickte, griff dann hinter mich, um die Lautstärke ein wenig anzugleichen.

„Das tun wir. Ich werde dir zeigen, wie sehr ich dich liebe." Ich zog mir mein Oberteil über den Kopf und ließ es auf den Boden fallen.

„Du *kannst* also Sex haben, ohne dass diese 80er Powerballaden CD die Fenster zum Wackeln bringt? Gut zu wissen." Ein neckendes Lächeln hob eine Seite seines Mundes an.

„Nun, das hier wird nicht dasselbe sein wie etwas von Cinderella, aber ich werde es schon schaffen", warf ich hin, als „Radioactive" von Imagine Dragons aus den

Lautsprechern drang. Er hatte diese CD letzte Nacht gebrannt, während ich eine alte Biografie über Mario Lemieux gelesen hatte. „Komm her."

Er bewegte sich langsam, aber nicht zögerlich, was großartig war. Er vertraute mir. Nichts hatte mir je mehr das Gefühl gegeben, wichtig zu sein, als das. Reich oder ein angemessen bekannter Athlet zu sein kam nicht einmal in die Nähe. Zu wissen, dass dieser Mann mir vertraute und mich liebte? Zur Hölle, das ließ mich innerlich glühen. Als ich nach ihm griff, hoffte ich, dass er die Liebe, die ich für ihn empfand, von mir abstrahlen sah. Wenn er sie nicht sehen konnte, konnte er sie vielleicht spüren. Ich umschlang ihn sanft mit meinen Armen, liebkoste seinen langen Hals, während er sich in die Umarmung schmiegte.

„Du bist hier so perfekt, Layton", flüsterte ich über seiner Kehle.

Er wand sich näher, begierig darauf, seine Erektion in meinen Hüftknochen zu pressen. Ein sanftes Stöhnen verließ meine Lippen. Meine Hände strichen über seine Rippen, tanzten dann über seinen unteren Rücken, kamen auf seinem festen Hintern zu ruhen. So sehr ich ihn auch heftig an mich reißen oder auf das Sofa werfen wollte, ich tat keines dieser Dinge. Ich wollte keine Spur jener Ängste, die ihn manchmal überfielen.

Seine Erwiderung war, mit seinen Händen über meinen Brustkorb zu fahren. Seine Finger wanderten über meine Brustmuskeln. Ich hielt nur locker seinen Hintern, kein Druck, gestattete ihm, zu berühren und sich zu reiben, wie er es wollte. Seine Hände gingen überallhin, als wir in seinem Wohnzimmer standen, uns sachte zu Sias „Bird Set Free" wiegten, das in mein Unterbewusstsein floss, die Lyrics eine perfekte Repräsentation dieses Mannes, der sanfte Küsse auf meinen Kiefer drückte, während er in meinen Armen schmolz.

„Lass uns ins Bett gehen", murmelte er mit einem kleinen Biss in meinen Hals, der mich schwach und lüstern machte.

Er führte und ich folgte, meine Finger zwischen seinen. Sein ordentliches Schlafzimmer war mittlerweile vertraut. Ich war in letzter Zeit oft hier gewesen, hatte mich mit ihm herumgerollt, mir mit ihm zusammen einen heruntergeholt, unter der Decke mit ihm geflüstert. Layton drehte sich und zog mich an sich. Er öffnete meine Hose, schob sie an meinen Beinen nach unten und half mir, aus ihr herauszutreten. Er zog meine Unterhose über meinen Steifen, dann zu meinen Knöcheln, half mir, das Gleichgewicht zu halten, als ich einen Fuß nach dem anderen herauszog, dann zerrte er an jeder Socke, sein Blick flackerte über meinen Körper, berührte mich überall.

„Alles in Ordnung bis jetzt?", fragte ich. Er nahm mich in die Hand. Mein Schwanz hüpfte bei seiner Berührung.

„Lass uns in Bett gehen", wiederholte er, seine Stimme so rauchig wie ein Holzfeuer.

Er zog mich an meinem Schwanz zu dem breiten Bett, seine Augen jetzt fest auf meine gerichtet. Wir fielen auf die silber-blaue Überdecke, wobei er immer noch meinen Schwanz gepackt hielt. Ich spreizte meine

Arme ab und ließ Layton mit mir machen, was er wollte. Ich gehörte ihm und ich wollte, dass er sich stark fühlte und begierig und total in diesem Moment zwischen uns aufging. Er glitt über mich, vollkommen bekleidet und senkte seinen Mund auf meinen. Dann fing er an, mich auf diese Weise zu necken, wie nur er es konnte. Es war unglaublich verführerisch. Er ließ seine Zunge immer wieder am Saum meines Mundes herausschnellen, bis ich wimmerte. Dann küsste er mich leidenschaftlich, seine Hände zu beiden Seiten meines Kopfes zu Fäusten geballt, sein Schwanz rollte in einem gleichmäßigen Rhythmus über meinen, der gerade noch keine Folter war.

„Süße Scheiße", keuchte ich, als er den Kuss unterbrach und anfing, meinen Hals mit seinen Zähnen zu bearbeiten. Zärtliche kleine Bisse, die mich dazu brachten, mich zu winden und zu zischen. Er knabberte an einem Nippel, dann dem anderen, saugte ein wenig Bauchhaut zwischen seine schönen weißen Zähne und nuckelte, kam dann zurück zu meinem Mund. Er machte das mehrere Male.

„Layton, Gott."

„Alles in Ordnung?", fragte er, während er Bisse an meinem Hüftknochen entlang saugte. Mein Schwanz ruhte neben seiner Wange. Alles, was er tun musste, war, seinen Kopf zu drehen und meinen Schwanz in seinen Mund zu saugen. Meine Hüften zuckten nach oben, als ich versuchte, ihn dazu zu überreden, genau das zu tun.

„Bei dir?" Das war das Wichtigste.

„Ja, ich liebe das hier. Ich liebe dich." Seine Zinnaugen richteten sich auf meine. Ich krallte meine

Fäuste in das Bettzeug, als ich gegen das Bedürfnis ankämpfte, ihn auf den Rücken zu stoßen und ihn in einzudringen. Es konnte gut sein, dass das nie passieren würde und das war für mich in Ordnung. Mehr als in Ordnung. Dennoch, der instinktive Trieb, mich tief in der Person, die ich liebte, zu vergraben, geisterte immer ungewollt in meinem Kopf herum.

„Liebe dich auch."

Er glitt vom Bett und zog sich aus. Ich sah zu, meine Finger in seinem Laken verhakt, mein Herz hämmert an meinen Rippen und mein Schwanz war bereit, für was immer er von ihm wollte. Als er nackt war, stand er am Rand des Bettes, sah mich an, die Spitze seines Schwanzes feucht vor Liebestropfen.

„Kannst du dich herumdrehen?" Er machte eine kreisförmige Bewegung mit seinem Finger.

Ich rutschte so schnell, es war ein Wunder, dass keine Funken von meinem Hintern flogen, als er über die Decke streifte. Er senkte ein Knie neben meinem Ohr ab. Sein Schwanz prallte an meiner Nase ab. Ich versuchte, ihn schnell zu lecken, aber er hüpfte außer Reichweite meiner Zunge.

„Oh, Scheiße, Layton, das ist… Ich kann keine Worte finden, wie herrlich das hier gerade ist", sagte ich, als er über mir in Position ging, sein Mund über meinem Schwanz, während sein Schaft meine Wange streichelte. „Ah, verdammt", stöhnte ich, als heiß und feucht mich umgab.

Ich drehte meinen Kopf und saugte seine Eichel in meinen Mund. Sein Körper bebte, als er um meine Erektion herum schaudernd Luft holte. Er saugte rau, brachte mich in kürzester Zeit an den Klippenrand. Ich musste ihn auch dorthin bringen, schnell, denn das hier musste damit enden, dass wir beide gleichzeitig einen Höhepunkt hatten. Ich strich mit meinem Zeigefinger durch den Speichel, der seinen Schaft bedeckte, drückte dann in seinen Hintern, nur bis zum ersten Knöchel.

Er murmelte etwas, aber weil sein Mund voll mit meinem Schwanz war, war es schwer zu verstehen, was er sagte. Spielte keine Rolle. Ich wusste, dass ihm gefiel, was wir machten, weil er sich gegen diesen Finger drückte und seine Hüften kreiste. Ein paar Stupser an seine Prostata und er stand mit mir zusammen kurz vor dem Fall. Er zog sich zurück, als mein Hintern das Bett verließ und beendete es mit der Hand. Ich packte eine süße Pobacke und zog ihn nach unten, würgte ein wenig, als er während seines Orgasmus bockte und pumpte.

„Ah, ah, oh, Hölle…" Layton keuchte, streichelte mich weiter, molk jeden Tropfen, ehe er aufhörte.

Ich verbrachte eine Menge Zeit damit, seinen Schwanz mit meiner Zunge zu reinigen, bevor er ein Bein über meinen Kopf warf und mit dem Rücken auf das Bett fiel. Ich lag eine Sekunde lang völlig fertig da, dann stützte ich mich auf und schaute ihn an. Seine Augen waren geschlossen, sein Kinn und sein Brustkorb mit Sperma bedeckt. Er sah vollkommen selig aus.

„Das ist das beste Silvester, das ich je hatte."

Ich kroch auf dem Bett herum. Er öffnete ein Auge, um zu sehen, was ich machte. „Findest du?", fragte ich, ehe ich mich neben ihm fallen ließ und mit einem

Finger durch ein paar Tropfen der Wichse strich, die auf seinem Brustkorb trockneten.

„Ich weiß es."

Das machte mich unglaublich glücklich. „Ich bin total in dich verliebt, Layton."

Er warf seine Arme um meinen Hals und küsste mich mit wilder Leidenschaft. „Du musst verrückt sein, mich zu lieben. Ich bin ein verdammter Zugunfall, Ad."

„Dann ist es ja gut, dass wir für die Railers arbeiten. Siehst du, was ich hier gemacht habe? Railers und Züge und… es tut mir leid. Wirklich leid, der Filter für schlechte Witze ist ausgefallen oder so."

Er blinzelte angesichts der Dummheit meines Kommentars. Dann lachte er und das war die herrlichste Sache, die ich je gehört hatte. Nun, natürlich gleich nach dem Klang, als er gesagt hatte, dass er mich liebte.

ALS ICH AM nächsten Morgen aufwachte, lag Layton eng an meinem Rücken, sein Arm ruhte auf meiner Hüfte, ein Bein zwischen meinen. Es war so schön, dass ich einfach für ein paar Minuten ruhte, sein Gewicht, das gegen mich presste, genoss, sowie den Geruch nach Sex und Mann, der das Schlafzimmer erfüllte. Der Wecker auf meinem Handy ging an. Leise fluchend glitt ich unter ihm hervor, fand mein Handy in der Tasche meiner Hose und schaltete das verdammte Ding aus.

„Vielleicht irgendwann im Juni", murmelte Layton.

Ich schnaubte, warf die Decke über seinen verführerischen Körper und ging duschen.

Ich hatte Morgentraining in ungefähr zwei Stunden und heute Abend ein Spiel. Dann würden wir nach Boston fliegen, um gegen Brady Rowe und seine großen, bösen Jungs zu spielen. Tennant war ganz aufgeregt. Nach dem Spiel gegen Boston würden wir nach Pittsburgh hüpfen, für das erste aufeinanderfolgende Spiel, das uns in der nächsten Nacht in Harrisburg wieder gegen Pittsburgh spielen sehen würde. In dem Wissen, dass ich den Großteil der Woche weg sein würde, wollte ich sicherstellen, dass dieser Morgen besonders speziell war, damit er zu der extra speziellen Nacht passte.

Ich entschied mich, zu kochen.

Es konnte nicht so schwer sein, oder? Ich meine, man haut einfach ein paar Eier in eine Pfanne und steckt etwas Brot in den Toaster. Voila! Frühstück. Es war ja nicht so, dass ich irgendetwas Ausgefallenes machen würde, wie Apollo das ständig tat. Ich beeilte mich, weil die Zeit essenziell war. Ich musste nach Hause, mir einen Anzug holen und zurück ins Stadion. Vielleicht sollte ich ein paar Kleidungsstücke hierherbringen. Ich dachte darüber nach, während ich etwas Butter in eine Pfanne klatschte, die ich in der Spülmaschine gefunden hatte. Nur ein paar Anzüge und ein paar lässige Sachen. Ich war beinahe die ganze Zeit über hier und ständig wegen sauberer Unterwäsche nach Hause laufen zu müssen war wirklich nervig. Ich würde darüber nachdenken, während ich unterwegs war.

Die Butter in der Pfanne zischte. „Cool", murmelte ich, wandte mich dann meinem Handy zu, um Musik zu bekommen. Ich fühlte mich ganz hervorragend, also kein softes oder trauriges Zeug. Rick Astley ertönte lautstark und alles war gut in der Welt. Ich tanzte durch die Küche, während Rick versprach, sein Mädchen niemals aufzugeben. Ich ließ vier Scheiben in den Toaster fallen, sang dabei zusammen mit Rick, weil ich mich genauso fühlte. Ich würde Layton niemals zum Weinen bringen oder ihn anlügen oder ihm Auf Wiedersehen sagen.

„Die Butter brennt", schrie Layton über Rick hinweg.

Ich wirbelte vom Toaster weg. Er nickte seinen zerzausten Kopf in Richtung des Herds. Ich hörte zu tanzen auf und grinste.

„Du siehst heute Morgen unglaublich aus", sagte ich ihm.

Ein schüchternes Lächeln zog an seinem vollen Mund. In nichts als einer übergroßen Jogginghose, die tief auf seinen schmalen Hüften saß, war der Mann das Inbild von zerzaust, gut geliebt und sexy. Und fick mich, aber diese dünne Linie dunkler Haare, die unter seinen Hosenbund führte, war die erotischste Sache, die ich je gesehen hatte. Ich musste sie lecken.

„Danke. Die Butter brennt immer noch."

Ich warf der Pfanne einen Blick zu. Rauch stieg auf.

„Und das ist nicht gut?"

Layton verdrehte theatralisch seine grauen Augen, tappte dann zum Herd und drehte die Flamme herunter. Robert Palmer fing zu singen an. Ich wackelte zu dem Mann am Herd, küsste ihn auf den Nacken, schlang dann meine Arme um ihn.

„Ich bin ganz süchtig nach deiner Liebe", schnurrte ich in sein Ohr, während er ein paar Eier in die braune Butter in der Pfanne schlug. Mit den Händen auf seinen Hüften bewegte ich ihn zu dem gleichmäßigen Rhythmus vor und zurück. Er lachte wieder, dann fing er an, sich von sich aus zu bewegen. Mein Leben konnte unmöglich noch besser werden.

„Meine Mutter hört sich diese Art Musik an", sagte er, während er unsere Eier verrührte.

„Du liebst es und das weißt du. Schau nur, wie dein Hinterteil sich bewegt." Ich leckte an seiner Schulter, wo sie in seinen Hals überging.

„Du machst das." Ich löste meine Hände von seinen Hüften und sein Hintern bewegte sich weiter. „Scheiße, du hast mich mit Rick Astley infiziert."

„Die Liebe für die 80er ist stark in diesem hier", kicherte ich neben seinem Ohr. Er drehte sich in meinen Armen, seine Augen hell und verspielt. Er küsste mich lang und intensiv. Ich zog ihn eng an mich, als seine Zunge herausglitt und sich um meine schlang.

„Die Liebe für Adler Lockhart ist stark in diesem hier", flüsterte er, als der Kuss endete.

„Du hast mich im wahrsten Sinne des Wortes gerade eintausendmal getötet. Gott, ich bete dich an." Ich bedeckte seinen Mund mit meinem, bis der Rauchmelder anging.

Wir aßen auswärts und hielten uns an den Händen. Am Tisch, wo alle es sehen konnten. Das war meine Idee, genau wie die beiden Teller, auf denen French

Toast und leicht verbrannte Eier aufgetürmt waren. Essen war schwierig. Ich verlor mich immer wieder in Zinnaugen und diesem zärtlichen Lächeln auf der anderen Seite des Tisches.

„Ich liebe dich", sagte ich ihm, während er seinen Stapel Toast butterte. „Ich liebe dich und ich will mich outen."

Er legte sein Messer und die Gabel neben seinen Teller und spießte mich mit einem Blick auf. „Ad, bist du sicher? Das ist eine große Entscheidung."

„Ich bin mir sicher. Ich will der Welt erzählen, dass ich dich liebe. Ich will dich ausführen und deine Hand halten und dich mit French Toast füllen."

„Das kannst du, ohne es zu einer öffentlichen Schau zu machen." Unser Kellner kam mit mehr Kaffee zurück. Wir ließen uns unsere Tassen füllen, ohne je den Blick vom anderen zu wenden.

„Willst du nicht, dass ich mich oute? Machst du dir Sorgen, welche Konsequenzen das für dich hätte? Macht es dir Angst? Ich werde mich nicht outen, wenn das für dich schlimme Dinge bedeutet", sagte ich, nachdem der Kellner fort war, um andere leere Tassen zu füllen.

„Adler, darum geht es nicht. Mir ist recht, was immer du tun willst. Ich will, dass du dich outest, wenn *du* geoutet sein möchtest, aber ich denke, dass du vielleicht von den Gefühlen mitgerissen wirst, die wir füreinander haben." Sein Blick huschte zu einem älteren Paar, das an unserem Sitzplatz vorbeikam. Im Pancake House ging es ziemlich zu. „Du neigst dazu, das zu tun."

„Das tue ich nicht", widersprach ich. Er warf mir

einen steinernen Blick zu. „In Ordnung, vielleicht lasse ich mich manchmal von meinen Emotionen antreiben, aber das ist hier nicht der Fall."

Ah, da war das Lächeln. Es war so hübsch. „Ein Vorschlag. Nimm dir diese Woche unterwegs, um darüber nachzudenken. Sei nicht überhastet."

„Ich mache nie überhastete Dinge und ich werde dir das beweisen. Mach nicht dieses Gesicht."

„Adler, dein Bild ist im Wörterbuch neben dem Wort ‚impulsiv' abgebildet."

„Nein, ist es nicht." Schön, natürlich war es das, aber ich würde in dieser Sache nicht nachgeben. „Ich werde darüber nachdenken, während ich mit dem Team unterwegs bin. Wenn ich zurückkomme, werde ich immer noch genauso empfinden."

„Das ist fair. Jetzt iss dein Frühstück." Er wedelte mit seiner Gabel in Richtung meines Essens, als ob die Diskussion vorbei wäre. „Wir müssen dich in dreißig Minuten ins Stadion bekommen, oder du bist zu spät für den Morgenlauf."

„Ich bin gar nicht so impulsiv", murmelte ich und sägte an meinem Stapel French Toast.

Layton murmelte etwas vor sich hin, das die Worte „Setter" und „ungestüm" beinhaltete. Den Rest verstand ich nicht, weil ich mich entschied, nicht zuzuhören. Ich würde es ihm zeigen. Er würde es schon sehen. Ich würde Mr. Nicht Impulsiv sein. Ich konnte das für eine Woche.

ICH STÜRMTE IN LAYTONS BÜRO, sobald wir aus Pittsburgh zurück waren. Seine grauen Augen leuchteten vor Freude, als er den Blick hob und sah, wie ich seinen ganzen Büroraum vereinnahmte.

„Hey, Babe, sieh dir das an!" Ich zerrte mein Jackett herunter, knöpfte mein Hemd auf, löste meine Krawatte und zog mein Hemd über meine Schulter, um ihm das Tattoo zu zeigen, das ich mir in Boston hatte stechen lassen. „Es ist ein Pokémon, weil ich jetzt in der Railers Pokémon Gruppe bin." Ich wackelte mit meiner Schulter, um ihn dazu zu bringen, etwas zu sagen und um Arcanine zum Tanzen zu bringen.

„Uh", sagte er, legte dann seinen Stift – den, den ich ihm gekauft hatte – auf seine Schreibunterlage. „Seit wann spielst du Pokémon?"

„Na ja, das tue ich noch nicht, aber ich werde. Und all die anderen Jungs in der Gruppe haben ein Tattoo und sie haben gesagt, dass wenn ich ein Teil der Gruppe bin, ich eines brauche. Nett, huh?"

Er kämpfte gegen ein Lächeln. „Verstehe ich das richtig. Du hast dir dieses Tattoo spontan stechen lassen, weil jemand gesagt hat, dass du das solltest, obwohl du dieses Spiel noch nie in deinem Leben gespielt hast?"

Ich zog das Hemd nach oben, um die gelbe Kreatur zu bedecken, die hoch auf meinem linken Bizeps saß. „Größtenteils."

„Und du bestehst immer noch darauf, dass du überhaupt nicht impulsiv bist?"

Ich schob meine Krawatte in die Vordertasche meiner Hose. „Wenn du es so formulierst, klingt es ein wenig überhastet."

Das Lachen brach sich Bahn. Ich liebte es, ihn glücklich zu machen. Wenn ein Tattoo das bewirkte, würde ich innerhalb eines Jahres vom Arschloch bis zu den Ohren tätowiert sein. „Ich habe deine spontane Adlerhaftigkeit wirklich vermisst."

Ich schlug die Tür mit meinem Hintern zu. Das freche Grinsen verließ seinen Mund zu keiner Sekunde. Dem Mund, der unbedingt geküsst werden musste. Von mir.

„Du solltest dir eines stechen lassen, das zu meinem passt. Oh, ich weiß! Wir haben Arcanine auf unseren Armen, dann marschieren wir einfach mit entblößtem Bizeps durch die Stadt. Die Leute werden es sehen, die Sache mit zwei und zwei ergibt vier machen und wir sind geoutet."

„Erstens lasse ich mir kein Tattoo stechen. Diese Idee kannst du vergessen. Zweitens, es ist Ende Januar in Pennsylvania. Dein neues Katzen-Tattoo würde erfrieren."

„Ich glaube nicht, dass er eine Katze ist. Ich bin mir nicht sicher, was er ist. Ein Hund, glaube ich." Ich linste unter mein Hemd auf das Tattoo. „Er ist aber niedlich. Und ich bin nicht Tennant Rowe. Ich komme mit der Kälte klar. Kann ich dich hier in deinem Büro küssen oder ist das nicht professionell?"

„Ich glaube, du und ich, wir haben professionell weit hinter uns gelassen."

Ich lehnte mich gegen die geschlossene Tür, rutschte ein paar Zentimeter nach unten und wartete. Mein Mann erhob sich von seinem Sitz hinter seinem Schreibtisch, kam langsam um die ganzen Möbel herum und war endlich fest gegen meinen Brustkorb gedrückt, seine Hände strichen durch meine Haare.

„Du bist so rothaarig."

„Du hast mich so sehr vermisst."

Seine Finger bewegten sich sanft über meine Kopfhaut. „Ja, so sehr."

Er küsste mich auf eine Weise, die so unprofessionell war, aber unglaublich heiß.

Kapitel Fünfzehn

LAYTON

Iᴄʜ ʜᴀᴛᴛᴇ ᴀɴɢᴇꜰᴀɴɢᴇɴ, die Nachrichten zu fürchten, die ich sah, wenn ich ins Büro ging, trotz der Tatsache, dass sich um solchen Scheiß zu kümmern mein Job war. Twitter flammte ungefähr jede Stunde einmal auf und einige der Kommentare über die Railers waren einfach nur widerlich. Nichts, was ich nicht zuvor gesehen hätte, aber dennoch, ich konnte nicht anders, als das Gefühl zu haben, das einiges von dem, was herumgeworfen wurde, auf mich persönlich gerichtet war. An diesem Morgen jedoch musste ich nicht einmal das verdammte Stadion betreten, um den Hass zu sehen, der versprüht wurde.

Ich hatte mich um solche Dinge schon gekümmert, aber das war, bevor die sehr reale Furcht dazukam, dass mit Adler zusammen zu sein alles vor die Hunde gehen lassen würde. Ich hatte schon zuvor Situation gehandhabt, wo Hass ganz normal war, aber nie, wo es mich auf so tiefe, persönliche Weise betroffen hatte.

Und ich glaubte nicht, dass ich damit klarkam.

Tatsächlich war gar kein daran denken. Ich wusste, dass ich nicht klarkam. Was die Railers hier machten, waren eine Million Schritte vorwärts für die Gleichstellung im Profisport, aber auf persönlicher Ebene, würden die Railers diejenigen sein, die das ultimative Opfer brachten? Würden sie überleben? Würden Ten und Jared das überstehen?

Zur Hölle. Würde Adler verletzt werden?

Und warum zur Hölle fühlte ich mich an diesem Morgen so dramatisch?

Ich sah die Gruppe, die vor dem Sicherheitstor stand, einige in Security-Uniformen, ein paar Spieler. Ich erkannte Arvy und Stan auf der Stelle. Es gab einen Aufruhr, Schubsen und Stoßen und ich hielt an, willens, zumindest zu versuchen, einen Teil meines Jobs zu erledigen, auch wenn das hier eine Hockey-Sache war.

Ich joggte zu ihnen und versuchte zu verstehen, was ich sah. Stan hielt Arvy zurück, zwei der Security-Wächter zankten und bildeten eine Wand zwischen ihnen und einem dritten Security-Typen.

Arvy schrie: „Er war da. Wenn er sagt, dass er nichts gesehen hat -"

Stan zog Arvy ein wenig weiter zurück und ich glitt zwischen sie und die Security-Jungs. Ich schaute sofort zu Bill, denselben Mann, den ich jeden Morgen in Uniform sah, denjenigen, dessen Kinder auf dem College waren, denselben Mann, der immer Guten Morgen sagte. Er sah grau aus.

„Was ist los?", fragte ich und hielt eine Hand hoch, um Arvy am Reden zu hindern, als er einen lauten Fluch ausstieß. Ich wirbelte zu ihm herum. „Geh rein", schnappte ich. „Kameras." Ich winkte hinter sie, wo manchmal Gruppen von Leuten auf die Spieler warteten, Fotos machten und sich Autogramme holten. An diesem Morgen waren es nur zwei, ein wenig weiter hinten und keiner von ihnen schien ein Handy in unsere Richtung zu halten.

Arvy gab nach und schüttelte Stan ab, stapfte an der Security vorbei und traf den neuen Wächter absichtlich mit der Hüfte im Rücken. Er zuckte zusammen und ging aus dem Weg. Stan folgte, hielt kurz an, um mit leiser Stimme mit dem Wächter zu reden. Was er sagte, konnte ich nicht hören, aber es reichte aus, dass der junge Mann sich aufrichtete und nickte.

Lustig wie Stan, der im Team das schlechteste Englisch sprach, die besten Dinge zu sagen hatte.

„Erzählt es mir", verlangte ich erneut.

Die beiden Wächter vor mir, Bill und einer, den ich nicht kannte, vielleicht einer von der Nachtschicht, sahen einander an. Dann, mit einem Seufzen, trat Bill zur Seite und ich sah es.

Die einfallsloseste Beleidigung gegen Schwule aller Zeiten. „Schwuchteln spielen hier."

Ich seufzte und schaute zu dem dritten Wächter, der kurz vor dem Durchdrehen schien, auf eine ‚auf den Boden fallen und weinen' Art und Weise.

„Lasst uns das entfernen", sagte ich. „Holt einen Hausmeister her."

„Schon dabei", sagte Bill und ging in die kleine Security-Hütte.

Ich zog mein Jackett aus, die beißende Kälte eines frühen Pennsylvania-Morgens reichte nicht aus, um mich aufzuhalten. Ich bedeckte das Graffiti und stand da, aber ich brauchte etwas – irgendetwas – um es an Ort und Stelle zu halten.

„Hier", sagte Adler mit sanfter Stimme und beugte sich mit einer Rolle Hockey-Tape über mich. Er tapte das Jackett und wir machten einen Schritt zurück, besahen unser Werk kritisch. Wir konnten immer noch das „r" von *hier* sehen, aber das konnte alles sein. Adler reichte mir seinen Mantel und ich öffnete meinen Mund, um zu widersprechen, bis er eine Braue hob und das erinnerte mich daran, was er über die Kälte gesagt hatte. Außerdem, wenn ich einen Wirbel machte, dann könnte jemand etwas sagen, als ob sie wüssten, dass Adler mich küsste, mit mir schlief und dass wir unsere beiden Autos nur als Tarnung nutzten. Mit einem Mal wollte ich nicht, dass das eine Sache war, während wir hier standen, in dieser beschissenen Situation.

„Wie ist das passiert?", fragte ich den Neuen, der mir nicht wirklich in die Augen sehen konnte.

„Ich habe nichts gesehen", sagt er und ich starrte ihn lange genug an, bis er endlich zu mir aufsah. Dann ließ er den Kopf hängen. „Es tut mir leid. Ich musste auf die Toilette und Ed hat seine Runde gedreht."

Der Hausmeister war innerhalb von Minuten da und das brachte mich dazu, darüber nachzudenken, ob es Farbe auf Vorrat gab, für Fälle wie diesen. War das schon passiert, bevor Ten sich geoutet hatte?

Ich schloss kurz meine Augen, als mein Handy vibrierte und ich Cotes Namen auf dem Bildschirm sah. Der Besitzer konnte noch nicht davon gehört haben, oder?

„Foxx?", sagte er. „Kümmerst du dich darum?"

Ich nickte schweigend, dann wurde mir klar, was ich machte. „Ja, Sir", sagte ich. Er legte auf, ohne irgendwelche Fragen zu stellen.

Wir hatten uns so gut geschlagen, uns um den Hass gekümmert, Veranstaltungen organisiert, um das Profil der Railers zu verbessern, und am Tag zuvor hätte ich ins Stadion gehen können, überzeugt, dass die Railers es schaffen würden.

An diesem Morgen war ich erschüttert.

Als ich mein Büro erreichte, war ich voller Sorge und mir war schlecht, während ich meinen PC hochfuhr und auf die Benachrichtigungen wartete.

Ironischerweise war die letzte Nacht im Netz ruhig gewesen. Es gab zwei neue Memes über Ten und Jared – nichts, mit dem ich nicht fertig wurde, indem ich eine Infografik tweetete, die das Marketing-Team mir in Bezug auf die letzten Erfolge auswärts gegeben hatte. Ich hatte ein Bild, das Tens Statistiken in Perspektive zu seinen Brüdern setzte. Aber wenn ich das benutzte, dann würde ich nur die Aufmerksamkeit auf die Teams seiner Brüder lenken und das Management in jedem dieser Teams war bereits nervös wegen gewisser Dinge, die bei den Railers abliefen und wie sie davon betroffen sein könnten, bevor ich wirklich angefangen hatte, mit ihnen zu arbeiten.

Wie bei dem Spiel letzte Woche, als ein Junge hinter der Bank es irgendwie geschafft hatte, einen Becher lauwarmen Kaffee auf Jared zu werfen, der ihn durchnässte, als er ihn an der Schulter traf.

Was zu Zeit im Fernsehen geführt hatte, wo der

Vorfall immer wieder gezeigt worden war und alles kam zurück auf das Konzept, dass es das *Schwulenproblem* war. Wie sollte ich überhaupt anfangen die Tatsache zu drehen, dass die Kameras Beleidigungen gegen Schwule eingefangen hatten?

Und das Kind war wirklich ein Kind gewesen. Nicht älter als dreizehn und angestiftet ausgerechnet von seiner Mutter.

Ich rieb mir die Augen und zog mein Notizbuch an mich, machte mir eine Notiz, was ich heute tun musste. Zuerst musste ich es schaffen, eine Abschätzung von allem zu machen, was los war. Als ich fertig war, hatte ich das Gefühl, dass wir immer noch am Gewinnen waren. Die Gemeinschaft stand hinter uns, die Fans waren größtenteils akzeptierend, nur ein paar Leute hatten seit der Pressekonferenz ihre Saisontickets zurückgegeben und der ursprünglich heftige Strom an Hass-Mails war zu einigen wenigen verkommen, zwischen gut durchdachten und ausformulierten Reaktionen. Der Ton der Reaktionen auf Tens Coming-out hatte sich subtil verändert, vor allem, als es Ten war, der bei einem überzeugenden Sieg gegen Pittsburgh zwei Tore gemacht hatte.

Das Spiel heute Abend war ein Heimspiel und ich wusste nicht viel über das Team, gegen das wir spielten, nur dass sie auf eine Weise Rivalen waren, die bedeutete, dass die Fans auf beiden Seiten sehr viel skandieren und Schilder hochhalten würden, die wahrscheinlich mit dem Zweck designt waren, unser Team ins Hintertreffen zu bringen.

Ich schrieb mir ein paar Dinge auf, die ich zu Coach

Benning sagen wollte und ging los, um ihn zu suchen, fand ihn in seinem Büro mit seiner Politik der offenen Tür und den Wänden voller Bilder von Spielern, Teams und ein paar mit dem Stanley Cup, der, wie ich wusste, den Hockeyspielern viel bedeutete. Benning war von der alten Riege und ich hatte erwartet, dass er bei dem ganzen Prozess sehr zurückhaltend sein würde, aber er war überraschend umgänglich.

Ich klopfte an den Türrahmen. „Kann ich mit dir reden?"

Er bedeutete mir, einzutreten. „Möchtest du die Tür schließen?"

Ich dachte nicht, dass er mich bat – er klang resigniert – und ich schloss die Tür und lehnte mich dagegen.

„Ein paar Tweets, Posts, sie reden über das Spiel heute Abend und ich möchte dir versichern, dass das Management jegliche Drohungen gegen die Sicherheit der Spieler sehr ernst nimmt." Ich stoppte, weil das sehr nach Management-Gerede klang und das verabscheute ich. Außerdem schüttelte Coach Benning den Kopf.

„Du kümmerst dich um die Security. Ich halte meine Spieler davon ab, jemanden zu töten, wenn sie wütend werden."

Das war genau das, was ich hören wollte. Ich musste wissen, dass die Spieler sicher waren und dass sie meine Reden ernst genommen hatten. Nur der Coach würde in der Lage sein, es ausreichend schwarz und weiß zu malen, damit das Team die Worte wirklich verstand.

Sich nicht von den Dingen, die ihnen zugerufen wurden, provozieren zu lassen. Nicht wütend zu werden.

Als ich sein Büro verließ, dabei die Tür offenließ, nahm ich absichtlich den langen Weg zurück zu meinem winzigen Büro, nur um die Möglichkeit zu meiden, irgendwelchen Spielern zu begegnen. Ich war nicht bereit, irgendeinem von ihnen in die Augen zu sehen und ihnen zu sagen, sich zu entspannen und sich keine Sorgen zu machen.

Weil ich ihnen das Gegenteil von dem sagen würde, was ich empfand.

Als ich mein Büro erreichte, meldete ich den neuesten Schwung drohender Tweets der Polizei, die sie notierte, denn das war alles, was sie tun konnte.

Dann schloss ich mich in meinem Büro ein und kümmerte mich um die Dinge, mit denen ich klarkam. Die Verbindung zwischen unserem Team und dem von Boston und die Anfragen zweier kanadischer Teams. Dinge, die ich kontrollieren konnte.

Und ich machte mir keine Sorgen darüber, was heute Abend passieren konnte oder ob Ten eine Zielscheibe auf seinem Rücken hatte.

Aber vor allem musste ich Adler vergessen und seine naive Annahme, dass er sich gerne vor allen outen würde, als ob das für einen Profi-Athleten nicht das Härteste war, was er tun konnte. Er sagte, dass er mir vertraute, die Ansichten der Menschen zu ändern, ein Team nach dem anderen. Ich wünschte, ich würde mich so positiv fühlen.

ICH SAH mir das Aufwärmen von der Pressebox aus an, war mehr davon abgelenkt, die Menge zu beobachten als das Team. Es gab eine breite Bahn in den Farben des gegnerischen Teams, aber ich hatte weder bei ihnen noch bei unseren Fans irgendwelche Poster entdeckt, als die Kamera über die Menge schwenkte. Alles schien ruhig zu sein, nur zwei Gruppen Fans, eine größer als die andere, da, um sich ein Hockeyspiel anzusehen.

Dieser Abend gehört den Railers, der Kampf war nicht leicht, aber der Sieg, ein Shutout, war schwer erkämpft und ich wusste jetzt genug über Hockey, um den Eindruck zu bekommen, dass sie gut gespielt hatten. Abgesehen von ein paar Gesängen, die mehr gegen den armen Stan im Tor gerichtet waren als gegen den Rest des Teams, war die Menge freundlich.

Das gegnerische Team verließ das Eis und die Railers stießen Stan mit den Köpfen an und boten ihm halbe Umarmungen. Stan brauchte ein wenig länger, um das Eis zu verlassen, aber er hatte dieses komplizierte Tätscheln, das er mit dem Netz machte. Wie Adler mir erklärt hatte, war das Stans Art, dem Netz für seine Hilfe zu danken. Er war der Letzte, der das Eis verließ, fuhr langsam auf die Bank zu, sein Helm auf seinem Kopf nach oben geschoben. Er hatte sich Wasser ins Gesicht gespritzt und grinste. Ich sah Ten, der am Tunnel auf ihn wartete, ihn in eine Umarmung zog. Es gab schnelle Bewegungen, wo sie standen, aber ich war daran gewöhnt, Stans und Tens kompliziertes Handschüttel-Ding zu sehen, bei dem zu viele Schläge auf den Hintern involviert waren, um absolut hetero zu sein. Ich lächelte noch, als es im Presseraum tödlich still wurde. Stan lag auf dem Eis, Ten über ihn gebeugt und die Security war am Tunnel.

Ich dachte nicht nach. Ich lief einfach los.

Ich hatte noch nie so viel Blut auf dem Eis gesehen, aber Adler war direkt neben mir, immer noch in seiner Uniform, versicherte mir, dass Kopfwunden höllisch bluteten und dass es wahrscheinlich nur ein Cut war.

Ten hatte einem Kind in den Rängen am Tunnel einen Puck zugeworfen und der Dad des Kindes hatte ihn wütend zurückgeschleudert. Stan, mit seinen Goalie-Reflexen, hatte sich zwischen den Puck und Ten geschoben, der Puck war gegen ihn gekracht. Stan war schwer aufs Eis gefallen.

So viel Blut, zusätzlich zu der Tatsache, dass die Mediziner Stan auf einer Trage vom Eis holten.

Die Security schaffte den Dad und das weinende Kind von der restlichen Menge weg, sowie von den Spielern, die alle ein Stück von demjenigen wollten, der ihren Goalie verletzt hatte. Nirgendwo hatte ich je die „beschützt den Goalie" Mentalität intensiver gesehen als in der Umkleide von wütenden Spielern. Ich verweilte im Hintergrund des Raums. Was sollte ich sagen? Was hätte ich tun können? Das arme Kind, nicht mehr als sieben oder acht, hatte gehört, wie sein Vater Hass ausspuckte, und hatte die Gewalt aus nächster Nähe erlebt.

Ten war still, Jared saß neben ihm, ihre Knie waren zusammengepresst. Ten war blass und Jared sah aus, als wäre er bereit, jemanden umzubringen. Ich konnte nur daran denken, dass ich die Kontrolle über die Situation verloren hatte. Worte würden den Hass nicht stoppen.

Was hatte das Team sich dabei gedacht, mich anzuheuern, um dieses Problem in Ordnung zu bringen? Ich wollte nur alle wieder zurück in den Wandschrank schieben, damit sie sich dort versteckten, wo es sicher war.

Die Tür öffnete sich und Stan schlenderte herein, sein Gesicht geprellt und geschwollen, mit Stichen über dem Auge.

„Bin in Ordnung", verkündete er und wedelte mit seinen Händen vor seinem Gesicht. Alle versammelten sich um ihn. Er würde noch einen Spezialisten aufsuchen, aber das würde ihn nicht davon abhalten, zuerst das Shutout zu feiern.

Der schlimmste Teil war nicht, als Ten ihn umarmte, es war, als Jared es tat, ihm mit gebrochener Stimme dankte.

ICH BEGAB mich nicht direkt nach Hause, fuhr ziellos herum und dachte darüber nach, was jetzt im Moment getan werden konnte und was nicht. Ich hatte ein paar Stunden mit Schadensbegrenzung verbracht und war stolz auf die Fans, die Teil eines Brunnens der Unterstützung für Stan und dann Ten und Jared waren. Die meisten waren entsetzt und als die Spieler anderer Teams anfingen, Aufrufe zu retweeten, die für mehr Spielersicherheit plädierten, schien es, als ob es etwas gebracht hätte, dass Stan blutbedeckt war, für Ten einen Puck ins Gesicht abfing.

Als ich endlich zu Hause ankam, wusste ich, dass Adler da sein würde. Er hatte keinen Schlüssel für meine Wohnung, das war etwas, auf das ich hingearbeitet hatte, als ich die Hoffnung gehabt hatte, dass ich das

Richtige machte. Jetzt? Nun, verdammt, jetzt war ich mir nicht mehr so sicher.

Adler stieß sich von der Wand ab, als ich die Tür aufsperrte und folgte mir nach drinnen. Er umarmte mich von hinten, als die Tür geschlossen war und für ein paar Sekunden erlaubte ich es. Er hatte jenen Teil von mir zusammengeflickt, der sich entzogen hätte. Ich vertraute ihm, dass er mich hielt und mir nicht wehtat. Aber das hier musste aufhören.

„Ich bin fertig damit", sagte ich, schaute immer noch von ihm weg, war immer noch in seinen Armen.

Sein Griff verstärkte sich für einen Moment, dann drehte er mich vorsichtig zu sich um. „Layton?" Er klang verwirrt, aber da war immer noch der Hauch eines Lächelns, das seine Lippen wölbte.

Ich wankte auf ihn zu, mein Körper verriet meine logischen Gedanken, dass Adler nicht hier sein sollte und auf der Stelle gehen musste. Entschlossen trat ich zurück und von ihm fort und seine Hand fiel von der Stelle, wo er meinen Arm leicht gehalten hatte.

„Was stimmt nicht?", fragte er.

„Unser Goalie hätte ernsthaft verletzt werden können. Ich habe Selbstzweifel eingelassen und die Stimmung der Menge falsch eingeschätzt."

Adler schüttelte seinen Kopf. Sein Lächeln war ein wenig verblasst, aber er hatte die Ausstrahlung eines Mannes, der bei all dem die schlechte Seite nicht sehen konnte.

„Es war ein Mann", sagte Adler.

Er trat auf mich zu, aber ich bewegte mich rückwärts, ging in die Küche, damit die Arbeitsfläche zwischen uns war. Ich hatte keine Angst vor Adler – ich war zu Tode verängstigt, dass ich nachgeben würde, wenn er mich berührte. Adler musste sicher sein, zumindest noch ein wenig länger. Warten, bis es die Norm war, einen geouteten Hockeyspieler zu haben und nicht etwas, das in die Höhe gehalten und untersucht wurde. Ich würde immer noch meinen Job machen, aber ich würde nicht dafür verantwortlich sein, dass Adler seine Barrieren senkte. Er war mit seinem Geheimnis eine lange Zeit ein professioneller Hockeyspieler gewesen – warum sollte er das ruinieren, nur um mit mir zusammen zu sein?

Ich hatte noch nicht einmal entschieden, dass ich hierbleiben würde.

Das hier war eine kurzzeitige Affäre.

Sex. Nicht mehr.

Ich sagte mir das immer wieder, bis ich die Worte beinahe glaubte.

„Ich muss mich auf das hier konzentrieren", fing ich lahm an. „Darauf, sicherzustellen, dass ich das Narrativ für diese Situation verändere." Ich plapperte, das wusste ich, aber Adler hörte zu und war nicht näher gekommen. Er schob seine Hände in seine Taschen und wartete geduldig darauf, dass ich fertig wurde.

„Ich bin nicht bereit dafür, dass du verletzt wirst", schloss ich.

„Ich bin alt genug, um das für mich selbst zu entscheiden", sagte Adler in vorsichtigem Ton. „Und ich liebe dich."

Ich schaute ihn an, ihn direkt, den Mann, in den ich mich verliebt hatte und ich wusste, dass ich Raum brauchte, um einen klaren Kopf zu bekommen. Wenn er sich outete, würden die Leute es nicht verstehen.

„Ich liebe dich auch", sagte ich. Es machte keinen Sinn zu lügen. „Aber ich werde nicht dafür verantwortlich sein… Ich habe Arbeit zu erledigen… Du musst…" Ich hielt inne, weil meine Gedanken durcheinander, chaotisch und falsch waren.

„Niemand wird mir wehtun", sagte er und ich dachte wirklich, dass er das glaubte.

„Sie haben mich diese Namen geheißen, sie haben mich verflucht, auf mich gespuckt, mich zu etwas gemacht, das sie ficken können und dann haben sie mich nackt am Straßenrand zurückgelassen, Adler."

Ich wusste in diesem Moment, dass ich es verpatzt hatte. Ich hatte ihm nicht gesagt, dass es mehr als ein Junge gewesen war, der mich verletzt hatte, dass es eine Gruppe gewesen war, die betrunken, high und voller Hass gewesen war.

„Sie", murmelte er. „Layton -"

„Ich brauche nur etwas Ruhe, um all das zu überdenken", sagte ich mit verzweifelter Stimme.

Und wie der beste Mann auf der ganzen Welt, der rücksichtsvollste, verständnisvollste feste Freund, die freundlichste aller Seelen, nickte er und ging mit einem leisen „Ich liebe dich – vergiss das nicht."

Ich versuchte es.

Kapitel Sechzehn

ADLER

ER DACHTE, ich wäre gegangen. Ich nahm an, das war ich, auf gewisse Weise. Ich war nicht länger in seiner Wohnung oder direkt vor seiner Nase, aber ich war im Flur, starrte auf die Tür zu seinem Heim, wünschte mir, sie würde sich öffnen und Layton zeigen, der mich wieder hereinrief. Vielleicht hatte er seine Meinung geändert und wollte mich wieder um sich haben. Nach dreißig Minuten ohne geöffnete Tür musste ich akzeptieren, dass er im Moment nicht bereit war für mich… oder je wieder. Ich war wieder nicht gut genug gewesen.

Und diese Furcht und Wut und Hilflosigkeit und Bedauern und Schmerz fingen an, sich in meinem Brustkorb zu ballen. Ich wollte etwas für ihn tun, aber es gab nichts, was ich tun konnte. Ich wollte in der Zeit zurückreisen und die Arschlöcher finden, die meinen Mann missbraucht hatten und sie zu Brei schlagen. Ich wollte Löcher in die Wände dieses hübschen Flurs rammen, aber ich konnte nicht. Darum verließ ich das Gebäude und fuhr durch Harrisburg, bis ich kein Benzin mehr hatte. Dann ging ich zu Fuß. Irgendwie landete ich vor dem Capitol-Building. Es war noch nicht offen. Ich setzte mich auf die Westseite der großen Treppe, die zu dem beeindruckenden weißen Gebäude hinaufführte. Das Eis auf den Stufen machte meinen Hintern kalt. Ich stand nach einer Weile auf, die Hände in meinen Taschen und ging weiter.

Ich fand mich am Ende am Susquehanna River wieder. Große Eisbrocken befanden sich an den Ufern. Mein Atem gefror vor mir. Ich fühlte mich innerlich leer. Leer und wütend. Wütend auf diesen dämlichen, hasserfüllten, homophoben Fan, der nicht wollte, dass sein Sohn den Puck eines queeren Spielers bekam, auf die Presse, meine Eltern und mich selbst. Irgendwie war meine Liebe nicht genug gewesen für Layton. Ich war als fester Freund nicht gut genug gewesen. Wahrscheinlich, weil ich die Tatsache versteckt hatte, dass ich sein fester Freund *war*. Ich war nie gut genug gewesen…

Und so nährten die Wut und die Abscheu vor mir selbst die Verwirrung und die Furcht und es vervierfachte sich. Am nächsten Abend war es so groß, dass das alles war, aus dem Adler Lockhart bestand. Ich war ein fahrender Ball aus Chaos kurz vor dem Ausbruch. Alles, was es brauchte, wären ein Kommentar oder ein Schubser. Ich bekam beides zehn Minuten nach Beginn des Spiels gegen Philadelphia. Der Schubser kam von Gabriel Marsan, ein Verteidiger von Philly, der als einer jener Spieler bekannt war, die gerne ausreizten. Er beging selten den Fehler, es zu übertreiben, aber wenn er etwas anzetteln und einen Penalty bekommen konnte, dann würde er das tun. Er war in beidem gut – Penaltys zu provozieren und mit seinem Schläger in ein summendes Hornissennest zu stochern.

Den ersten Schlag in der Ecke ignorierte ich, auch wenn mein Handrücken von dem Treffer blau werden würde. Beim zweiten und dritten Schlag warnte ich ihn. Er lächelte und fragte, ob meine Mommy kommen und mein Aua küssen musste. Vielleicht war es die Kadenz seines schweren französisch-kanadischen Akzents, oder vielleicht war es sein Gesicht oder die Nummer auf seinem Sweater. Vielleicht war es die Tatsache, dass der Mann, den ich liebte, gesagt hatte, dass er Zeit von mir getrennt brauchte. Wahrscheinlich war es Letzteres, weil Gabe und ich noch nie zuvor Probleme gehabt hatten. Normalerweise lachte ich über seine Versuche, mich dazu zu verleiten, etwas Dummes zu tun. An diesem Abend... nun, an diesem Abend war ich verloren im dumm-wütend.

Wir trafen uns während eines kleinen Scharmützels hinter unserem Netz. Unser Ersatz-Goalie, Jens Hedlund, hatte den Puck gegen die Bande abgefälscht und er war hinter seinen Torbereich geschlittert. Gabe und ich erreichten den Puck gleichzeitig. Alles war gut. Er schaffte es, denn Puck zwischen meine Skates zu schlagen, wo Tennant – der immer noch von Schuld verfolgt aussah, wegen der Verletzung seines besten Freundes Stan – den rollenden Puck aufnahm und in

Richtung des anderen Endes des Eises aufbrach. Gabes Schläger endete zwischen meinen Beinen auf eine Weise, die man als Fuß stellen hätte ahnden sollen. Ich ging zu Boden und nahm den großen Verteidiger mit. Durch Glück landete ich auf ihm. Die Schiedsrichter waren dem Puck gefolgt, dachte ich zumindest.

„Geh, verdammt noch mal, von mir runter, es sei denn, du möchtest einen Kuss, Lockhart", knurrte Gabe, zwinkerte dann. Normalerweise hätte ich ihn vielleicht einfach so aus Spaß sogar auf sein Visier geküsst. Heute Nacht interpretierte ich dieses Zwinkern als etwas, das, wenn ich es mit einem klaren und glücklichen Herzen noch einmal reflektierte, es nicht war. Gabes Helm landete irgendwie in meinen Händen und ich fuhr damit fort, seine Melone ein paar Mal gegen das Eis zu schlagen. Er bekam seinen Schläger hoch und traf mich damit am Kinn. Blut fing an zu fließen. Trillerpfeifen erklangen. Männer in Schwarz und Weiß packten mich und zogen mich von Gabe herunter, der von dem Gewaltausbruch vollkommen überrascht war. Sicher, das war Hockey, aber er und ich hatten eine Geschichte und wir machten schon seit Jahren Witze untereinander. Ich sprang ihn an, wurde dann vom Eis eskortiert. Ein Trainer kam zu mir, schob ein Handtuch unter mein Kinn, um das Blut aufzufangen, das aus mir herausfloss.

Ich hörte, wie der Sprecher meine Penaltys verkündete, während ich unter dem jetzt abgedeckten Tunnel in die Umkleide stürmte. Nett. Ein Anzetteln und ein Fehlverhalten. Das war es für mich in diesem

Spiel. Das meiste von dem, was folgte, bekam ich nicht wirklich mit, abgesehen davon, dass wir das Spiel verloren. Ich brauchte vierzehn Stiche am Kinn, dann schälte mir Coach Benning den Arsch wie bei einem Cortland Apfel. Es war wohlverdient. Das Team war tief getroffen von dem Verlust von Stan, gepaart mit dem Hass, der auf Ten und Jared gerichtet war und jetzt hatte ich die ganze Situation noch stressiger gemacht. Und das Schlimmste an dem ganzen dämlichen Zwischenfall war, dass jetzt, wo ich einen Teil meines toxischen Selbsthasses herausgelassen hatte, ich wusste, dass mein Handeln die eine Person treffen würde, die ich nach besten Kräften schützen wollte.

Layton.

Er würde unter dem Druck stehen, mich weniger wie ein Arschloch aussehen zu lassen, als ich es war. Ich zog mir meine Ausrüstung aus und warf sie in meinen Spind, duschte dann allein. Ich rieb mir das Gesicht so wild, dass ich mir sechs Nähte herausriss und sie neu nähen lassen musste. Dieses Mal entschied ich mich gegen eine Spritze, um den Bereich zu betäuben. Vielleicht würde der Schmerz mich wieder auf Spur bringen. Als ich endlich zusammengenäht war, waren die anderen Spieler vom Eis herunter und auf dem Weg nach Hause. Ich entdeckte Tennant, als ich das Büro des Team-Arztes verließ. Er hielt einen Finger in die Höhe, darum blieb ich vor ihm stehen.

„Nein, Brady, ich kümmere mich darum." Ten verdrehte die Augen, aber es befand sich immer noch ein wenig Humor in ihnen. Keiner von uns fühlte sich besonders aufgekratzt. „Ich muss gehen. Ja, ich werde Mads sagen, dass er durchhalten soll. Uh-huh. Bis dann."

Er schob sein Handy in die Vordertasche seiner Anzughose. Er war ebenfalls bereit, das Stadion zu verlassen.

„Der große Bruder macht sich Sorgen?", fragte ich.

„Das ist sein Dauerzustand." Tennant seufzte. „Komm mit. Ich will mit dir reden."

Ich ging neben ihm her auf unserem Weg durch die Flure, an Büros und Räumen, in denen Kufen geschliffen wurden, vorbei, bis wir den jetzt leeren Presseraum betraten. Tennant schloss die Tür, musterte den Bereich dann lange, sein Ausdruck nachdenklich.

„Was ist los?"

„Weißt du, manchmal hasse ich diesen Raum." Er schaute finster die Stühle an, die das Pressekorps hielten. „Ich meine damit, dass es nicht die Medien sind, die der Grund für all diesen Hass sind. Nicht wirklich", fügte er hinzu, schaute mich dann um Bestätigung heischend an. Ich nickte. „Es sind die Leute. Leute hassen. Regierungen hassen. Religionen hassen. Und die Presse, sie nimmt einfach nur die Stimmung auf und berichtet davon."

„Bereust du es, dich geoutet zu haben?" Diese Frage hatte mich seit der Pressekonferenz beschäftigt, die Layton so perfekt orchestriert hatte. Verdammt, aber ich vermisste ihn. Es war, als ob ich eine Gliedmaße oder ein Organ verloren hätte. Nun, mein Herz war zerschmettert und wie Staub verblasen, also nahm ich an, dass ich das hatte…

„Nein, nicht für eine Sekunde." Er klang überzeugt, aber dann glitt die Entschlossenheit ein wenig aus seinem Gesicht. „Lass mich das neu formulieren. Ich bereue nicht die Entscheidung, die Mads und ich getroffen haben, uns zu outen. Ich bereue, dass die Tatsache, dass wir eine Beziehung haben, einem meiner besten Freunde Schmerz und eine Verletzung eingebracht hat. Ich… Ich kann nicht aufhören, das Gewicht dieses Moments zu spüren. Dass Stan jetzt wegen mir verletzt ist. Das bereitet mir Probleme."

„Ten, nicht du hast Stan wehgetan, es war Hass. Blinder, dummer, schwarzherziger Hass, der unseren Goalie umgerissen hat." Ich neigte mich zur Seite, um seinen Blick einzufangen.

Er bewegte seinen Kopf auf diese Weise, wie Männer es tun, wenn sie wollen, dass du denkst, sie würden dir zustimmen, es aber nicht *wirklich* tun. „Danke dafür. Mads erzählt mir dasselbe im Stundentakt, aber die Schuld ist immer noch da, wie ein Anker, der in meinem Brustkorb sitzt." Er atmete tief ein, entließ den Atem dann langsam. „Denkst du darüber nach, dich zu outen?"

Mein Mund und mein Gehirn gerieten aus dem Takt. Das erste echte Lächeln seit Tagen erschien auf Tennant Rowes Gesicht.

„Ich – was?", stammelte ich.

„Ad, im Ernst, es ist ziemlich offensichtlich für jeden, der Augen im Kopf hat. Die Art, wie du Layton Foxx ansiehst und wie er darauf reagiert, wenn du einen Raum betrittst? Es ist klar, dass ihr beide etwas Starkes am Laufen habt." Er lehnte sich an die Wand neben der

Doppeltür, seine scharfen grünen Augen auf mich gerichtet.

„Ich… Uh, ich bin mir nicht sicher, wo wir stehen, darum ist es nicht so, als wäre ich bereit, darüber zu reden, verstehst du?" Wow, ich hatte mich gerade vor Tennant geoutet. Und es fühlte sich… in Ordnung an.

„Oh ja, ich weiß", sagte er mit einem verständnisvollen Nicken. „Es ist, als wäre man Farbe in einer Dose. Du bist nur diese eine, langweilige Farbe, richtig? Wie gewöhnliches altes Weiß. Und dann öffnet jemand den Deckel und fügt diese wunderschöne neue Farbe hinzu. Vielleicht ist es Aquamarin oder Violett oder Magenta. Und dann werdet ihr beide in eine Maschine gesteckt, die euch wie wild schüttelt und rührt. Du willst kotzen und lachen und weinen, aber du drehst dich zu schnell, um überhaupt zu wissen, welche Emotionen du fühlen sollst. Dann hört das Wirbeln auf und du und er, ihr seid diese neue, total atemberaubende Farbe, eine Kombination aus Farben, die wunderschön ist und dir das Wasser in die Augen treibt."

„Das war poetisch", murmelte ich. Tens Nase runzelte sich peinlich berührt. „Es fühlt sich an, als wären Layton und ich jetzt beim Schütteln und Kotzen." Ich schob meine Hände unter meine Achseln. „Aber nach dem ganzen Kreiselscheiß wird es besser, oder?"

Die Tür öffnete sich. Coach Madsen schaute herein. Der Ausdruck auf seinem Gesicht, als er Tennant entdeckte, beantwortete meine Frage besser, als Worte das jemals gekonnt hätten. Diese beiden Männer liebten einander so sehr, dass ich mich deswegen ganz sentimental fühlte. Ich wollte das mit Layton.

„Hey, da bist du." Coach schaute Ten an, dann mich. „Adler, wirst du dich irgendwann in nächster Zeit setzen können?"

„Nicht in den nächsten Tagen", gab ich zurück. Wir beide bezogen uns auf den Anpfiff, den ich vom Head Coach bekommen hatte.

„Hoffentlich wird die Liga nicht zu streng sein." Er klopfte mir auf die Schulter. „Ten, bist du bereit, nach Hause zu fahren?"

„Ja, gib uns eine Sekunde, in Ordnung?" Ten lächelte Mads an. Man konnte die Zuneigung für Jared spüren, die von Ten abstrahlte.

„Klar." Coach Madsen warf seinem festen Freund einen neugierigen Blick zu, zog sich aber aus dem Raum zurück, ließ uns allein.

„Schön, hier kommt, worüber ich mit dir reden wollte. Ich stehe hinter dir, in Ordnung? Du und ich, wir passen zusammen. Unser Block ist eine Einheit. Dieses Team hat Potenzial. Unser ganzer persönlicher Scheiß beiseite, du gehörst in dieses Team und ich sehe dich jetzt als Railers-Spieler. Du hast schließlich Arcanine auf deinem verdammten Arm. Du bist einer von uns."

„Danke. Das bedeutet mir sehr viel." Ich bot ihm meine Hand an. Er schob sie zur Seite und packte mich für eine schnelle, feste Umarmung.

„Es ist es wert, Adler", versicherte er mir, joggte dann los, um Coach Madsen zu finden und nach Hause zu gehen. Zusammen. Als Paar.

Ich wusste, dass ich mich dafür entschuldigen

musste, ein Versager zu sein, verließ die Arena, setzte mich hinter das Steuer meines BMWs und fand mich dort wieder, wo dieser ganze traurige Abstieg in den Gülle-Teich angefangen hatte. Bei Laytons Wohnung. Mein Handy fing an zu klingeln. Es war Apollo. Ich ließ ihn auf die Voicemail gehen. Auf gar keinen Fall konnte ich jetzt mit ihm reden. Er würde mich angehen und zu wissen verlangen, welche idiotische Verrücktheit mein Gehirn überkommen hatte. Ich schaltete den Motor aus und saß im Auto, bis ich meinen Atem sehen konnte. Laytons Licht war immer noch an. Er webte wahrscheinlich seine Soziale Medien Magie, um meinen traurigen Hintern aus dem Feuer zu ziehen. Als ob er das brauchen würde.

„Ich bin so beschissen", seufzte ich, die Worte eine fette Wolke Dampf, der sich auf die Windschutzscheibe setzte und in mehr Eis verwandelte.

Ohne Worte, die ich sagen konnte, machte ich mich auf den Weg zu seiner Tür. Mein Kinn tat weh, mein Herz schmerzte und ich wollte ihn einfach nur halten, weil er ebenfalls litt. Ich klopfte. Ich konnte hören, wie er zur Tür ging. Es gab eine Pause – höchstwahrscheinlich schaute er durch das Guckloch.

„Wenn du im Moment nicht mit mir reden willst, verstehe ich das. Ich…" Ich legte meine Hand auf seinen Türknopf und streichelte ihn an seiner Stelle. Mein Blick fiel auf meine Finger. „Ich wollte dir nur sagen, dass es mir leidtut, Babe. Alles, was dir je zugestoßen ist. Wenn ich könnte, würde ich diese Bürde für dich tragen. Ich würde all den Schmerz und die

Furcht aus deiner Seele saugen und sie in meiner tragen."

Der Türknopf war zunächst kühl, auch glatt, aber während ich ihn streichelte, fing das Metall an, sich unter meiner Hand zu erwärmen. Ich bezweifelte, dass der Mann auf der anderen Seite der Tür es je wieder tun würde. Der Schmerz, das zu denken, zwang mich beinahe in die Knie.

„Ich weiß, dass ich den Scheiß, mit dem du fertig werden musst, nur noch größer gemacht habe." Ich blies lange die Luft aus, meine Fingerspitzen ruhten noch immer auf seinem Türknopf. „Das tut mir auch leid, Layton. Das Einzige, was ich je wollte, war, dich glücklich zu machen, denn dein Lächeln? Wow. Für mich ist es alle Schönheit der Welt in ein Grinsen verpackt."

Die Tür öffnete sich. Meine Finger rutschten zur Seite und mein Blick wanderte langsam über ihn. Er war so verdammt gut aussehend und ich stand kurz davor, ihn zu verlieren. Seine grauen Augen bewegte sich über mein Gesicht und blieben an den riesigen schwarzen Nähten auf meinem Kinn hängen.

„Warum hast du das getan?" Die Frage kam sanft und aus tiefstem Herzen.

Ich dachte eine Minute darüber nach, während ich in seine Zinnaugen starrte, die für immer bei mir sein würden, auch wenn er das wahrscheinlich nicht sein würde.

„Ich wollte für dich bluten. Ich wollte den Schmerz spüren, den du gespürt hast. Ich wollte jemanden für das

Verbrechen gegen dich verletzen. Gabe war der Pechvogel."

Er sagte nichts. Ich nahm das als mein Zeichen zu gehen.

„Schön, nun ja, ich wollte dich nur noch einmal sehen. Um dir zu sagen, dass ich dich liebe." Ich tat einen Schritt rückwärts und machte Anstalten, mich umzudrehen.

„Geh nicht."

„Ja?" Ich konnte mich noch nicht dazu überwinden, ihn anzusehen, für den Fall, dass ich ihn falsch verstanden hatte.

„Ja."

Ich stand in dem Flur, starrte auf einen kleinen Fleck auf dem Teppich, hatte Angst, mich zu bewegen, obwohl mein Herz sich wie ein frisch gefangener Vogel gegen meine Rippen warf.

„Adler, komm rein", sagte Layton mit fester Stimme.

Ich hob den Blick. Er sah aus, als ob er mich vielleicht immer noch lieben könnte, obwohl ich nichts getan hatte, um irgendeine Form von –

„Hör auf, mit egal welchem ‚Ich bin nicht gut genug für dich' Selbsthass-Monolog du gerade in deinem Kopf beschäftigt bist."

„Es ist die Wahrheit." Seine Augen waren warm, richtig? War das Wärme, was ich in seinen Augen sah? „Ich liebe dich so sehr." Das fiel einfach aus mir heraus. Es war die Weichheit in seinem Blick, die mich dumme Sachen sagen ließ.

„Nein, ist es nicht. Du verdienst es, geliebt zu werden, und ich liebe dich auch. Jetzt komm endlich rein, bevor die Nachbarn hören, wie wir uns ewige Liebe schwören." Oh mein Gott, er lächelte ein wenig.

Ich lächelte sehr viel. „Es ist mir egal, ob sie mich hören, Layton. Ich schwöre bei *allen* Göttern über uns, es ist mir egal. Ich will, dass die Welt es weiß."

„Ich kann nur eine gewisse Anzahl Feuer auf einmal löschen, Ad. Ich bin nicht Smokey Bear." Er wedelte mit einer Hand, um mich hereinzulocken. Ich glitt in seinen Raum, aber nicht direkt vor ihn. Er schloss die Tür.

„Wäre es in Ordnung, wenn ich dich für ungefähr eine Sekunde halte?" Ich betete, dass er Ja sagen würde.

„Das würde mir sehr gefallen. Ich scheine mich nicht konzentrieren zu können, wenn du nicht in meiner Nähe bist."

Ich öffnete meine Arme und ließ ihn in meine Umarmung treten. *Nichts* würde je daran heranreichen, wie gut er sich in meinen Armen anfühlte. Die Tränen brachen sich einfach Bahn. Ich ließ mein Kinn auf seine Schulter fallen, zischte wegen der Schmerzen, versteckte aber weiter mein Gesicht. Ich musste für ihn stark sein, nicht andersherum.

Layton presste seine Hand an meinen Nacken. „Du kannst weinen, wenn du musst", flüsterte er und das riss alle Ziegel im Damm in Stücke.

So sollte es nicht sein. Ich war der Hockeyspieler. Es war mein Job, Layton zu halten und ihm Beistand zu geben.

„Oh, Ad, alles wird gut." Seine Hand rieb kleine Kreise zwischen meinen Schulterblättern, während die andere meinen Nacken massierte. Er drückte einen Kuss an die Seite meines Kopfes, während ich schniefte und hustete, meine Finger fest an seinen Seiten.

„Ich will Farbe mit dir sein."

„O…kay. Ich will auch Farbe mit dir sein?"

Ein raues, hustendes Lachen rollte aus mir heraus. „Cool. Wir werden eine wirklich leuchtende und einzigarte Farbe ergeben, Layton." Ich hielt ihn fester, drehte ihn dann ein paar dutzend Mal herum, um sicherzustellen, dass wir gut gemischt waren.

Kapitel Siebzehn

LAYTON

ICH HATTE KEINE AHNUNG, was ich tat.

All die Dinge in mir, die mir gesagt hatten, ich sollte mich von Adler fernhalten, schmolzen dahin, sobald er an meine Tür klopfte. Als ich gesehen hatte, wie er in diesen Kampf geraten war, hatte ich gewusst, dass es zum Teil meine Schuld war. Ich hatte ihn durcheinandergebracht und das tat mir leid – mehr, als er je wissen würde. Ihn hier in meinen Armen zu haben, eindeutig emotional, war ein Moment, der diese Sache zwischen uns definieren würde.

„Ich habe meine Familie angerufen", sagte ich, weil ich wollte, dass er wusste, was ich getan hatte, nachdem er gegangen war. Es war lebenswichtig, dass er meine Furcht verstand. Er hob seinen Kopf nicht von meiner Schulter, aber er murmelte etwas, das wie ein leises „Ja?" klang.

„Ich wollte ihnen sagen, dass ich mich beschissen fühle, wenn ich zu Hause bin, dass es nicht ihre Schuld ist, aber dass wir alle überwinden müssen, was mit mir passiert ist und dass sie aufhören müssen, sich Sorgen zu machen, und ich aufhören muss, sie zu meiden. Es lief größtenteils gut, aber nach vier einzelnen Anrufen, bei denen ich mich jedes Mal erklären musste, war ich fertig. Zach muss es also allen erklären, die noch übrig sind."

Ich spürte, wie seine Schultern zuckten und dachte, er würde wieder emotional werden, aber dieses Mal hob er sein Gesicht und obwohl seine Augen schimmerten, lächelte er.

„Armer Zach", sagte er.

„Er kommt damit klar. Er ist ein großer Junge."

„Stan hat mir eine Nachricht für dich mitgegeben."

„Hat es etwas mit meinen Essgewohnheiten zu tun?"

„Ich habe nur die Hälfte davon verstanden, weil ich auf die Nähte gestarrt habe, die er auf der Stirn hatte."

Ich hörte die Worte, versteifte mich aber nicht auf der Stelle und fühlte mich schlecht wegen Stan. Adler hatte recht – ich hatte keine wirkliche Kontrolle über den Hass eines anderen Mannes. Dennoch zog Schuld sich in meinem Magen zusammen und ich musste durch die Enge in meinem Brustkorb atmen.

Und Adler gab mir die Zeit, das zu tun.

„Also, was hat er gesagt?", fragte ich schließlich.

„Bla, bla, ov, dah, bla, Kaffee, bla, Snickers."

Darüber lächelte ich.

Aber Adler war noch nicht fertig. „Anatoly hat mir erklärt, dass Stans kleine Schwester eine Essstörung hatte. Er ist jedoch nicht ins Detail gegangen."

„Oh." Das ergab Sinn. Ich konnte verstehen, warum Stan sensibel war, wenn man bedachte, dass er auch ein professioneller Athlet war. Wenn überhaupt bewirkte

Stans Sorge, dass mir meine ganze Kaffee-Sucht ein wenig bewusster wurde. Ich machte mir eine geistige Notiz, mehr über Essstörungen herauszufinden und mit Stan darüber zu reden. Letzte Woche war ich über Forschung gestolpert, bei der es um Athleten ging und die Menge an Nahrung, die sie konsumieren mussten und wie streng das sein konnte. Ich wollte alles über das Team wissen und was einen Einfluss auf sie hatte.

„Ich mag Stan", sagte ich.

„Ich war eifersüchtig auf Stan", gab Adler zu. Er umfasste mein Gesicht mit seinen Händen und drückte einen Kuss auf meine Lippen.

„Du hast keinen Grund, eifersüchtig zu sein."

Adler vertiefte den Kuss und ich war ziemlich hilflos, hielt mich an seinem Bizeps fest, als er mich ein wenig nach hinten beugte. Ich wollte meine Hände in seine dichten Haare schieben, aber er hatte immer noch mein Gesicht umfasst und außerdem hatten wir alle Zeit der Welt.

Er lockerte seinen Griff ein wenig und wortlos nahm er meine Hand in seine und zog mich ein wenig in Richtung meines kleinen Schlafzimmers. Ich ließ mich von ihm führen und schweigend zogen wir uns aus, küssten beide jedes winzige Stückchen Haut, das wir entblößten, taumelten in einem Durcheinander aus Gliedmaßen auf das Bett. Irgendwie lag er auf mir und ich spürte einen leisen Anflug von Furcht, aber er wusste es.

Irgendwie wusste er es. Er verstand.

Er bewegte sich, bis ich über ihm lag und dann umfasste er mein Gesicht erneut und küsste mich wieder und ich schmolz einfach nur. Ich wollte ihn so sehr, das nachdrückliche Zerren des Begehrens brachte mich dazu, mich an ihm zu winden, und er drückte sich gegen mich, bis der Rhythmus zu viel wurde und ich auf eine Seite glitt.

„Was, wenn ich nie bereit bin?", flüsterte ich an seiner Haut. „Was, wenn du nie in mir sein kannst …?" Ich konnte die Blockade in meinem Kopf nicht durchdringen.

„Was, wenn es keine Rolle spielt?", gab er zurück. „Weder für mich noch für dich. Und was, wenn was wir haben absolut perfekt und richtig ist?"

Oh Gott, dieser raue, sexy, großmäulige Hockeyspieler spielte mit meinen Emotionen und ich liebte ihn sogar noch mehr.

„Du hast gesagt, dass du gerne -"

„Schluss mit dem Gerede, Foxxzee", sagte er, zog meinen dämlichen Hockey-Nachnamen in die Länge und rollte sich erneut, sodass er halb auf mir und halb von mir herunter war. So konnte ich mich bewegen und das dämpfte das ständige Ziehen der Panik, das mich aus dem Moment reißen konnte.

Er war so zärtlich, dieser große Mann, seine Hände malten Muster auf meiner Haut und ich schloss meine Augen und genoss die Zärtlichkeit dieser langsamen Liebe, die er mir schenkte.

Ich kämmte mit meinen Händen durch seine Haare, zog ihn näher zu mir, brauchte mit einem Mal mehr von seinem Gewicht auf mir und ich küsste ihn, als er sich bewegte und stöhnte in den Kuss.

„Ich sage nicht, dass du nicht Sachen mit mir

machen kannst", murmelte er leise und küsste mich erneut. „Alles, was du willst. Alles, was sich richtig anfühlt."

Der Kuss vertiefte sich wieder und ich löste meine Hände nicht, wand mich ein wenig mehr, damit ich näherkommen konnte, unter ihn, unsere Schwänze hart aneinander. Ich wollte meinen Mund auf ihm, ich wollte feuchte Finger in ihn pressen, ich wollte, dass er so heftig kam, dass er nicht atmen konnte, aber das würde warten müssen, denn im Moment jagte ich diesem sanften Orgasmus hinterher, der sich gerade außerhalb meiner Reichweite befand.

„Ich liebe dich", sagte er, dann wiederholte er es, als er sich auf seine Ellbogen stützte. Ich jagte dem Kuss hinterher, aber er lächelte auf mich herab und rollte seine Hüften.

Game Over. Ich kam so heftig, dass ich es war, der nicht atmen konnte und als er mich küsste, sich an mir rieb in meiner glitschigen Wichse, dehnte mein Herz sich in Liebe zu ihm aus und ich war verloren.

„Ich liebe dich, ich liebe dich", wiederholte ich immer und immer wieder, während er mich küsste und sich wunderschön in einem Orgasmus verlor. Ich klammerte mich an seine Schultern, seinen Bizeps, wollte ihn über den Klippenrand fallen sehen und seine Muskeln spannten sich unter meiner Berührung an.

Dieser Mann gehörte ganz mir. Und ich würde ihn niemals gehen lassen.

„ICH KANN NICHT JEDERMANNS MEINUNG ÄNDERN", flüsterte ich in die Dunkelheit. Wir hatten Pizza bestellt, uns satt gegessen und waren zurück ins Bett gekrochen, umeinander geschlungen, sahen uns an und hielten einander fest.

„Was meinst du damit?"

„Ich habe heute entschieden, ganz egal, was ich tue, sogar wenn es die beste Arbeit ist, die ich je geleistet habe, wird es nie genug sein."

„Du darfst nicht aufgeben", sagte Adler mit Stahl in seinen Worten. Er dachte, ich meinte, ich würde aufgeben? Das war weit von der Wahrheit entfernt.

„Nein, du verstehst es nicht. Ich würde niemals aufgeben. Das tue ich nicht, das kann ich nicht. Ich meine damit, dieser Mann mit seinem Kind, der, der den Puck geworfen hat, vielleicht wird er eines Tages aufwachen und die Welt so sehen, wie wir es tun, richtig? Es könnte passieren, wenn sein Junge sagt, dass er schwul ist, es könnte passieren, wenn sein Lieblingsteam einen schwulen Spieler hat, es könnte passieren, wenn er eine Episode einer Soap Opera sieht, die ihn zum Nachdenken bringt. Wie auch immer es passiert, eines Tages wird er es sehen. Vielleicht. Aber alles, was ich jetzt tun kann, ist das Narrativ zu kontrollieren. Das ist alles, was ich mir selbst sage. Ich kann den Leuten helfen zu sehen und sicherstellen, dass das, was sie sehen, richtig ist."

„Darum liebe ich dich", sagte Adler. „Weil du nicht stoppst, weil du nicht aufgibst und du siehst das Gute in den Menschen, trotz…"

„Trotz dem, was mit mir passiert ist, meinst du."

„Ja." Er verlagerte sein Gewicht ein wenig und ich wusste, dass ihm das Thema unangenehm war, darum hielt ich den Mund. „Gibt es dir das Gefühl... Ist es falsch von mir..."

„Spuck es aus", ermutigte ich ihn mit einem Lächeln, das er nicht würde sehen, aber vielleicht im Ton meiner Stimme hören können.

„Ich will, dass du weißt, dass du mit mir darüber reden kannst – was mit dir passiert ist. Ich mag keinen Bezug zu meinen Emotionen haben, aber das liegt daran, dass ich nicht aus einer Familie komme, die gut mit Gefühlen ist und das weiß ich."

„Blödsinn", sagte ich ohne Nachdruck. „Du hast alle Gefühle, die ganze Zeit. Du kümmerst dich um dein Team, du respektierst andere, du lachst, du willst unbedingt mit den Leuten befreundet sein – das ist so weit weg davon, keinen Bezug zu deinen Emotionen zu haben, wie es nur geht."

„Findest du?"

„Ich weiß es. Also, wir haben mich gemacht", fing ich an und erkannte, dass dies Evil Adler, wie ich angefangen hatte, seine kindische Seite zu nennen, die Möglichkeit gab, herauszukommen.

„Zweimal", sagte er mit einem leisen Lachen, bevor er mich hart küsste.

„Ich meinte, wir haben über mich geredet. Was ist mit dir? Wann werde ich deine Familie kennenlernen?"

Stille. Ich konnte mir vorstellen, wie Adlers Gehirn das verarbeitete. Ich erwartete, dass er die Frage entweder ignorierte, sich in eine ganz andere Richtung davon entfernte oder einen Witz machte.

Als er nichts davon tat und weiter schwieg, spürte ich ein winziges Aufkeimen von Sorge in mir und dann fing er an.

„Sie sind nicht wie echte Eltern", sagte er. „Nicht wie du sie hast, mit all ihrem Getue und ihrer Liebe und sich in deine Angelegenheiten einmischen und sich Sorgen um dich machen und Dinge über dich zu wissen, von denen es dir lieber wäre, wenn sie es nicht täten." Er hielt inne und legte sich auf den Rücken, zog mich mit sich und hielt mich an sich gedrückt. „Aber ja, ich will, dass du sie kennenlernst. Das musst du wohl, nehme ich an, wenn wir diese Sache richtig machen."

Ich wusste, dass er keine Geschwister hatte, hatte den Eindruck, dass seine Eltern die Art sich zurückhaltende Erziehungsberechtigte waren, die die meisten Teenager lieben würden.

„Es gefällt ihnen nicht, dass du Hockey spielst?"

Er schnaubte ein Lachen und es war kein freundlicher Laut. Stattdessen war er mit Hohn gefüllt und ich war mir nicht sicher, ob das gegen seine Eltern oder ihn selbst gerichtet war.

„Cole und Karrie Anne aus Brampton, Maine", sagte er. „Wo fange ich an? Es gefiel ihnen nicht, dass ich geboren wurde, ganz zu schweigen davon, dass ich ein Hockeyspieler bin. Das Einzige, womit sie wirklich ein Problem hatten, war, dass ich schwul bin, aber nur Gott weiß warum, weil sie eine… lass es uns als sehr offene Ehe bezeichnen, haben."

„Du nennst sie nicht Mom und Dad", sagte ich. Das war mir schon zuvor aufgefallen.

„Sie sind nicht wie Eltern. Ich war nicht der Sohn, den sie wollten."

„Du bist ein guter Mann, Adler -"

„In Ordnung", unterbrach er mich. „Ich stelle dich ihnen vor, wenn du mit den netten Sachen aufhörst." Er klang nicht wütend und der Kuss war zärtlich. „Ich will aber, dass du Apollos Eltern kennenlernst − sie sind ziemlich cool und sie waren sehr viel für mich da. Und um ganz offensichtlich das Thema zu wechseln, wir müssen darüber reden, dass ich mich oute."

Ich spannte mich an − ich konnte es nicht verhindern. Irgendwie hatte ich mich in eine Liebe gelullt, die ich genau hier Zuhause behalten konnte, aber das war nicht möglich, oder? Wenn ich ich selbst sein wollte, dann musste ich *ich selbst* sein. Das ergab einen gewissen Sinn für mich, auch wenn ich die Worte nicht finden konnte, um es auszusprechen.

„Ich will es dem Team sagen", verkündete er. „Ten weiß es schon. Wir brauchen keine große Sache daraus zu machen, aber ich würde mich im Team gerne entspannter fühlen. Keine großen Ankündigungen oder so, für eine Weile nicht, damit du dein Narrativ oder wie auch immer du es nennst, kontrollieren kannst."

„Du hast dir Notizen gemacht."

„Immer. Ich will das, was Ten zusammen mit Jared durchmacht, teilen und dabei helfen. Macht das deinen Job schwieriger?"

Ich lächelte in einen weiteren Kuss.

„Jemanden zu haben, der mich liebt und den ich liebe, macht mein Leben leichter", versicherte ich ihm und ignorierte die Sorge, die an den Rändern der Worte kratzte. Nichts, das irgendetwas wert war, war jemals leicht.

„Dann machen wir das also", sagte er.

„Ja. Ich liebe dich."

„Liebe dich auch", murmelte er und vergrub sein Gesicht an meinem Hals, seufzte an meiner Haut. „So sehr."

Epilog

ADLER

Juni

Es war so dumm, nachzusehen. Ich wusste das. Trotzdem…

„Bist du immer noch nicht fertig?" Layton tapste hinter mich.

Ich warf ihm einen schnellen Blick über meine Schulter zu. Die Schulter, die immer noch nicht von einem Oberteil bedeckt wurde. Er hielt einen blassblauen Sweater in die Höhe und schüttelte ihn. Dann wanderten seine grauen Augen zu dem Handy in meiner Hand. Er senkte den Sweater, den er mir gekauft hatte, während Sorge seine unglaublichen Augen verdunkelte.

„Vielleicht haben sie einfach gerade keinen Empfang."

„Ja, vielleicht nicht." Ich schob mein Handy in die Gesäßtasche meiner Jeans, nahm dann den Sweater von Layton. „Es ist in Ordnung. Schließlich ist es nur mein

Geburtstag. Warum sollten sie für zehn *verdammte* Minuten aufhören, Cole und Karrie Anne zu sein und ihrem einzigen Sohn gratulieren -" Ich nahm einen beruhigenden Atemzug, während ich den Sweater über meinen fetten Kopf zog. „Vergiss es. Wir können die Leute nicht dazu bringen, das zu sein, was wir wollen, richtig? Wir können nur unser eigenes Narrativ kontrollieren."

„Das stimmt." Er schenkte mir ein mattes Lächeln, reichte mir dann meine Geldbörse und die Autoschlüssel. Ich stopfte sie in meine vordere Tasche. „Du hörst wirklich zu, wenn ich rede."

„Immer, Foxy Man."

Ich beugte mich hinüber, um mir einen Kuss zu stehlen. Seine Lippen waren weich, warm und einfach zu verdammt verführerisch. In dem Wissen, wohin ein unschuldiger Kuss führen konnte, entschlüpfte Layton mir, ehe ich ihn in die Finger bekommen konnte.

„Die Show fängt in dreißig Minuten an", erinnerte er mich.

„Eine Nacht im Stadion. Yay."

Sein tadelnder Blick war erstklassig. „Es ist nicht so, dass du auf dem Eis bist." Es war eine besondere, finale Show, bei der mehrere Eiskunstläufer auftraten, die bei den Olympischen Spielen gewesen waren, auf dem Eis, das morgen geschmolzen und für die Sommerpause entfernt wurde. „Es ist das perfekte Geschenk für den Mann, der seinen Lebensunterhalt mit Schlittschuhlaufen verdient."

„Layton, sie haben Zacken an den Kufen."

Ich schob meinen Arm in den Ärmel meines

leichten, dunkelgrauen Jacketts. Ich hatte es gekauft, weil es mich, wenn ich es trug, an Laytons Augen erinnerte. Nicht, dass ich ein Jackett brauchte, um irgendeine Art Erinnerung an den Mann hervorzurufen. Er war bei mir, wohin ich auch ging. Tief in meinem Herzen vergraben, beruhigte er mein Gehirn und gab mir das Gefühl, geerdet zu sein. Das war ein seltenes Gefühl für mich. Nur Layton Foxx war je in der Lage gewesen, das zu tun. Und mich mit nur einem geflüsterten Wort so heftig kommen zu lassen, dass ich vor reiner Lust beinahe ohnmächtig wurde.

„Ja, sie haben Zacken an den Kufen." Er seufzte dramatisch. Ich hatte ihm die irgendwie-freundliche Rivalität zwischen Hockeyspielern und Eiskunstläufern erklärt. Wie wir einander anmaulten, wer die härteren, besseren Fahrer waren und welcher Eissport heftiger war. „Und farbenprächtige Kostüme."

Ich folgte ihm aus der Eingangstür seiner Wohnung und wartete, bis er alles abgeschlossen hatte. Ich war mittlerweile so ziemlich die ganze Zeit bei ihm, was Apollo eine Menge Privatsphäre gab. Ich wünschte, er könnte jemand so tollen wie Layton finden, den er lieben konnte.

Da Layton sich große Mühe gegeben hatte, Karten für die Show zu bekommen, hörte ich auf darüber zu jammern, dass es kein richtiger freier Tag war, wenn ich trotzdem an meinem Arbeitsplatz auftauchte, über Zacken an Kufen und Trent Hanson, den großen Star der Eis-Extravaganz, die für eine Show nach Harrisburg gekommen war.

Wir marschierten zu meinem Auto, das neben

seinem geparkt war, eine sanfte Sommerbrise zauste seine Haare.

„Hey", rief ich und warf ihm die Schlüssel zu. Seine Augen leuchteten auf. „Du fährst."

„Wow, das muss wirklich Liebe sein." Er grinste, schnappte sich einen harten Kuss, setzte sich dann hinter das Steuer des BMWs.

„Muss es sein", bemerkte ich, nachdem ich auf den Fahrersitz geglitten war. Er warf mir einen verschlagenen Blick zu, spielte dann eine seiner CDs ab. „Mann, ich bin mir nicht sicher, ob ich dich *so* sehr liebe", stöhnte ich, als „Young and Beautiful" von Lana Del Rey aus den Lautsprechern drang.

„Doch, das tust du."

„Ja, das tue ich."

Er fuhr vom Parkplatz und in den leichten Verkehr. Wir redeten über nichts und alles. Sein Handy meldete sich auf halbem Weg zum Stadion. Er fuhr an den Rand, um zu sehen, wer anrief. Ich konnte erkennen, dass es kein guter Anruf war, weil die Haut auf seiner Stirn sich in Falten legte.

„Den muss ich annehmen", sagte er. Ich drehte die Musik leiser und lehnte mich in den Sitz, beobachtete die Leute, die vorbeigingen und die Sommersonne genossen. Ich entdeckte eine Frau in einem Railers Jersey mit Stans Nummer auf dem Rücken. Obwohl das Team es nicht über die zweite Runde des Stanley Cup Finales hinausgeschafft hatte, hatten wir diese Stadt stolz gemacht und die Zahl unserer Fans wuchs.

Jeder Journalist sagte eine Sache, dass wir es nächstes Jahr weiter schaffen konnten.

„Nein, Dieter, lass mich nur weiter an dem Problem arbeiten. Ich weiß. Wir werden uns darum kümmern, aber es muss richtig gemacht werden. Ja. Nein. Ich habe es nicht vergessen. Es ist in Ordnung, ich weiß, dass du dir Sorgen machst. Gut. Ich werde… Nein, nur… Genau. Das ist wahrscheinlich am besten. Gut, in Ordnung, wir reden morgen."

Er legte auf, schloss seine Augen und suchte nach seinem Zen, während ich wartete.

„Du kannst noch nicht darüber reden?", fragte ich.

Er schüttelte den Kopf. „Es ist vertraulich." Er öffnete seine Augen und schaute mich an. „Du weißt, dass ich es dir erzählen würde, wenn ich könnte."

„Das ist in Ordnung. Er hat ein Recht auf Privatsphäre. Schau dir nur an, wie lange wir uns geheim gehalten haben."

„Das hier ist kompliziert."

„Du wirst eine Lösung finden. Du bist der Beste in deinem Job."

Ein Schnauben blubberte aus ihm heraus. „Von einem potenziellen Soziale Medien Albtraum zum nächsten zu springen meinst du?"

„Wir halten dich auf Trab, huh?" Ich dachte an all das Zeug, um das er sich seit seinem ersten Tag als der Soziale Medien Guru der Railers gekümmert hatte. Tennant und Jared waren riesig gewesen. Dann war da ich gewesen, mit meinem Mund, der keine Verbindung zu meinem Gehirn hatte. Und jetzt hatte, wie es schien, Dieter etwas am Kochen, das Laytons' Magie bedurfte.

„Dein Coming-out im Team war viel einfacher als Tennant und Jareds Coming-out vor der Welt." Er setzte den Blinker und fädelte wieder in den Verkehr ein. „Ist es immer noch in Ordnung für dich, dass nur das Team und jene, die uns nahestehen, es wissen?"

„Ja, das ist okay. Der Scheiß mit Ten und Jared hat sich immer noch nicht beruhigt. Ich sehe die Zeichen bei den Spielen und höre die Hasser im Fernsehen. Ich weiß, dass du und dein Team immer noch Feuer löscht."

„Und zwar einige", kicherte er. Ich tätschelte seinen Oberschenkel und spürte, wie das feste Fleisch unter meiner Hand zuckte. Sein Blick berührte für einen Moment meinen. „Die Zeit, es öffentlich zu machen, wird für uns kommen. Ich will, dass du glücklich bist."

„Auf gar keinen Fall könnte ich glücklicher sein als jetzt." Er fuhr uns auf den Parkplatz der East River Arena.

„Ich bin mir sicher, dass es etwas geben muss, dass dich ein wenig glücklicher macht." Wir schlichen uns hintenrum und erwischten einen Parkplatz direkt neben dem Spielereingang. Ein Railer zu sein, hatte seine Vorteile.

Das Auto war gerade zum Stillstand gekommen, als jemand gegen die Scheibe neben mir hämmerte. Ich starrte finster durch das Glas auf Apollo. Moment. Apollo? Ich ließ das Fenster herunter.

„Wo seid ihr gewesen? Wir stehen seit ungefähr zwanzig Minuten hier draußen und ich muss auf die Toilette", schnappte mein bester Freund.

„Was machst du hier?", fragte ich. Layton fuhr meine Scheibe nach oben, schaltete den Motor aus und stieg aus. Apollo tanzte herum und rieb seinen Bizeps, als ich das Auto verließ. „Ich wiederhole, was machst du hier?"

„Mr. Foxx – Layton, entschuldige." Er schenkte meinem Mann ein schwaches Lächeln. Alte Gewohnheiten waren schwer abzulegen. Er war damit aufgewachsen, jeden, der nicht für meine Familie arbeitete, Mister, Missus oder Miss zu nennen, darum war seine Formalität gegenüber Layton verständlich. „Layton wollte, dass deine Familie als Geburtstagsgeschenk hier ist."

Ich wandte mich zu Layton, der neben mir stand. Er sah selbstzufrieden aus. Das machte mir ein wenig Sorgen.

„Adler, würdest du diesem Mann bitte sagen, dass wir dich kennen?!" Der Klang von Mrs. Vasquez, die mir eine Standpauke hielt, hallte von den Wänden der Arena wider. Ich starrte beim Anblick von Apollos Eltern, die neben dem Spielereingang standen. Die kleine Mrs. V mit ihren Händen in den Hüften und der große Mr. V, der neben ihr stand, ganz still und nachdenklich dreinblickend. Sie sahen großartig aus. „Ich habe ihm die Geschichte erzählt, als du ungefähr sechs warst und fünfundzwanzig Schachteln Rosinen gegessen und drei Tage lang wie eine Gans geschissen hast, aber er sagt, wir brauchen eine ID."

Der Security winkte mir zu und sah entschuldigend aus.

Ich richtete meine Aufmerksamkeit auf den Mann zu meiner Linken.

„Jeder sollte an besonderen Tagen seine Familie um sich haben", sagte Layton sanft.

Und bei allem, was heilig war, er hatte recht. Diese kleine Gruppe… das war meine *wirkliche* Familie, meine *wahre* Familie. Apollo und seine Eltern, Layton und seine monströs große und übermäßig beschützende Verwandtschaft und die Railers. Sicher, Cole und Karrie Anne hatten mir ihre DNS gegeben, aber sonst nichts außer Geld. Und Geld war ein armseliger Ersatz für Zuneigung.

„Ich schwöre, ich liebe dich mehr als das Leben, Layton", würgte ich hervor, zog ihn dann in meine Arme.

Er schmolz in mich, seine Arme legten sich um meine Taille, als wären sie gemacht, um dort zu sein. „Ich mag dich auch ziemlich."

Mein Mund legte sich auf seinen. Der Kuss hielt alle möglichen Versprechen.

„Lass uns deine Familie nach drinnen bringen und Apollo auf eine Toilette."

Ich verflocht meine Finger mit seinen. Wir betraten die East River Arena Hand in Hand, mit meiner Familie, die um uns herum plauderte, mein Arm um Apollo gelegt.

Der beste Geburtstag, den ich je hatte. Auch wenn die Geschichte mit den Rosinen ans Licht gekommen war.

Ende

Am tiefen Ende (Railers Hockey #3)

Die Leidenschaft eines Mannes und die Lügen eines anderen. Kann Liebe auch das dunkelste Herz heilen?

Trent Hanson ist ein Eiskunstlaufphänomen, das auf der ganzen Welt von Millionen bewundert wird. Sein ganzes Leben war dem Sport gewidmet, den er liebt, auch wenn der Sport – und seine eigene Familie – sich gegen ihn gewandt haben. Vom Spielplatz über die Olympischen Spiele bis zum Wohnzimmer seiner Eltern hat Trent gegen Mobber und Homophobie gekämpft, um der geoutete und stolze schwule Mann zu sein, der er ist. Aber das ständige Kämpfen hat Trent müde, einsam und schüchtern gemacht. All diese Ängste müssen jedoch zurückgestellt werden, als er angeheuert wird, den Sommer über mit dem Harrisburg Railers Hockey-Team zu arbeiten. Wer hätte gedacht, dass der Mann, mit dem das Schicksal ihn zusammenbringt, Dieter Lehmann ist, ein Sex-Gott und ein Mann, der anscheinend alles beweisen muss und dem es egal ist, wen er verletzt, um zu bekommen, was er will.

Dieter hat zu viele Jahre in der unteren Liga verbracht und eine geheime Abhängigkeit von verschreibungspflichtigen Schmerzmitteln bedeutet, dass seine Karriere sich in einer Abwärtsspirale befindet. Seine Ex erpresst ihn und er steht kurz davor, alles hinzuschmeißen. Aber als er in das Team der Railers berufen wird, das um den Stanley Cup kämpft, um für jemanden einzuspringen, der verletzt ist, bekommt er einen Geschmack darauf, wie es ist, in der NHL zu spielen, und ihm wird klar, dass ein fester Platz bei den Railers das ist, was er mehr als alles andere will. Mehr, als auf sein Herz zu hören und sogar mehr, als sich um den nervigen Eiskunstläufer zu kümmern, der ihm unter die Haut geht. Als er die Grenze überschreitet, um zu bekommen, was er will, weiß er, dass er auf die schiefe Bahn geraten ist. Er muss sich ändern, aber ist es zu spät für sowohl seine Karriere als auch jede Chance, die er vielleicht in der Liebe hätte?

Blockwechsel (Harrisburg Railers Buch 1)

Kann Tennant Jared zeigen, dass Alter nur eine Zahl ist und dass nur die Liebe zählt?

Die Rowe Brüder sind berühmte Hockey Teufelskerle, aber als jüngster des Trios musste Tennant immer gegen den Ruf seiner Brüder anspielen. Um aus ihrem Schatten zu treten, und gegen ihren Rat, nimmt er einen Wechsel zu den Harrisburg Railers an, wo er Jared Madsen trifft. Mads ist ein alter Freund der Familie und der ehemalige Teamkollege seines Bruders. Mads ist Tennants neuer Coach. Und Mads ist der attraktivste Mann, den er je gesehen hat.

Jared Madsens Hockey-Karriere wurde von einem Herzfehler

frühzeitig beendet, aber durch die Arbeit als Coach bleibt er nahe am Spiel. Als Ten ins Team wechselt, wird seine akribisch geordnete Welt ins Chaos geworfen. Weil er neun Jahre jünger und der Bruder seines besten Freundes ist, weiß Mads, dass er unbedingt die Finger von Ten lassen muss, aber sobald er Tens Bewegungen sieht, auf dem Eis und im richtigen Leben, weiß er, dass sein Herz ihn wieder in Schwierigkeiten bringen könnte.

Harrisburg Railers Hockey

Ryker (Deutsche Ausgabe) (Owatonna U. Buch 1)

Lernt in dieser fesselnden Romanze die Männer des Hockeyteams der Owatonna University kennen!

Hockey liegt dem reichen Ryker im Blut – während der Junge vom Land, Jacob, nur versucht, durchs College zu kommen. Dennoch haben diese beiden absoluten Gegensätze bald Schwierigkeiten, an etwas anderes als einander zu denken.

Ryker ist Hockey-Adel, Jacob ist ein armer Junge vom Land. Können zwei vollkommen unterschiedliche Menschen eine gemeinsame Basis finden und zu den Männern werden, die sie sein möchten?

Ryker entstammt einer langen Reihe Championship-gewinnender Hockeyspieler. College-Hockey zu spielen, um sein Spiel zu entwickeln, ist sein einziger Fokus und nichts wird sich ihm in den Weg stellen, daran zu arbeiten, der beste Spieler zu werden, der er sein kann. Er hat keinen Platz für Beziehungen, Menschen, die seine Fehler sehen oder irgendjemanden, der ihn wegen seiner Träume anspricht. Er hat ganz sicher keinen Platz für die Liebe und Jacob kennenzulernen ist nichts als eine nützliche Ablenkung nebenher. Schließlich ist der Versuch, seinen Teamkollegen von den Owatonna Eagles ins Bett zu bekommen weniger Arbeit und mehr Spaß. Als seine Familie von einer Tragödie erschüttert wird, zerbricht sein zauberhaftes Leben und die einzige Person, an die er sich wenden kann, ist der Mann, der behauptet, ihn zu hassen.

Jacob Benson hat sein ganzes Leben lang nur harte Arbeit und erstickende konservative Werte gekannt. Geboren und aufgewachsen in der kleinen ländlichen Gemeinde Eden Crossing, Minnesota, ist er der einzige Sohn einer hart arbeitenden, aber in Geldnöten steckenden Familie, die eine Milchwirtschaft betreibt. Jacob nutzt sein Können im Hockey, um seinen Abschluss in Agrarwissenschaften zu finanzieren. Diese vier Jahre an der Owatonna U. werden wahrscheinlich die einzige Zeit sein, die er haben wird, um das Leben zu genießen, seine sexuelle Orientierung akzeptiert zu sehen und offen zu leben, ehe er unausweichlich auf die Farm zurückkehrt. Einen reichen hübschen Jungen wie Ryker Madsen zu treffen, dämpft seinen Genuss des Lebens weit weg von zu Hause. Rykers leichtfertige, sorgenfreie Einstellung geht Jacob auf die Nerven. Wenn Ryker also alles ist, was er nicht mag, warum will er dann nichts mehr, als die sündigen

Träume zu erkunden, in denen sein nerviger Teamkollege jede Nacht die Hauptrolle spielt?

Owatonna U. Hockey

1. Ryker
2. Scott
3. Benoit

Arizona Raptors

Von Küste zu Küste (Arizona Raptors, Buch 1)

- *Gegensätze ziehen sich an*
- *Ein bissiger Team-Eigentümer, der von seiner Familie enterbt wurde*
- *Gefangen in einer Klausel in einem Testament*
- *Ein Coach, der sich nicht fürchtet, Dinge zu ändern*
- *Geheimer Motel-Sex*
- *Leidenschaftliche Diskussionen und sture Hitzköpfe*

Als Gegensätze sich anziehen, wird dieses Team von ganz unten in der Liga nie wieder so sein wie zuvor.

Eine Bedingung im Testament seines Vaters zwingt Mark zurück in die Arme einer Familie, die ihn verstoßen hat und macht ihn zu einem Drittel zum Eigentümer eines Hockeyteams, das kurz vor dem finanziellen Ruin steht. Er schaut sich Hockey nicht einmal an, mag es auch nicht und will nichts mehr, als wieder zurück nach New York zu gehen. Dann ist da noch der neue Coach, ein sturer, eigensinniger, irritierender Mann mit einem Überlegenheitskomplex und fragwürdigem Musikgeschmack. Sich mit Rowen anzulegen, wird zur neuen Normalität, aber dazu kommen auch leidenschaftliche Diskussionen und eine alles verschlingende Lust.

Als ihm angeboten wird, eines der schlechtesten Teams der Liga zu einem zukünftigen Mitbewerber um den Cup umzubauen, kann Rowen sich diese Gelegenheit nicht entgehen lassen. Noch nie in seinen zwanzig Jahren Hockey hat er ein Team gesehen, das so schlecht geführt wurde oder Spieler, die so voller Feindseligkeit und Engstirnigkeit sind. Aber etwas an diesem Team und dieser Stadt überzeugt ihn, seine Ärmel hochzukrempeln und anzufangen, alles auseinanderzunehmen. Wenn nur Mark, einer der drei Geschwister, denen die Raptors jetzt gehören, nicht so verdammt stur und doch so verdammt reizvoll wäre, könnte sein Job leichter sein. Es sieht nicht so aus, als ob einer von beiden nachgeben möchte, aber eine Nacht in einem dunklen, abseits gelegenen Hotel verändert alles.

Da viele LeserInnen wohl keine eingefleischten Hockey-Fans sind, habe ich hier eine kleine Sammlung der Hockey-Begriffe, die in diesem Buch vorkommen. Eventuelle Fehler oder Ungenauigkeiten bitte ich zu entschuldigen.

1. Von Küste zu Küste
2. *Über den Großen Teich*

Abseits des Eises (Chesterford Coyotes Buch 1)

Eine Coming of Age Liebesgeschichte mit High School, Hockey-Rivalitäten, Freundschaft, Familie und Coming out.

Sorens Welt verändert sich auf einen Schlag, als er und sein jüngerer Bruder von Hockey-Adel adoptiert werden. Sein neues Leben zu begreifen, ist schwer genug, doch als er in einer Privatschule angemeldet wird, bedeutet das, dass er sich einer ganzen Reihe neuer Probleme stellen muss. Durch Freundschaften, Familie und Hockey zu navigieren ist eine Sache, aber sich zu dem Jungen hingezogen zu fühlen, der ihm auf die Nerven geht, ist eine ganz andere.

Felix muss einen Ruf schützen. Er ist der Junge, der alles zu haben scheint, aber Äußerlichkeiten können täuschen. Mit seinen Lügen über sein perfektes Leben hat er eine Fantasiewelt geschaffen, an die er mittlerweile sogar selbst glaubt. Nur, dass es nicht lange dauert, bis alles in sich zusammenfällt, all seine hübschen Lügen kommen ans Licht und nur sein größter Rivale sieht durch seinen Schmerz hindurch und steht zu ihm.

Kämpfen ist einfach, Freundschaft ist schwierig, aber Liebe ist alles.

Eine Coming of Age Liebesgeschichte mit High School, Hockey-Rivalitäten, Freundschaft, Familie und Coming out.

Sorens Welt verändert sich auf einen Schlag, als er und sein jüngerer Bruder von Hockey-Adel adoptiert werden. Sein neues Leben zu begreifen, ist schwer genug, doch als er in einer Privatschule angemeldet wird, bedeutet das, dass er sich einer ganzen Reihe neuer Probleme stellen muss. Durch Freundschaften, Familie und Hockey zu navigieren ist eine Sache, aber sich zu dem Jungen hingezogen zu fühlen, der ihm auf die Nerven geht, ist eine ganz andere.

Felix muss einen Ruf schützen. Er ist der Junge, der alles zu haben scheint, aber Äußerlichkeiten können täuschen. Mit seinen Lügen über sein perfektes Leben hat er eine Fantasiewelt geschaffen, an die er mittlerweile sogar selbst glaubt. Nur, dass es nicht lange dauert, bis alles in sich zusammenfällt, all seine hübschen Lügen kommen ans Licht und nur sein größter Rivale sieht durch seinen Schmerz hindurch und steht zu ihm.

Kämpfen ist einfach, Freundschaft ist schwierig, aber Liebe ist alles.

Weitere Bücher von RJ Scott

Für eine vollständige Liste der Ebooks und Links scanne bitte
den Code oben oder besuche rjscott.co.uk/buchliste

Weitere Bücher von V.L. Locey

Für eine vollständige Liste der Ebooks und Links scanne bitte
den Code oben oder besuche vllocey.com/deutsche

Lernt RJ Scott kennen

RJ Scott ist die Bestsellerautorin von über hundert Gay Romance Büchern. Sie schreibt emotionale Geschichten mit komplizierten Charakteren, Cowboys, alleinerziehenden Vätern, Hockeyspielern, Millionären, Prinzen und den Männern, die sie lieben.

Sie lebt etwas außerhalb von London und verbringt jede wache Minute, die sie nicht mit ihrer Familie zusammen ist, damit, zu lesen oder zu schreiben. Das letzte Mal, als sie eine Woche Pause vom Schreiben hatte, hat es ihr gar nicht gefallen. Und sie ist bis heute auf der Suche nach der Tafel Schokolade, der sie nicht gewachsen ist.

www.rjscott.co.uk / rj@rjscott.co.uk

Newsletter - rjscott.co.uk/de

instagram.com/rjscott_author

amazon.com/author/rj-scott

bookbub.com/authors/rj-scott

patreon.com/RJScott

Lernt V.L. Locey kennen

V.L. Locey liebt abgetragene Jeans, Yoga, aus vollem Herzen zu lachen, spazieren zu gehen, lesen und Geschichten voller Lust zu schreiben, griechische Mythologie, die New York Rangers, Comicbücher und Kaffee. (Nicht unbedingt in dieser Reihenfolge.) Sie lebt mit ihrem Ehemann, ihrer Tochter, einem Hund, zwei Katzen, einer Gruppe Hühner und zwei Jersey-Rindern zusammen.

Wenn sie keine peppigen Geschichten schreibt, genießt sie es, den Tag mit ihren Tieren in den sanft abfallenden Hügeln von Pennsylvania zu verbringen, mit einer frischen Tasse Kaffee in der Hand. Sie kann auch online auf Facebook, Twitter, Pinterest und Goodreads gefunden werden.

Webseite: vlloceyauthor.com

facebook.com/124405447678452

x.com/vllocey

instagram.com/vl_locey

bookbub.com/authors/v-l-locey

goodreads.com/vllocey

pinterest.com/vllocey

amazon.com/author/vllocey